One Day -
Liebe ist gratis dabei

Alisha Bloom

1. Auflage 2019

Alisha Bloom, c/o Papyrus Autoren-Club, R.O.M. Logicware GmbH, Pettenkoferstr. 16-18, 10247 Berlin.

Cover: Wortschmiede

Fotos by © Depositphotos_bereta_42264397_xl-2015b

Lektorat/Korrektorat: Wortschmiede

ISBN: 9781704743608

ONE DAY - LIEBE IST GRATIS DABEI

HEARTBEAT ROMANCE

ALISHA BLOOM

KAPITEL 1

Brad

Noch sieben Meter trennten mich von meinem Ziel und die würde ich mir nicht nehmen lassen. Selbst von Scott nicht.

»Verflucht, Brad«, hörte ich ihn weit unter mir brüllen. »Wenn du dir den Hals brechen willst, dann mach das draußen und nicht an meiner Wand!«

»Hab dich nicht so.« Ich zuckte mit den Schultern, griff mit meiner freien Hand höher und hakte meine Finger in die winzige Ausbuchtung der Kletterwand. Sollte ich abstürzen, dann würde ich auf der Matte in der Halle so weich fallen wie sonst nirgendwo. Draußen im Gelände trug ich als Freeclimber schließlich auch kein Sicherungsseil, also sollte das Training möglichst nah an den echten Bedingungen sein.

»Und zieh dir verdammt noch mal ein Shirt an«, fluchte Scott weiter.

»Warum denn das?« Natürlich hätte ich mir ein Shirt anziehen können, aber dann hätten die anwesenden Frauen nicht so viel zu bewundern, und der Plan für den heutigen Tag war schließlich nicht nur mein tägliches Training. Heute wollte ich das Training mit der heißen Dunkelhaarigen in meiner Wohnung fortsetzen. Sie war mir sofort aufgefallen, als ich in die Halle gekommen war. Sie gehörte zu den trainierten Frauen. Offenbar war sie auf der Suche nach einer neuen Sportart, denn an der Wand hatte sie noch ziemlich hilflos gewirkt. Und ich wusste genau, wie mein durchtrainierter nackter Oberkörper und die drei Narben auf meinem Rücken auf Frauen wirkte.

Mit katzenhaften Bewegungen hangelte ich mich nach oben. Meine Beine ließ ich locker hängen und nutzte sie nur, um mich mit Schwung einen Meter nach oben zum nächsten Griff zu katapultieren.

Das Raunen unter mir spornte mich an, und ich gab alles. Selbst Scott hielt nun endlich den Mund.

Oben angekommen, tippte ich mit der Faust gegen die Decke, bevor ich mich auf den Weg nach unten machte. Da ich auf dem Rückweg meine Beine benutzte, kam ich nach wenigen Sekunden unten an.

»Du bist ein Mistkerl.« Scott kam auf mich zu. »Sollte ich wegen dir irgendwann eine Konventionalstrafe bekommen, leite ich die Rechnung an dich weiter!«

»Mach das.« Mit einer flüchtigen Kopfbewegung wies ich ihn auf mein heutiges Ziel hin. »Für die Kleine lohnt es sich bestimmt.«

»Du kannst es echt nicht lassen, was?« Kopfschüttelnd boxte mir mein bester Freund auf die Schulter.

»Deshalb also die Show. Sie ganz altmodisch auf einen Drink einladen, ist nichts für dich.«

»Wer will einen Drink, verflucht? Ich will nicht quatschen, ich will ficken. Und wenn sie auf mich anspringt, weil ich ohne Shirt in der Wand hänge, dann will sie das gleiche. Passt doch.« Mit dem Handtuch rieb ich mir den Schweiß von Oberkörper und Nacken.

Genau in diesem Moment blickte die Dunkelhaarige zu mir und in ihren Augen lag exakt das Feuer, das ich hatte entzünden wollen. Die Vorfreude auf eine heiße Nacht ließ mich beinahe hart werden.

Schnell verabschiedete ich mich von Scott. »Man sollte eine willige Lady nicht warten lassen. Bis morgen, Scott.«

Ich warf mir das Handtuch über die Schulter, wobei ich die Frau keine Sekunde aus den Augen ließ.

Meinem Freund Scott gehörte die Kletterhalle. Wir kannten uns schon seit der Schule, und ungefähr genauso lange teilten wir die Leidenschaft fürs Klettern. Mein ausgeprägtes Interesse an Frauen teilte er nicht. Nicht mehr. Seit der Hochzeit mit Gina war er in dieser Hinsicht zahm geworden. Zwar gönnte ich ihm sein Glück, trotzdem konnte ich mir nicht vorstellen, mich nur an eine Frau zu binden. Warum auch? Es gab so viele wundervolle weibliche Wesen. Und ihre unterschiedlichen Körper und Vorlieben zu erkunden, zog ich einer Ehe deutlich vor.

»Hi, du bist neu hier?«, sprach ich die Dunkelhaarige an. »Ich bin Brad.«

Sie drückte den Rücken durch, was ihre Brüste in dem bauchfreien Top noch appetitlicher wirken ließ, und sah mich aufreizend an.

»Hey Brad. Mein Name ist Marly. Du scheinst oft

hier zu sein?« Die Art und Weise ihres Augenaufschlages und das leicht atemlose in ihrer Stimme genügten mir, um zu wissen, wie der Hase bei uns beiden laufen würde.

»Bin ich. Ein schöner Name. Marly«, antwortete ich und stützte mich mit einer Hand an der Wand neben ihrem Kopf ab. Zufrieden bemerkte ich, dass sie schneller atmete. Heilige Scheiße, sie war so bereit für mich wie eine rossige Stute für den Hengst.

»Vielleicht kannst du mir ein paar Tipps geben.« So flirty, wie sie mich ansah, wollte sie keine Klettertipps. Zumindest nicht in diesem Moment.

»Klar. Wie wäre es mit jetzt? Ich wohne nebenan.« Mal sehen, ob ich richtig lag und sie auf meine direkte Art ansprang.

Marly sah auf die Uhr. »Ja. Warum nicht. In zehn Minuten draußen? Ich habe dann noch eine Stunde Zeit.«

»Perfekt.« Sie wollte also ebenfalls nur vögeln. Ich musste nicht einmal bis zum Abend warten, denn es klang wie eine Mittagspause nach meinem Geschmack. Mein nächster Termin war erst in drei Stunden.

Gemeinsam schlugen wir den Weg zu den Duschen ein. Wäre zur Mittagszeit nicht so viel Betrieb gewesen, wäre ich der Süßen direkt in die Dusche gefolgt. Aber wenn ich mich beim Ficken erwischen ließe, würde Scott mich tatsächlich aus seiner Halle werfen, Freundschaft hin oder her.

Nach einer raschen Dusche fuhr ich mir mit den Fingern durch das nasse Haar, schnappte meine Tasche und verließ den Umkleideraum. Fast zeitgleich trat auch Marly in den Gang. Ihr langes Haar war trocken und sie hatte es offensichtlich nur gekämmt. Um ihren

Körper schmiegte sich ein knappes, eng anliegendes Sommerkleid. Ich freute mich jetzt schon darauf, meine Hände über ihre Oberschenkel nach oben wandern zu lassen, wenn wir im Fahrstuhl wären. Die Vorstellung daran ließ meinen Schwanz hart werden.

»Bereit?«, fragte ich rau.

Statt einer Antwort leckte sie sich leicht über die Lippen. Oh ja, das war deutlich! Ich hielt ihr die Tür auf, sah auf ihren Knackarsch, als sie voranging, und folgte ihr.

»Ich bin verheiratet«, sagte sie, als wir draußen nach rechts abbogen, und sah mich fragend an. »Stört dich das?«

»Nicht, wenn dein Mann nicht mit ins Bett will.« Obwohl ich Single-Ladys bevorzugte, da ich dann keinen wütenden Ehemann zu befürchten hatte, musste jede Frau selbst entscheiden, ob sie ihren Mann für eine schnelle Nummer hinterging.

Marly lachte. »Der ist viel unterwegs. Er wird es nicht erfahren.«

Drei Häuser weiter hielt ich an. »Wir sind da.« Ich schloss die Haustür auf. »Und du bist dir sicher?«

»Und ob ich das bin«, bekräftigte sie, ging durch die Tür und zog mich direkt an sich. Ihre Hände umklammerten meinen Hintern, dann küsste sie mich gierig.

Ich stoppte sie und zog sie entschlossen zu meinem privaten Fahrstuhl, über den wir direkt mein Penthouse erreichen würden. Von meinen Nachbarn wollte ich mich nicht unbedingt beobachten lassen.

Kaum hatte ich den Zahlencode eingegeben, schlossen sich die Türen und ich zog Marly an mich. Ihre Hand ging direkt zu meinem harten Schwanz. Wer hätte das gedacht? Das würde also eine Fahrstuhlnummer werden. Nichts lieber als das! Erregt zerrte ich ihr Kleid hoch und lachte kehlig auf, als meine Finger direkt ihre feuchte Spalte ertasteten. Das Weib trug kein Höschen. Ohne zu fackeln, schob ich zwei Finger in sie, worauf sie aufstöhnte und sich mir entgegenbog. Hastig befreite sie mich von meinen Hosen und legte ein Bein um meine Hüfte. Sie wollte direkt genommen werden? Bitte schön, dieses Angebot musste sie nicht wiederholen. Mein Schwanz war mehr als bereit.

Geschickt zog ich das Kondom aus meiner hinteren Hosentasche und riss es mit den Zähnen auf. Marly kicherte und leckte sich erneut über die Lippen. Als ich bereit war, drang ich hart in sie ein. Es genügten wenige, heftige Stöße, um sie zum Orgasmus zu bringen. Ihr Aufstöhnen, als sie kam, befeuerte meine Lust und ich kam in dem Moment, als die Fahrstuhltür sich öffnete und den Zugang zu meinem Penthouse freigab. Ich löste mich von ihr, entsorgte das Kondom, schob meine Hosen nach oben und zog sie mit mir in meine Wohnung.

»Wow«, sagte sie.

»Allerdings«, bestätigte ich und warf mein Handtuch über eine Stuhllehne.

»Ich meine Doppel-Wow. Die Nummer im Fahrstuhl war echt heiß, aber deine Wohnung ist der Wahnsinn.«

»Danke.« Mir fiel der Luxus um mich herum kaum noch auf. Ebenso wenig wie der fantastische Blick auf San Francisco, der besonders nachts beeindruckte, wenn die Golden Gate Bridge beleuchtet war. »Möchtest du was trinken?«

»Gern. Wie gesagt, ich habe noch circa eine Stunde.« Sie sah sich um. »Was tust du, um dir so eine Wohnung leisten zu können.«

Ich hatte nicht vor, der Kleinen meinen Lebenslauf zu erzählen. »Frag nicht, sonst müsste ich dich töten.«

»Das glaube ich dir aufs Wort. Du hast so etwas Animalisches an dir.« Lüstern lächelnd schmiegte sie sich an mich, und legte ihre Hand direkt in meinen Schritt, was meinen Schwanz wieder zum Leben erweckte.

»Wie du willst«, raunte ich. »Dann gibt es eben später etwas zu trinken.«

Plötzlich schrillte mein Handy. Der Song Hells Bells von AC/DC. Das bedeutete, es gab Schwierigkeiten. Alarmiert schob ich die Dunkelhaarige von mir.

»Sorry, das ist wichtig.«

»Wie schade«, flüsterte sie und knetete meinen Schwanz weiter, doch das konnte mich jetzt nicht ablenken.

»Cody, was ist los?«, meldete ich mich.

»Katastrophe! Du musst sofort in mein Büro kommen! Die Videokonferenz steht, die Jungs bleiben in der Leitung, aber sie hören nicht auf mich. Das musst du selbst regeln, und zwar unverzüglich, sonst kannst du wegen dieser beschissenen Kaffeebohrer die halbe Ernte vergessen.«

Ich schob Marlys Hand fort, wobei die Stimmung für mich bereits hinüber war, bevor ich sie resigniert seufzen hörte.

»In fünfzehn Minuten bin ich dort. Halte sie hin«, sagte ich noch zu Cody, dann beendete ich das Gespräch.

»Du musst gehen?« Marly sah mich beleidigt an. Ich konnte sie verstehen. Schließlich hatte ich ihr ein heißes Stündchen versprochen und konnte es nun nicht halten.

»Ja. Und zwar sofort. Wir holen das nach, okay?

Aber jetzt muss ich dich bitten, zu gehen.« Ich schnappte mir meine Autoschlüssel und ging zum Fahrstuhl.

Sie folgte mir in den Aufzug und wir fuhren schweigend nach unten. Als die Tür sich im Erdgeschoss öffnete, nickte ich ihr knapp zu. »Vielleicht auf ein andermal.«

»Vergiss es! Was glaubst du, wer du bist?« Mit gerecktem Kinn trat sie aus dem Fahrstuhl und ging mit zackigen Schritten davon.

Das hieß dann wohl, es würde kein anderes Mal geben. Aber ich konnte es nicht ändern. Schulterzuckend drückte ich auf den Knopf und ließ mich in die Tiefgarage bringen. Zügig steuerte ich meinen Bentley an, stieg ein und beeilte mich, so schnell wie möglich in den Financial District zu kommen.

»Fuck!« Ich schlug mit der flachen Hand auf´s Lenkrad. Wie immer, wenn ich es eilig hatte, fand ich in unmittelbarer Umgebung keinen Parkplatz. Warum, verflucht, hatte Cody nicht in mein Büro benutzt, um die Videokonferenz zu schalten? Da wäre ich auf meinen Privatparkplatz gefahren und längst im Büro. Nun blieb mir nichts anderes übrig, als ins Parkhaus der Halleck Alley zu fahren. Das war zwar meist voll, aber an diesem Tag meine einzige Chance.

Die erste Parkebene war besetzt. Die zweite ebenso. Doch, da war ein Parkplatz frei! Entgegen der Fahrtrichtung fuhr ich zu der frei werdenden Lücke. Ich sah zwar den feuerroten VW-Käfer, der offensichtlich ebenfalls einparken wollte, doch für Höflichkeiten hatte ich keine Zeit und gab Gas. Zügig schoss ich kurz vor der Nase des anderen Wagens in die Parklücke.

Das Hupkonzert ignorierte ich.

»Das ist ja eine bodenlose Frechheit«, hörte ich eine schrille Frauenstimme, als ich ausstieg. Die Fahrerin des Käfers – eine echt attraktive und elegante Dunkelhaarige – aber mit Dunkelhaarigen hatte ich mein Pensum für heute erfüllt – stand neben ihrem Fahrzeug und tobte. »Das war mein Parkplatz.«

Entschuldigend hob ich eine Hand und verschloss meinen Wagen.

»Sie arroganter Idiot!«, stieß sie aus, ließ noch ein paar gröbere Bezeichnungen folgen und zeigte mir den Mittelfinger. Das passte so gar nicht zu dem tiefblauen Businesskostüm, das sie trug. Überhaupt wirkte sie eher wie eine Chefsekretärin, doch fluchen konnte sie wie ein Bauarbeiter.

»Ich bin in Eile. Sorry!«, sagte ich knapp, und hastete in Richtung der Fahrstühle davon. Schade, dass es nicht zu Runde zwei mit Mandy gekommen war. Nein, sie hieß Mary, oder? Doch jetzt war keine Zeit, darüber nachzudenken, ich würde sowieso schon zu spät kommen.

KAPITEL 2

Sarah

»Was hast du gesagt?« Ich verschluckte mich beinahe am Kaffee, konnte den Hustenreiz aber unterdrücken. Es war zwar schon Mittag, aber ich hatte bis vor zehn Minuten geschlafen und saß jetzt im Nachthemd am Frühstückstisch, um gedankenverloren aus dem Fenster zu starren. Also, bis eben hatte ich gestarrt, dann war Katie, meine Mitbewohnerin, in die Küche gestürmt und hielt mir einen Umschlag vor die Nase.

»Ich sagte: Da ist ein Brief für dich. Der wurde fälschlicherweise bei den Nachbarn eingeworfen. Vor drei Tagen schon, die alte Smith hatte es wohl vergessen, und als sie mich eben sah, hat sie ihn mir gegeben. Sieht wichtig aus. Vielleicht ein Vorstellungsgespräch?«

Mürrisch zupfte ich ihr den Brief aus der Hand und bekam schlagartig schlechte Laune. »Eher wieder eine Absage. Das kenne ich ja schon.«

»Denk doch mal positiv, Sarah.« Sie schüttelte den Kopf, streifte sich die High Heels von den Füßen und öffnete den Kühlschrank.

»Du hast gut reden.« Frustriert schielte ich zu meiner Freundin, die wie gewohnt zur Mittagspause für den täglichen Salat nach Hause kam. »Einen Job um die Ecke und der ist auch noch gut bezahlt.« Davon konnte ich nur träumen.

»Das wird schon, hab Geduld. Die guten Jobs liegen nicht auf der Straße. Willst du auch was vom Salat?«

»Danke nein, nach dem Aufstehen geht nur Kaffee.« Ich drehte naserümpfend den Kopf zur Seite, als sie mir die Schale mit gemischtem Salat unter die Nase hielt. »Und ein passender Job liegt ebenso wenig auf der Straße wie der richtige Mann«, schob ich nach. »Oder ein funktionierendes Auto.«

»Wann ist es denn fertig?« Sie setzte sich mir gegenüber, eine Serviette hing ihr am Blusenausschnitt und sie steckte sich eine Gabel Grünzeug in den Mund.

»Nächste Woche. Die Lieferung des Ersatzteils dauert länger.« Dass sie das Thema mit dem Auto ansprach, trug wenig zur Stimmungsaufhellung bei. Ausgerechnet an dem Tag, an dem mein Chef in der Firmenküche seine Hand an meinen Po gelegt und mir etwas Eindeutiges von hinten ins Ohr geflüstert hatte, musste mir kurz darauf eine Fahranfängerin ins Auto krachen. Vielleicht hätte ich meinem Chef keine knallen sollen. Nach der prompten Kündigung – *You are fired!* – war ich aus dem Büro gestürmt, ins Auto gesprungen und aus der Tiefgarage gerast.

Seitdem war ich meinen Job und mein Auto los.

Ach ja, und zwei Monate vorher hatte mein Freund gemeint, wir hätten uns in unterschiedliche Richtungen entwickelt. Sehr witzig! Ich war auf der Spur geblieben, nur er war in Richtung der Wasserstoffblondine vom Fitnesscenter abgebogen. So ein Vollidiot! Vielleicht war es aber auch besser so, ich hatte seine Art zu Lachen nicht gemocht. Es hatte sich immer angehört, als würde er ersticken, wenn er mit einem hellen Ton die Luft eingezogen hatte.

Missmutig kippte ich den mittlerweile kalten Kaffee runter und riss den Brief auf.

Ungläubig las ich die ersten Zeilen. Da stand doch tatsächlich: »Wir würden Sie gern zu einem Vorstellungsgespräch einladen«, und nicht »Es tut uns leid, Ihnen mitteilen zu müssen, dass ...«

»Oha!«, stieß ich aus, blickte zu Katie und hielt den Brief hoch. »Ich habe ein Vorstellungsgespräch.«

»Du sagst das, als hättest du gerade erfahren, Chlamydien zu haben. Wann?«

»Wann? Oh, wann?« Hastig überflog ich die Zeilen, bis ich zu dem Datum und der Uhrzeit kam. »Shit! Wie spät ist es?«

»Kurz nach zwölf, warum?«

Ich ließ den Brief sinken und schluckte. »Ich muss in einer Stunde dort sein! Das schaffe ich nie im Leben!«

»Wo genau ist dort?«

»Peachey & Billings Anwaltskanzlei im Financial District.«

Katie sprang auf. »Was? Diese Riesenkanzlei lädt dich ein? Klasse. Was sitzt du rum? Los, los, duschen, frisieren, schminken, was Elegantes anziehen. Du bekommst mein Auto! Oder wir rufen ein Taxi! Du schaffst das in fünfunddreißig Minuten, so wahr ich Katie White heiße!«

»Kein Taxi«, sagte ich wie paralysiert. Katie hatte

eines vergessen: Auf Rücksitzen wurde mir bei Taxifahrten immer kotzübel. Und vorn neben einem Fahrer mit Knoblauchfahne zu sitzen, wäre auch keine Option.

»Oh ja, kein Taxi, natürlich. Die Fahrer rasen wie lebensmüde.« Sie hetzte in mein Zimmer und riss meinen Kleiderschrank auf. Ich war ihr gefolgt.

»Was tust du da?«

»Was ich da tue? Ich suche für dich ein Outfit heraus, während du dich fertig machst. Auf was wartest du?«

Zehn Minuten später trat ich gestylt aus meinem Zimmer. Ohne die Unterstützung meiner Freundin Katie hätte ich das vermutlich niemals geschafft.

»Toll siehst du aus!« Katie klatschte in die Hände.

Ich trug ein Kostüm und nicht zu hohe, dunkelblaue Pumps, meine brünetten langen Haare hatte ich hochgesteckt. »Das dunkle Blau steht dir gut. Aber was willst du mit der bauchigen Tasche? Hast du noch eine Übernachtung im Hotel eingeplant?«

»Ich finde, die Farbe passt zum Kostüm«, sagte ich schnippisch. Ohne meine Tasche, beziehungsweise ohne ihren Inhalt, war ich nur ein halber Mensch. Und Katie wusste das.

»Wie du meinst. Hier sind die Autoschlüssel. Gib Gas! Aber nicht zu viel. Ein Wagen in der Werkstatt reicht.«

Seit zwei Monaten wohnten Katie und ich in einem schmalen hellblauen Haus mit weißen Fensterläden im Mission District in der Shotwell Street. Eine hübsche und ruhige Wohngegend, bis auf den Lärm der Sportler. Wir hatten uns vor einem Jahr im Fitnessstudio kennengelernt. Damals war sie gerade von ihrem Freund verlassen worden, dabei hatte sie sich schon das Hochzeitskleid ausgesucht. Seitdem war sie Männern gegenüber sehr kritisch eingestellt. Trotzdem glaubte sie fest daran, der Richtige würde irgendwann kommen. Als ich mich vor zwei Monaten bei ihr wegen meines untreuen Freundes ausheulte, hatte sie mir sofort angeboten, zu ihr zu ziehen. Das kam mir mehr als recht, denn ich stand von heute auf morgen vor dem Problem, mir eine Wohnung suchen zu müssen. Und das Wohnen und Leben in San Fran war verdammt teuer. Erst recht ohne Job. Jetzt teilten wir uns die Miete, die nicht sehr hoch war, weil das Haus direkt gegenüber eines Sportplatzes lag, was uns jedoch nicht störte.

»Nimm die kurze Strecke über die Folsom Street.«, rief sie mir noch hinterher, als ich bereits am Auto vorm Haus stand.

»Mach ich«, sagte ich und sprang in den roten VW Käfer. Hübsch, aber er hatte weder eine Klimaanlage noch ein Navigationsgerät. Aber ich kannte den Weg in den Financial District. Mit viel Glück würde ich in zwanzig Minuten dort sein.

Doch der zäh fließende Verkehr ließ meine Nervosität ansteigen. Fünfzehn Minuten waren vergangen, als ich endlich in die Battery Street einbog.

»Battery Street, zweihundertneunzig«, murmelte ich und starrte angestrengt durch die Windschutzscheibe nach vorne. Gleich müsste ich es erreicht haben – der Wolkenkratzer, in dem sich die Firma befand, war kaum zu übersehen. Aber hier in der Bankenhochburg reihten sich die hohen Gebäude aneinander. Leider auch die Autos. Hier einen Parkplatz zu finden war unmöglich.

Immer wieder sah ich auf die Uhr und unterdrückte den Anflug von Panik. Ich hatte ein Riesenglück, von dieser Kanzlei eingeladen worden zu sein, da durfte ich auf keinen Fall zu spät kommen!

In diesem Moment sah ich ein blau-weißes Schild mit der Aufschrift »Public Parking« und folgte dem Pfeil in eine schmale Seitenstraße, die gesäumt war von Mülltonnen. Erleichtert fuhr ich ins Parkhaus. Shit! Auf der ersten Ebene war alles belegt. Allmählich stieg meine Nervosität ins Unermessliche. Endlich! Auf Level zwei war ein freier Parkplatz! Ich setzte den Blinker und wollte gerade einparken, da schoss eine schwarze Luxuskarosse auf mich zu und scherte kurz vor mir ein. In meine Parklücke!

Fassungslos klappte mir der Mund auf. Das durfte nicht wahr sein!

»Das glaub ich jetzt nicht!«, brüllte ich und drückte mehrmals auf die Hupe, was den Arsch im Nobelwagen natürlich Null interessierte. Wutentbrannt stieg ich aus.

Auch der Fahrer des Wagens war ausgestiegen. Na, warte, du Lackaffe!

»Das ist ja eine bodenlose Frechheit! Das war mein Parkplatz!«, fuhr ich ihn an, doch der dunkelhaarige, zugegebenermaßen sehr attraktive Kerl hob nur mit bewegungsloser Miene die Hand und verschloss seinen Wagen. Also das war ja die Höhe! Ich war kurz davor, ihm die Handtasche über den Schädel zu ziehen, doch die lag auf dem Beifahrersitz. Attraktiv hin oder her, in diesem Moment war mir das total egal und ich wäre bereit, für einen freien Parkplatz zu töten.

»Sie arroganter Idiot!«, stieß ich aus. »Sie … Sie ignorantes Affenhirn, Sie! Sie fahren jetzt sofort ihre Schwanzverlängerung da weg, sonst … sonst ...« Ich platzte schier vor Wut, und zeigte ihm den Mittelfinger, was sonst eher nicht meine Art war, aber verdammt noch mal, ich würde jetzt definitiv zu spät kommen!

»Ich bin in Eile. Sorry!«, sagte er seelenruhig, ließ mich in all meiner Wut einfach stehen und verschwand Richtung der Fahrstühle.

»JA! Stellen Sie sich vor: Ich auch!«, rief ich ihm hinterher und sprang mit klopfendem Herzen ins Auto.

Mit etwas mehr als fünfzehn Minuten Verspätung erreichte ich atemlos das Gebäude in der 290 Battery Street und steuerte den Fahrstuhl an, dessen Tür sich gerade schloss.

»Halt, Stopp, ich will mit!«, rief ich, hob die Hand und lief so schnell, wie es der Bleistiftrock und die Pumps zuließen. Einer der Herren in edlen Anzügen drückte auf einen Knopf und die Tür ging wieder auf.

»Danke«, sagte ich erleichtert, trat in den Fahrstuhl und schrie auf, als mich etwas ruckartig ausbremste.

KAPITEL 3

Brad

»Okay, seit wann haben wir den Broca an unseren Kaffeepflanzen?«, fragte ich Cody ohne Begrüßung und kam somit gleich zur Sache. Der Broca, auch Kaffeebohrer genannt, war dabei, die gesamte Ernte zu gefährden. Das gerade mal zwei Millimeter große Insekt hatte sich weltweit zum wichtigsten Kaffee-Schädling entwickelt, und wenn wir nicht schnell Gegenmaßnahmen ergriffen, würden wir mit einer verringerten Erntemenge und Qualitätseinbußen rechnen müssen.

Auf den Bildschirmen sah ich meinen Plantagenverwalter Ranger und drei meiner Kaffeebauern. Ranger sah etwas blass aus, die Bauern noch blasser.

»Hola amigos, un momento, Vale? Lo vamos a solucionar.« Ich versprach eine Lösung, ohne das Ausmaß des Problems zu kennen, indem ich versicherte, die

Sache in Ordnung zu bringen. In erster Linie mussten die Männer beruhigt werden, bevor sie Dummheiten begingen. Mir war klar, es stand ihre gesamte Existenz auf dem Spiel, und bei mir ging es um sehr viel Geld. Unabhängig davon konnte ich nicht zulassen, die Käfer mit Pestiziden zu bekämpften, um die Ernte zu retten. Denn die wäre unverkäuflich. Zumindest *ich* würde eine chemisch belastete Ernte nicht verkaufen.

»Siebzig Prozent der Felder sind betroffen«, informierte Ranger.

»Siebzig Prozent«, wiederholte ich. Diese Zahl musste ich erst verdauen, und trat auf die Seite des Tischs aus dem Blickfeld der Kamera. »Fuck!«

Cody nickte zustimmend. Die Lage war schlimmer als befürchtet. Viel schlimmer. Es gab zwar ein umweltverträgliches Mittel, das nur die Käfer tötete und die anderen Insekten verschonte, doch das würde mich den Verdienst dieser Ernte kosten. Ein Nullsummenspiel.

Ich machte einen angedeuteten Handkantenschlag gegen meine Kehle und Cody verstand. Er sollte mir Zeit verschaffen.

»El jefe tiene que hacer unas llamadas, quédense a nuestra disposición. Hablamos un una hora de nuevo«, informierte er Ranger darüber, dass der Boss ein paar Anrufe tätigen müsse und sich in einer Stunde wieder melden würde.

Ich hörte Ranger zustimmen. Natürlich würden sie warten.

Nun hatten wir eine lächerliche Stunde, um eine Lösung aus dem Hut zu zaubern. Als ob mit den von Cody angedeuteten Anrufen alles erledigt wäre.

»Was willst du tun?« Cody ließ sich kraftlos in seinen Bürosessel sinken.

»Wir müssen diesen Parasiten loswerden, sonst wird er nicht nur die Ernte, sondern auch die Kaffeepflanzen zerstören. Mein Vater hätte ein Flugzeug darüber geschickt. Ja, es gibt die schnelle Lösung«, dachte ich laut nach. »Schicken wir ein Flugzeug mit Chemiekeule über die Felder, wären die Pflanzen gerettet, und die Ernte kann noch zu einem Dumpingpreis verkauft werden. Das hat aber nichts mehr mit Bioqualität zu tun und dem Gift fallen auch alle nützlichen Insekten zum Opfer. Zudem würde die Erde die Rückstände nur langsam abbauen. Das wären keine Bioplantagen mehr.« Ich schüttelte den Kopf. Mir lag viel an nachhaltiger Kaffeeproduktion.

»Nein, das ist keine Option. Wir wissen, dein Vater würde die Chemiekeule nutzen, die Bauern ebenso, aber du bist weder ein Bauer noch dein Vater«, sagte Cody, ging zu einem Schrank und holte zwei Gläser und eine Whiskyflasche heraus. »Also? Was wirst du tun?« Er goss zwei Gläser ein und schob mir eines über den Tisch.

Die Kaffeebauern belieferten uns schon seit Jahrzehnten. Ich konnte sie jetzt nicht im Stich lassen. »Wir werden Biomix benutzen. Das dauert zwar, ist aber schonend. Die Manpower wird mich zwar einen Großteil der Ernteeinnahmen kosten, dafür geht es nächstes Jahr in gewohnter Qualität weiter. So machen wir es! Cody, ruf die Jungs an, sie warten auf meine Entscheidung.«

Cody schob die Whiskygläser außer Sichtweite und stellte die Videokonferenz wieder her. »Hört ihr uns?«

Ranger nickte und sein Blick war ernst. Ich kannte diesen Mann seit meiner Kindheit. Er gehörte für mich zur Familie.

»Wir setzen Biomix ein«, informierte ich knapp.

Die Augen aller weiteten sich und die Bauern sprachen aufgebracht durcheinander.

»Escúchanme, por favor«, unterbrach ich sie. »Ich werde die Kosten für die Arbeiter übernehmen. Ich weiß, es muss jedes Blatt und jede Kirsche abgerieben werden. Und es ist nicht mit einem Durchgang beendet. In den vorgeschriebenen fünfundvierzig Tagen wird der zweite Durchgang vorgenommen. Der Preis für die Ernte bleibt der gleiche.«

Ranger nickte, brummte zustimmend und sorgte somit für Ruhe unter den Kaffeebauern. Dann fragte er mich auf Englisch: »Habe ich dich richtig verstanden? Du willst auf deine Kosten alles abwischen lassen? Und diese Arbeit wiederholen?«

»Korrekt«, bestätigte ich. »Und ich werde in ein paar Tagen zu euch runter kommen, um dem Erfolg der Aktion beizuwohnen.«

Ranger wiederholte meine Worte auf Spanisch, was die Kaffeebauern kopfschüttelnd quittierten. Ihnen war es einerlei, ob sie diesen Schmarotzer mit organischen oder chemischen Mitteln loswurden. Für mich als Hersteller von feinstem Biokaffee spielte es jedoch eine entscheidende Rolle, wie die Schädlinge bekämpft wurden. Meine Kunden würden scharenweise den Anbieter wechseln, wenn herauskäme, dass ich ihnen mit chemischen Stoffen behandelten Kaffee verkaufte. Und so etwas kam immer irgendwann ans Licht. Zudem konnte ich die Bauern mit dem Problem nicht allein lassen, wenn ich die kommenden Jahre mit ihnen zusammenarbeiten wollte. Außerdem besaß ich in der unmittelbaren Nachbarschaft ein Haus. Und wer wollte schon Stress mit den Nachbarn?

»Muchas gracias, Brad.« Auf Rangers Gesichtsausdruck sah ich die Erleichterung. Er war mein Vertrauensmann vor Ort und er kannte die einheimischen Bauern gut, sie kämpften um ihre Existenz. Und er saß zwischen den Stühlen.

»Hasta pronto«, verabschiedete ich mich und beendete die Videokonferenz. »Dann werde ich hier einige Dinge regeln und die Order geben, meinen Jet startklar machen zu lassen.«

Cody nickte, griff nach seinem Glas und ließ sich die bernsteinfarbene Flüssigkeit durch die Kehle rinnen. Ich verzichtete. Schließlich war ich mit dem Wagen unterwegs. »Sieh bitte zu, dass Ranger Geld für die Arbeiter erhält und bestell das Mittel in ausreichender Menge.«

»Geht klar.« Auch Cody schien erleichtert. Es war für alle gut gelaufen, nur für mich nicht. Aber es würde sich langfristig auszahlen.

Auf dem Weg zum Parkhaus kam mir die hübsche Brünette mit ihrem VW-Käfer wieder in den Sinn. Heute war nicht unbedingt mein Tag. Erst die versaute Nummer mit Mandy, Mary oder wie auch immer sie hieß, die mich einen Arsch genannt hatte, und keine halbe Stunde später hatte mich die Kleine hier im Parkhaus beschimpft. Und ich musste ihr recht geben. Ich hatte mich nicht gerade wie ein Gentleman verhalten. In dem Moment, wo ich daran dachte, entdeckte ich den roten Käfer.

Ich sollte mich bei der Lady, die fluchen konnte wie ein Bauarbeiter, entschuldigen. Spontan zog ich meine Visitenkarte aus der Sakkotasche, schrieb ihr eine Nachricht darauf und klemmte sie hinter eines der Wischblätter.

KAPITEL 4

Sarah

Ich schrie auf und krallte mich in das dunkelgraue Sakko eines der Männer, um nicht zu stürzen. Das komische Gefühl am Fuß, begleitet von einem dumpfen Geräusch, ließen mich ahnen, was passiert war.

»Entschuldigung«, sagte ich zu dem Mann, ließ ihn los und bückte mich. Mein Absatz hatte sich in der Türschiene verhakt. Ich stöhnte auf. Natürlich war er abgebrochen, was auch sonst? Kein Zweifel, das Glück war mir hold. Kurzerhand zog ich den Schuh aus, steckte ihn in die Handtasche.

Einer der vier Businesskerle sah genervt auf seine Armbanduhr, ein anderer grinste amüsiert.

»Verzeihung, tut mir leid«, murmelte ich und drückte auf den Knopf mit der Zahl dreizehn, neben dem das Schild der Kanzlei prangte. Bitte, jetzt auch noch eine Dreizehn! Bei so viel Pech sollte das eigentlich ein Zeichen sein. Ein Zeichen, dass noch alles gut werden würde?

Nachdem der Fahrstuhl vier Mal hielt, ehe wir im dreizehnten Stockwerk ankamen, erreichte ich schließlich die Rezeption der Kanzlei Peachey & Billings. Mit mindestens zwanzig Minuten Verspätung, durchgeschwitzt und mit nur einem Schuh humpelte ich auf den Empfangstresen zu. Eine sehr elegante blonde Frau mit schwarz umrandeter Brille hob den Kopf und sah mich mit einer gehobenen Augenbraue an.

»Guten Tag, mein Name ist Sarah Moore. Ich habe einen Termin zu einem Vorstellungsgespräch.« Nervös stellte ich die Handtasche auf dem Tresen ab und strich mir eine Strähne hinters Ohr.

Die Dame musterte mich abschätzig von oben bis unten. »Einen Moment bitte, ich sehe nach. Ah ja. Miss Moore.« Sie nahm die Brille ab und sah mich etwas mitleidig an. »Tut mir leid, der Termin war schon vor knapp einer halben Stunde. Mr Donovan ist nun leider auf dem Weg in ein Meeting.«

Ich legte die Hände auf das exklusive Kirschholz des Empfangstresens und versuchte zu retten, was zu retten war. »Kann ich warten oder einen neuen Termin vereinbaren? Ich warte gerne, von mir aus bis heute Abend.«

»Tut mir wirklich leid, Mr Donovan duldet keine Unpünktlichkeit. Ich fürchte, es gibt keine Möglichkeit für Sie ...«

»Aber ich brauche den Job!«, sagte ich verzweifelt.

»Tut mir leid, Miss Moore, ich kann leider nichts für Sie tun. Guten Tag.« Ohne weitere Notiz von mir zu nehmen, setzte sie ihre Brille wieder auf und starrte auf ihren Bildschirm, als wäre ich gar nicht mehr da.

»Ja, danke für nichts«, grummelte ich, zog mir den

zweiten Schuh auch noch aus und warf beide in den Abfalleimer neben dem Fahrstuhl. Dann drückte ich auf den Knopf, verschränkte die Arme und wartete auf den verflixten Aufzug. Mir war, als spürte ich den stechenden Blick der biestigen Empfangsdame im Rücken.

»Miss Moore«, hörte ich sie dann auch sagen.

Hoffnungsvoll drehte ich mich um.

»Ihre Handtasche.«

Genervt stieß ich die Luft aus und stapfte zum Tresen.

»Danke«, sagte ich säuerlich. Eigentlich war ich ganz froh, hier keinen Job bekommen zu haben. Wenn ich das verkniffene Gesicht dieser Frau jeden Tag sehen müsste, würde ich Shokoholic werden. »Das ist keine Handtasche, sondern eine IT-Bag. Von Balenciaga«, schob ich hinterher, und hörte, wie sich die Fahrstuhltür öffnete. Jetzt musste ich mich beeilen, bevor sie sich wieder schloss. In aller Eile schnappte ich mir die Tasche.

Doch ich hatte die Rechnung ohne meine Schusseligkeit gemacht. Der Drang, so schnell wie möglich diesen Laden zu verlassen, hatte mich wohl nur einen der zwei Henkel greifen lassen. Das merkte ich aber erst, als das Geräusch vieler kleiner auf den Boden fallender Dinge zu hören war.

Jetzt nur nicht vor Wut aufschreien, beschwor ich mich, schloss für einen Moment die Augen und atmete tief durch. Dann bückte ich mich, sammelte alles auf und warf es in die Handtasche. Unsortiert. Guter Witz. Ich musste ein jämmerliches Bild abgeben, wie ich barfuß in der Hocke mitten auf dem Hochglanzparkett unzählige Kleinteile in die Tasche warf, aber ich hatte nur unverzichtbare Dinge darin. Stylishes, das zu den Must-haves in jeder Tasche gehörte wie Handy, Portemonnaie, In-Ear-Kopfhörer, Sonnenbrille, Ersatzstrumpfhosen, Taschentücher, Glanzspray für die Haare, ein Beautytäschchen, dessen Klickverschluss sich leider immer wieder von allein öffnete. Darin Puder und Blotting Paper, drei verschieden getönte Concealer, ein knallroter Lippenstift, Lipgel für spröde Lippen, ein kleiner Duft-Zerstäuber, Nagelfeile, Pflaster. Ansonsten befand sich in der Tasche nur noch Notwendiges, das Leben retten konnte, wie ein Miniregenschirm, Haarbürste und Klammern, ein Taschenspiegel, etwas Statement-Schmuck, Ohrringe und Kette, um das Outfit spontan aufwerten zu können, bunte Büroklammern, Klebeband, ein kleiner Hammer. Wieso hatte ich einen Hammer dabei? Ach ja, den hatte ich zusammen mit dem Klebeband gekauft und dann vergessen.

Endlich war alles verstaut und die Fahrt runter ging schneller als die nach oben. Natürlich, ich hatte ja jetzt auch keinen wichtigen Termin mehr.

Völlig desillusioniert und wütend auf mich selbst schloss ich das Auto auf, warf die Tasche auf den Beifahrersitz und mich hinters Lenkrad.

Dann fiel mir eine Karte hinter dem Wischblatt auf. Also stieg ich wieder aus, rupfte die Karte von der Scheibe. Eine Visitenkarte?

»Brad Norris«, las ich laut. *CEO.* Darunter *Cafe Irazú S.A.* – warum klemmte mir der Chef einer Kaffeefirma seine Karte unter den Scheibenwischer?

Verwundert drehte ich sie um.

»Sorry, ich habe mich tatsächlich wie ein Idiot verhalten. Darf ich es wiedergutmachen? Meine Telefonnummer steht auf der Visitenkarte.«

Spontan lachte ich auf. So so, der Typ war nicht nur ein unverfrorener Parkplatzdieb, sondern auch noch ein Casanova, und so ziemlich der letzte Mensch, dem ich noch einmal begegnen wollte. Ich musste zugeben, unattraktiv war er nicht gewesen mit seiner athletischen Figur, den dunklen Haaren und den dichten Brauen. Und sein Blick hatte mich kurz, aber nur ganz kurz, gefangen genommen. Doch wenn bei so einem Kerl das innere Arschloch dominierte, war bei mir von Anfang an kein Millimeter mehr zu holen. Und wer einer Frau auf so unverschämte Art und Weise den Parkplatz wegnahm, der musste tief in sich drinnen so trostlos sein wie eine Salzwüste.

Kopfschüttelnd stieg ich in den Wagen, zog das Handy aus der Tasche und tippte eine Nachricht an die Nummer des Mr Norris.

Nein, Sie dürfen nicht! Keine lieben Grüße. S. Moore, die wegen Ihnen zu spät zum Bewerbungsgespräch kam und jetzt immer noch keinen Job hat. Danke!

Anschließend zerriss ich die Karte in kleinste Teile und steckte sie in den Aschenbecher, der sowieso keine Daseinsberechtigung hatte.

Noch einmal lachte ich auf. Wie wollte der Typ das wiedergutmachen? Er trug die Schuld an meinem verpatzten Vorstellungstermin. Und das wollte er gut machen? Womit? Mit einem lächerlichen Essen wahrscheinlich. Und mit der Absicht, eine heiße Nacht folgen zu lassen. Danke, aber nicht mit mir! Nicht mit Sarah Moore!

KAPITEL 5

Brad

Den restlichen Tag verbrachte ich damit, mit Ranger das Vorgehen der Reinigungsaktion der Kaffeeplantage zu besprechen. Alles Weitere würde ich dann vor Ort regeln. Vielleicht konnte Scott sich ein paar Tage freimachen, dann könnten wir zusammen am Irazu klettern. Mit etwas mehr Zeit hätten wir eine Kletterreise am Vulkan organisieren können. Die Mitglieder von Scotts Kletterpark würden einiges dafür zahlen und es wäre gute Werbung für seinen Laden, aber ich musste in wenigen Tagen los, so schnell ließ sich nichts Vernünftiges auf die Beine stellen. Ich selbst würde zwar Zeit haben, aber ich musste auch genau Protokoll führen, die Arbeiten überprüfen und Memos verfassen, wie die Pflanzen reagierten. Natürlich könnte ich meine Sekretärin mitnehmen, aber wer sollte dann die Termine im Büro koordinieren?

An Tagen wie diesen überlegte ich, ob ich mir nicht doch einen Assistenten zulegen sollte. Aber die ganze Zeit Erklärungen abzugeben, jemandem meine Entscheidungen zu begründen, das war nicht meins. Und ohne diese Punkte wäre eine reibungslose Zusammenarbeit unmöglich. Besser, ich erledigte das selbst. In den freien Stunden könnte ich mich mit Scott beim Klettern austoben.

Es war schon deutlich zu viel Zeit vergangen, dass ich in Costa Rica in den grün bewachsenen Hängen herumgeklettert war. Es gab am Vulkan so viele Felswände, die nur darauf warteten, von mir erobert zu werden. Und wie lang hatte ich nicht mehr in den Krater hinuntergesehen? Bestimmt lag das schon drei Jahre zurück. So viel Arbeit, aber auch zu viele Erinnerungen.

Instinktiv strich ich mit der flachen Hand über die drei großen Narben an meinem unteren Rücken. Eine steile und kompliziert zu erkletternde Wand war mir beinahe zum Verhängnis geworden – und hatte mich meine Ehe gekostet.

Meine Frau hätte mich nicht vor die Wahl stellen sollen: sie oder das Klettern. Wenn Sheela mich gebeten hätte, keine schwierigen und gefährlichen Wände mehr zu bezwingen, hätte ich eingelenkt, aber ich ließ mich nicht erpressen. Nicht einmal von meiner Frau. Dabei hatten wir uns beim Klettern kennengelernt. Sie wusste, ich war vorsichtig. Dass sich in dieser Spalte eine Natter versteckte, hatte niemand vorhersehen können. Der Biss war schmerzvoll gewesen, der Schreck hatte mich stürzen lassen. Gefahren lagen überall. Eine Natter im Gras oder in einer einfachen Wand. Ein Autounfall.

Wie auch immer, vielleicht hätte die Ehe sowieso nicht gehalten.

Nachdem ich für die Kaffeeplantage alles erledigt hatte, sah ich meine unzähligen Nachrichten durch. Ranger, der sich nochmals für die schnelle Lösung bedankte. Cody, der sagte, er würde jemanden von der Marketingabteilung auf die Aktion ansetzen, um wenigstens dieses Unglück entsprechend werbetechnisch aufzuarbeiten, und Scott, der fragte, ob ich schon mit der Dunkelhaarigen fertig wäre und Lust auf ein Bier hätte. Das klang nach diesem Tag verlockend.

Dann las ich die Nachricht einer unbekannten Nummer: *Nein, Sie dürfen nicht! Keine lieben Grüße. S. Moore, die wegen Ihnen zu spät zum Bewerbungsgespräch kam und jetzt immer noch keinen Job hat. Danke!*

Ich runzelte die Stirn, bevor mir dämmerte, von wem die Nachricht stammte. Dann lachte ich auf. Natürlich! Das temperamentvolle Büromäuschen, das fluchte wie ein Straßenarbeiter, hatte meine Visitenkarte gefunden. Dass sie wegen mir einen Vorstellungstermin verpasst hatte, schürte das schlechte Gewissen. Da rettete ich vielen Arbeitern die Lebensgrundlage und versaute sie gleichzeitig einer Frau, indem ich ihr den Parkplatz wegschnappte. Ganz mieser Stil.

Ich legte meine Beine auf den Schreibtisch, verschränkte die Arme hinter dem Kopf und lehnte mich im Bürostuhl weit zurück. An ihrer Stelle würde ich mir auch die Pest an den Hals wünschen. Vielleicht verstand sie es, wenn ich es ihr erklären würde? Einen Versuch wäre es wert. In jedem Fall war ich ihr mehr als ein Essen schuldig. Am besten, ich meldete mich sofort bei ihr, die Nummer hatte ich ja jetzt.

Ich griff zum Telefon, drückte auf die Anruftaste

und ließ es unzählige Male klingeln. Es nahm niemand ab. Dann eben nicht!

Mit Schwung stand ich auf und beschloss, mit Scott auf ein Bier zu gehen. Ich wollte ihn schließlich dazu bewegen, mich zu begleiten. Im Gegensatz zu der Kratzbürste ging Scott sofort ans Telefon und wir verabredeten uns in der Stammkneipe bei uns um die Ecke. Die Aussicht auf ein kühles Bier und ein Gespräch mit meinem besten Freund munterte mich auf.

Die paar Schritte ging ich zu Fuß. Die morgendlichen Nebelschwaden, die vom Meer her kommend über die Bucht zogen und die Stadt in Watte packten, hatten sich an diesem Tag erst gegen Nachmittag verzogen. Doch kaum brach die Sonne durch, wärmte sie angenehm.

Scott saß bereits vor seinem Bier. »Hey, was für ein beschissener Tag«, grüßte ich ihn und fiel gleich mit der Tür ins Haus. »Aber er hat auch ein Gutes. Wir könnten klettern gehen. Kannst du dich für ein paar Tage loseisen?« Beim Barkeeper bestellte ich ein Bier, indem ich auf Scotts Glas zeigte.

»Klettern, wo? Noch sind die Felsen zu nass, da würde mich Gina umbringen.«

Gina hatte ich bei meinem Plan ganz vergessen. Ob sie Scott von der Angel lassen würde?

»Die ganze Geschichte ist die: Ich habe Probleme auf meinen Kaffeefeldern in Costa Rica. Wir könnten auf meine Hacienda und von dort aus am Vulkan klettern, sobald ich dort alles im Griff habe.«

Scotts Augen leuchteten auf. »Wann willst du los?«

»In drei Tagen. Ich lasse gerade den Jet klarmachen.« Das Bier stand verlockend vor mir. Ich hob das Glas an, prostete Scott zu und trank einen tiefen Zug. »Du kommst also mit?«

»Gina fliegt in vier Tagen auf eine Fortbildung nach Washington. Sie bleibt eine Woche.« Scott grinste, hob sein Glas an und trank es aus. »Einen besseren Zeitpunkt gibt es nicht, oder? Die Kletterhalle schafft Jason auch allein. So viel ist auch nicht los, wenn du nicht da bist.« Er schlug mir auf die Schulter. »Wenn sich herumspricht, dass du eine Woche nicht kommst, werden auch deine Bewunderinnen von der Wand wegbleiben.«

»Du übertreibst. Gerade heute habe ich mir eine grandiose Abfuhr geholt.« Ich erzählte ihm von dem Energiebündel im Parkhaus und wir lachten zusammen, wie eine so zierliche Lady dermaßen fluchen konnte.

»Wie willst du das wieder geraderücken?« Scott orderte noch zwei Bier.

»Wenn ich wüsste, ob sie was drauf hat, könnte ich sie in der Firma schon irgendwo unterbringen. Aber sie hat meinen Anruf ignoriert.«

»Seit wann lässt du dich so schnell von etwas abhalten?«

Ich zwinkerte ihm zu. »Wer sagt denn, das ich das so stehen lasse?« Natürlich würde ich sie noch einmal kontaktieren. Nachdem sie meinen Anruf ignoriert hatte, war mir da eine andere Idee gekommen. »Bestell mal besser noch zwei Bier. Es könnte hier jetzt interessant werden.

KAPITEL 6

Sarah

»Nein!«, entrüstete sich Katie, als ich ihr am Telefon von dem eingebildeten Lackaffen und seiner Nachricht erzählte.

»Doch!«, schnaubte ich in mein Smartphone und trommelte mit den Fingern auf das Lenkrad. Vor mir versuchte jemand, einzuparken, und ließ sich dabei unglaublich viel Zeit. Fast war ich geneigt, auszusteigen und das für ihn zu übernehmen. »Katie, wenn ich nicht bald einen Job finde, muss ich kellnern gehen oder an der Waschanlage arbeiten.«

»Es gibt gute Trinkgelder, du musst das nur im Bikini machen.«

»Guter Witz! Pass auf, wir treffen uns im Eiscafé um die Ecke, hast du Zeit? Ich brauche jetzt was für die Seele. In erster Linie viel Sahne und Schokosoße.«

»Klingt gut, ich mache in einer Stunde Dienstschluss. Wie lange brauchst du?«

»Keine Ahnung. Länger als ich gebraucht habe, um in die Stadt zu fahren, vermute ich. Ich bin mitten im Berufsverkehr.«

Fast zwei Stunden kämpfte ich mich durch den Verkehr, bis ich direkt vor der Eisdiele einen freien Parkplatz bekam. Katie saß schon unter einer riesigen Palme. Die Bedienung nahm die Bestellung sofort auf, als ich mich an den Tisch gesetzt hatte. Sie ahnte wohl, wie dringend ich einen süßen Seelentröster nötig hatte.

»Barfuß?«, fragte mich Katie mit einem Blick unter den Tisch. »Dann habe ich also richtig gesehen. Dein Tag war deutlich schlechter als meiner, wobei meiner auch keinen Preis verdient.«

Unsere Bestellung kam und ich tauchte meinen Löffel durch die Sahneschicht ins Schokoladeneis. Katie selbst sog mit großen Augen an dem Strohhalm, der in ihrem Eiskaffee steckte, während ich ihr erzählte, wie es dazu gekommen war, dass ich barfuß unterwegs war.

Nachdem sie mich ausgiebig bedauert hatte, kam noch ein Seufzen über ihre Lippen. »Die schönen Schuhe, dabei hätte ich mir die gerne mal ausgeliehen.«

»Der schöne Job!«, begehrte ich auf und wedelte mit dem Löffel. »Scheiß auf Schuhe in dem Fall. Ich sage dir, wenn ich diesem Wichser irgendwann über den Weg laufen sollte, trete ich ihm ans Knie.«

»Echt, solche Typen braucht kein Mensch. Aber du hast einen Fehler gemacht.«

»Fehler?«

»Du hast ihm eine Nachricht geschickt, jetzt hat er deine Nummer. Männer wie er lassen nicht locker, glaub mir. Hat er wirklich so gut ausgesehen?«

Energisch steckte ich den Löffel ins Eis. »Hat er! Aber bei mir stößt er auf Granit! Attraktivität ist nämlich nicht alles.«

Katie legte den Kopf schief. »Aber sich mal schön ausführen zu lassen, wäre doch auch nett. Da hättest du Gelegenheit, ihm so eine richtige Abfuhr zu verpassen. Also *nach* dem Fünf-Gänge-Menü und dem Champagner.«

»Katie! Also wirklich!«

»Er wird sich melden. Wetten?«

»Glaube ich nicht. Wenn doch, zahlst du das nächste Eis. Mich lacht der Kirsch-Becher an.«

Kaum ausgesprochen, klingelte mein Handy, und Katie guckte, als wolle sie sagen: »Hab ich es nicht gesagt?«

Ich zog das Handy aus der Tasche und warf einen Blick auf das Display.

»Das ist er tatsächlich!«, sagte ich und legte das Handy auf den Tisch. Dann schob ich mir einen gut gehäuften Löffel Eis mit Sahne und Schokosoße in den Mund.

»Du hast die Wette verloren. Jetzt geh schon ran.«

Ich schüttelte den Kopf und schob einen weiteren Löffel hinterher.

»Bist du gar nicht neugierig?«

»Nein!«

Das Klingeln hörte auf.

Natürlich war ich neugierig, aber ich hatte schließlich meinen Stolz. Und einen leeren Eisbecher. Ich bestellte bei der Kellnerin den Kirschbecher, Katie ließ sich einen Kaffee kommen, und schon poppte eine Nachricht auf dem Display meines Smartphones auf. Im Gegensatz zu Telefonaten, die man einfach ignorieren konnte, war das bei Textnachrichten anders. Auf dem Sperrbildschirm waren längst die ersten Sätze zu lesen und ich legte neugierig den Kopf schief, um ein paar Worte zu erkennen, ohne dass ich das Telefon an mich reißen musste.

»Was schreibt er?«, fragte Katie mit hochgezogenen Augenbrauen.

Damit ergab ich mich meiner Neugier und zog das Smartphone näher zu mir. In dem kleinen Ausschnitt waren noch immer der erste Satz und die Hälfte des zweiten zu lesen.

»Liebe Miss Moore, ich bin untröstlich, dass Sie wegen meines unmöglichen Verhaltens die Stelle nicht bekommen haben. Darf ich Ihnen einen Job ...«

Ich zuckte zusammen, als Katie so fest mit der flachen Hand auf den Tisch schlug, dass der Löffel auf ihrer Untertasse hüpfte. »Da brat mir doch einer einen Storch! Der bietet dir einen Job an? Los, los! Vorlesen. Sofort.«

Zähneknirschend, weil der Idiot mich jetzt doch am Haken hatte, öffnete ich die Nachricht, um sie ganz lesen zu können.

»Darf ich Ihnen einen Job anbieten? Ich würde mich freuen, Sie zu einem Vorstellungsgespräch einzuladen. Natürlich nur, wenn Ihnen eine Position als Assistentin für ein florierendes Unternehmen der Kaffeebranche genehm wäre. Was meinen Sie?«

Katie schnappte nach Luft. »Da gehst du hin!«

»Niemals!« Ich schloss die Nachricht und legte das Smartphone mit dem Display nach unten auf den Tisch.

»Das ist jetzt unangebrachter falscher Stolz. Merkst du selbst, oder?«

»Mir egal.«

»Geh hin und mach das Vorstellungsgespräch. Danach kannst du ihm immer noch ans Knie treten.«

»Das ist ein Argument«, sagte ich nachdenklich.

Im Gegensatz zu mir war Katie total aufgeregt und rührte ohne Unterlass mit dem Löffel im Kaffee.

»Dann antworte doch.«

Ich drehte das Handy um, rief die Nachricht auf, las sie noch mal.

»Okay, warum nicht. Was kann schon passieren?«

»Eben! Du gehst in seine Firma, da wird er dich schon nicht vergewaltigen oder entführen.«

Lachend verdrehte ich die Augen. Katie und ihre Argumente.

Dann tippte ich und las dabei laut vor: »Was zahlen Sie?«

»Dein Ernst?« Katie sah mich irritiert an.

»Mein voller. Antwortet er nicht oder ausweichend, dann ...«

Er antwortete umgehend.

Bitte? Was da stand, konnte er nicht ernst meinen! Unmöglich! Das wäre mal ein Jahresgehalt gewesen, mit dem man tatsächlich in dieser Stadt überleben könnte!

Ich zeigte Katie, was er geschrieben hatte.

Sprachlos sahen wir uns an. Sie stellte sogar das Rühren ein. »Siebzigtausend Dollar plus Spesen und jährlichem Bonus bis zu hundertfünfzig Prozent?!«, stieß sie so laut aus, dass eine Frau am Nebentisch von ihrem Buch aufsah.

Ich entschuldigte mich für meine Freundin.

Die Frau zog die Brauen hoch. »Verzeihung, ich habe Ihr Gespräch mitbekommen. An Ihrer Stelle würde ich mir den Job zumindest mal ansehen.«

»Genau!«, rief Katie. »Meine Rede!«

Daraufhin sahen mich beide erwartungsvoll an.

»Okay«, sagte ich nach Weile. »Ich kann es mir ja mal anhören.«

KAPITEL 7

Brad

»Hat sie schon geantwortet?«, wollte Scott wissen und orderte zwei Bier, indem er die Hand Richtung Kellner hob und dabei zwei Finger ausstreckte.

»Sie wird«, sagte ich und grinste. Mein Angebot war fair. Und wenn sie tatsächlich einen Job suchte, würde sie es sich wenigstens anhören. »Ich denke, sie wird darauf anspringen. Und wenn die Referenzen passen, kann sie ein Gewinn für die Firma sein.«

Das Bier kam und mein Handy brummte. Ich nahm es auf. Amüsiert las ich die Nachricht: *Sie verarschen mich doch! Auf den Job bin ich mal gespannt! Gut, Sie haben mich neugierig gemacht. Führen wir also ein Gespräch. Wann, wo?*

Die Kleine war verdammt direkt, das musste man ihr lassen. Ich drehte Scott das Handy so, dass er ebenfalls lesen konnte.

»An den Umgangsformen sollte sie aber noch arbeiten, fürchte ich«, bemerkte er amüsiert. »Da hast du dir ja was Feines eingebrockt. Und alles nur wegen eines Parkplatzes. Wann willst du sie denn zu einem Gespräch einladen? In ein paar Tagen sind wir weg.«

In dem Moment kam der Gedankenblitz des Jahres.

»Scott! Du hast mich da auf eine geniale Idee gebracht!« Ich schlug ihm auf die Schulter und musste über seinen fragenden Blick lachen. »Wollen wir doch mal sehen, wie flexibel die Kleine ist. Oder hast du etwas gegen weibliche Begleitung?«

Ihren Lebenslauf und Referenzen würde sie zum Gespräch mitbringen, das gehörte zum Standard, und wenn sie den nicht erfüllte, würde es für sie schwer werden, in San Francisco eine Stelle zu bekommen. Da sie jedoch erst auf dem Weg zu einem Vorstellungstermin gewesen war, ging ich stark davon aus, dass sie gerüstet war.

Scott schüttelte ungläubig den Kopf. »Das willst du tun? Am Ende hängst du dir da einen Klotz ans Bein, der das Klima nicht verträgt, nicht belastbar ist und wer weiß, ob sie überhaupt zustimmt.«

»Das werden wir sehen. Soll sie sich erst einmal beweisen und dann entscheide ich, in welcher Abteilung ich sie nach dem Aufenthalt in Costa Rica einsetze. Du weißt doch selbst, ich selektiere immer sehr gründlich. Im Zweifelsfall gibt es eine andere Lösung.«

»Und du willst sie nicht nur ins Bett bekommen?« Scott nahm das servierte Bier und stieß gegen mein Glas.

»Dem Temperament nach könnte das wirklich aufregend werden, aber du weißt auch, dass ich nichts mit Angestellten anfange. Das gibt nur Ärger.«

Diese Regel war unumstößlich und ich nahm sie sehr ernst. So etwas brachte nur Unruhe ins Unternehmen. Außerdem hätte es in meinen Augen einen unangenehmen Beigeschmack. Wer mit dem Chef ins Bett ging, erwartete etwas oder fürchtete um den Job. In jedem Fall Bullshit. San Francisco war groß genug, um sich nicht auf Frauen im eigenen Unternehmen einlassen zu müssen.

Scott lachte. »Du würdest es fertigbringen, ihr die Kündigung auszusprechen, bevor du sie vernaschst, nur um deiner eisernen Regel treu zu bleiben.«

Auf so eine Idee war ich noch gar nicht gekommen. »Du traust mir ja allerhand zu.«

Scott warf ein paar Dollarscheine auf den Tresen und leerte sein Bier. »Berichte mir, wie es ausgegangen ist und worauf ich mich einstellen muss.«

»Grüß Gina von mir und sag ihr, sie konnte sich keine bessere Woche für ihre Fortbildung aussuchen!«

Im Grunde war meine Anwesenheit vor Ort wichtig, damit ich im Ernstfall schnelle Entscheidungen treffen konnte. Der Rest war Freizeit. Es würden ein paar entspannte Tage beim Klettern werden. Vorausgesetzt, das ökologische Mittel würde den Broca ohne größere Probleme vernichten und die Ernte retten. Doch darüber würde ich mir Gedanken machen, wenn es so weit war.

Ich beschloss, noch eine Runde an der Küste entlang zu laufen. Auf das Gespräch mit dieser Frau war ich schon jetzt neugierig. Es kam selten genug vor, dass mir jemand so deutlich Paroli bot. Und nachdem ich ihr meine Visitenkarte an die Windschutzscheibe gehängt hatte, wusste sie, in welcher Position ich war. Die Forschheit in ihrer Nachricht war erfrischend anders.

Am kommenden Morgen telefonierte ich gerade, als meine Sekretärin an die Tür klopfte und mir meine Besucherin ankündigte. Ich gab ihr mit einem Handzeichen zu verstehen, dass ich noch einen Moment benötigte.

Das Gespräch mit dem Einkäufer der großen Kaffeekette dauerte länger, aber wir wurden uns einig. Er verpflichtete sich, für ein weiteres Jahr meinen Kaffee abzunehmen, wenn ich ihm einen Imagefilm aus Costa Rica für seine Marketingkampagne zur Verfügung stellen würde. Ein Unterfangen, das sich schnell umsetzen ließ, da ich bald auf dem Weg zu meinen Kaffeebauern war. Ich würde Ranger anweisen, ein gutes Filmteam aus der Hauptstadt anzufordern. Dieses Telefonat musste allerdings warten, da ich schon fünfzehn Minuten zu spät für das Vorstellungsgespräch war.

Ich ging zur Tür, öffnete und auf einem der Besucherstühle saß die dunkelhaarige Unbekannte. Auf dem Beistelltisch neben ihr stand eine leere Tasse Kaffee. Sie trug das gleiche Kostüm wie am Vortag. Dann fielen mir ihre rehbraunen Augen auf. Dieses Mal funkelten sie nicht angriffslustig. Im Gegenteil. Sie huschten unruhig durch den Raum, bevor sie mich ansah. In dem Moment tauchte das Glitzern darin wieder auf.

Ich setzte mein freundlichstes Cheflächeln auf. »Guten Morgen, ich bin zu spät. Das tut mir leid, aber ein wichtiges Telefonat hat mich aufgehalten. Aber Sie wurden gut versorgt, wie ich sehe.«

Sie nickte, stand auf und wir schüttelten uns die

Hände. Sie hatte eine sehr zarte Hand, aber einen bemerkenswert festen Händedruck. Ganz offensichtlich eine Frau, die wusste, was sie wollte.

»Guten Morgen, Mr. Norris«, grüßte sie mich. So förmlich hätte ich sie nach den wüsten Bezeichnungen, die sie bisher für mich gefunden hatte, gar nicht erwartet.

»Schön, dass Sie gekommen sind. Folgen Sie mir bitte ins Büro?« Ich ging voraus, öffnete die Tür und ließ sie vorangehen.

Sie trat ein und blieb mitten im Raum stehen.

»Sehr geschmackvoll«

»Danke schön. Meine Sekretärin ist eine Perle, sie hat die Sitzecke ausgewählt.« Ich schloss die Tür und deutete auf einen der beiden schwarzledernen Zweisitzer, die sich, getrennt durch einen Rauchglastisch, gegenüberstanden. »Ich führe Personalgespräche gern in entspannter Sitzposition. Haben Sie etwas dagegen, wenn wir das Gespräch hier führen?«

Ich mochte es, wenn man sich in gemütlicher Atmosphäre unterhielt. Ein Vorstellungsgespräch, wo man mir am Schreibtisch gegenübersaß und das Licht den Bewerber blendete, empfand ich als wenig hilfreich, um eine Person wirklich einschätzen zu können.

»Nein, das ist schon in Ordnung«, sagte sie förmlich und setzte sich. Sie wählte den Zweisitzer, der an der Wand stand. Gut, so konnte sie alles überblicken. Erster Pluspunkt. Ich setzte mich ihr gegenüber. Auf dem Glastisch hatte ich Wasser und etwas Gebäck richten lassen.

»Wasser?«

»Gern«, antwortete sie, und ich schenkte ihr ein Glas ein.

»Miss Moore, würden Sie mir Ihren vollen Namen verraten?«

»Selbstverständlich. Moore, Sarah Moore. Und damit keine Missverständnisse aufkommen, möchte ich gleich zu Beginn etwas klären: Ich bin nur übellaunig, wenn man mir den Parkplatz klaut und ich dadurch einen wichtigen Termin verpasse. Ich bin gern pünktlich.« Sie zog eine Mappe aus einer Handtasche, in der manche Menschen ihre halbe Wohnung unterbringen würden. Die Tasche beulte sich aus und schien gut gefüllt zu sein. Wider Erwarten wies die Mappe keinen Knick auf. Sie reichte sie mir über den Tisch. Etwas in ihrem Blick wirkte misstrauisch, vielleicht war es an der Zeit, zu sagen, warum ich sie eingeladen hatte.

Ich hielt die Mappe in den Händen, schlug sie aber noch nicht auf. »Danke schön. Zuerst möchte ich jedoch etwas erklären. Es ist nicht meine Art, anderen Menschen den Parkplatz streitig zu machen. Gestern war ein Ausnahmetag. Es ging um sehr viel, unter anderem stehen mehr als hundert Arbeitsplätze auf dem Spiel. Ich weiß, das betrifft Sie nicht, und ich entschuldige mich dafür, Ihnen Probleme bereitet zu haben. Da es in meinem Unternehmen immer Arbeit gibt, wollte ich es wiedergutmachen.« Ich deutete auf das Gebäck. »Das wäre also erledigt. Bedienen Sie sich, Sarah, solange ich Ihre Unterlagen sichte.«

Sarah zog als Antwort eine Braue hoch, schlug elegant ein Bein über und saß kerzengerade und dennoch locker vor mir. Die Hände lagen auf ihrem Knie, die Finger waren ineinander verschränkt. Alles an ihr wirkte auf Abstand bedacht.

Während ich ihre Referenzen ansah, musterte sie mich unentwegt.

Ich gab es nur ungern zu, aber ihr Blick machte mich leicht nervös. Sie war nicht nur eine starke Frau, sondern auch verdammt sexy. Alles saß an der richtigen Stelle, und nicht nur einmal verfluchte ich mich, ihr einen Job angeboten zu haben. Sollte Scott recht behalten und ich musste ihr eine Absage erteilen, nur um meine Firmengrundsätze nicht zu verletzen? Fuck!

Ich musste mich zusammenreißen, nicht daran zu denken, wie ich ihr den Rock hochschieben würde, um mit meinen Fingern unter ihren Slip zu fahren und mich zu ihrer feuchten Mitte vorzutasten.

Energisch schob ich diese Gedanken beiseite, räusperte mich und konzentrierte mich wieder auf den Lebenslauf, bevor mein Schwanz sich noch bemerkbar machen konnte.

»Alles in Ordnung?«, fragte sie skeptisch.

Ich blickte auf. »Sie waren bisher als Sekretärin bei Clint Enterprise und als Assistentin bei Max Coldwell angestellt. Gute Firmen, und auch die Beurteilung ist sehr gut. Sie haben beide Stellen auf eigenen Wunsch verlassen. Darf ich fragen, warum?«

KAPITEL 8

Sarah

Wir saßen uns wie zwei Raubtiere gegenüber, die einander umschleichen, sich beobachten und versuchen, ihr Gegenüber einzuschätzen. Die Luft zwischen uns war angefüllt mit Spannung, und ich gab mir alle Mühe, locker und gelassen rüberzukommen. In mir drinnen sah es jedoch völlig anders aus.

Mit Chefs, die nur das Eine im Sinn hatten, hatte ich bei den letzten beiden Jobs meine Erfahrung machen dürfen. Eine davon hatte vier tiefe Kratzer auf der Wange des notgeilen Typs hinterlassen. Bis heute hätte ich gern gewusst, wie er seiner Frau das wohl erklärt hatte. Doch bei keinem meiner vielen Vorstellungsgespräche hatte ich so ein inneres Beben in mir gehabt wie bei diesem.

Eigentlich konnte ich die Absicht der Männer ganz gut einschätzen, hier allerdings versagte ich kläglich.

Der Mann war nicht zu greifen. Erst Unsympath in der Tiefgarage, dann den Anflug eines Gigolos und jetzt niveauvoller Geschäftsmann ohne Hintergedanken. Zumindest glaubte ich das. Wenn er doch welche hatte, war er verdammt gut darin, sie zu verbergen. Fakt war, wir waren beide ziemlich neugierig aufeinander. Damit sollte ich es fürs Erste gut sein lassen.

»Sie dürfen, Mr. Norris«, antwortete ich auf seine Frage, ohne meine Körperhaltung zu ändern. »Wissen Sie, diese Jobs haben mich gefordert, ich habe viel gelernt, mich eingebracht, und es ist nicht meine Art, schlecht über ehemalige Vorgesetzte zu reden. Sagen wir so: Ich hatte meine Gründe, denn leider lassen sich männliche Kollegen gelegentlich dazu verleiten, ihre Position auf eine Ebene zu setzen, welche das Boss-Sekretärinnen-Level überanstrengt.«

Mit einem amüsierten Zug um die Lippen sah er mich an. Dann lachte er laut auf, klappte meine Mappe zu und legte sie auf den Tisch.

»Respekt, Miss Moore! Sie hätten auch sagen können, dass man Ihnen sexuell zu nahegetreten ist.«

»Korrekt, das hätte ich, habe ich aber nicht.« Meine Handinnenflächen schwitzten, das taten sie sonst nie. Da gab ich mir alle Mühe, eloquent zu wirken, und dann machten mir meine Hände einen Strich durch die Rechnung. Idee! Ich griff zu einem Cookie und platzierte ihn auf einer der Servietten. Vornehm biss ich ein Ministückchen ab und nahm dann die Serviette in die andere Hand, bevor ich sie mit dem Keksrest auf dem Tisch ablegte.

Norris beugte sich vor und stützte die Ellenbogen auf den Knien auf, die Hände hatte er jetzt, wie zuvor ich, ineinander verschränkt. Mir war bewusst, dass er mich die ganze Zeit interessiert musterte. Gott, der Mann hatte einen Blick, der mir durch und durch ging. Röntgenblick. Aber keiner der negativen Sorte. Wie gesagt, ich konnte diesen Kerl nicht einschätzen.

»Mr. Norris«, begann ich und kämpfte gegen das Flattern in meiner Magengrube an. »Ich sollte ...« *Aufstehen und gehen.* »… Sie jetzt fragen, was das genau für ein Job ist, der so gut bezahlt wird.«

Und er sollte aufhören, mich so anzusehen, dieser Kaffeeplantagen-Besitzer.

»Das verrate ich Ihnen. Miss Moore, was halten Sie davon, mich als meine Assistentin auf eine Kaffeeplantage nach Costa Rica zu begleiten? So haben wir Gelegenheit, uns zu beschnuppern, und Sie haben die unvergleichliche Chance, das Geschäft direkt an der Basis kennenzulernen. Des Weiteren werden Sie ...«

Vorbei war es mit meiner Distanziertheit. »Beschnuppern? Auf einer Kaffeeplantage. Ihr Ernst?«

»Sie trauen mir nicht?«

»Sie klauen Parkplätze!«

»Der Punkt geht an Sie.« Er lachte, lehnte sich zurück und legte einen Arm über die Lehne. Dann wurde er wieder ernst. »Der Job beginnt damit, dass mich meine zukünftige Assistentin oder auch mein zukünftiger Assistent auf meine Plantage begleitet. Die Referenzen passen, aber wenn wir nicht auf geschäftlicher Ebene harmonieren, wird das Gehalt niedriger ausfallen, weil ich Sie in einer anderen Abteilung einsetzen würde. Es ist kurzfristig meine dringende Anwesenheit vor Ort notwendig, und es hilft, wenn ich jemanden habe, der Protokoll führt, Telefonate erledigt und so weiter.«

Er fixierte mich und mir wurde heiß. Das sollte also

ein Test werden? Er meinte das tatsächlich ernst. Wenn meine Leistung nicht stimmte, würde ich abserviert.

»Miss Moore, ich gebe zu, das Wort *beschnuppern* war vielleicht etwas zu salopp, trifft es jedoch ziemlich genau. Unter den dort vorherrschenden Bedingungen könnten wir relativ schnell feststellen, ob wir als Team zusammenpassen. Denn in diesem Job ist es wichtig, sich aufeinander verlassen zu können.«

»Sie meinen das ernst«, sagte ich überflüssigerweise.

»In der Tat.« Er stand auf. »Ich gebe Ihnen zehn Minuten Zeit, über mein Angebot nachzudenken. Währendessen führe ich ein Telefonat und lasse Sie allein. Sind Sie damit einverstanden?«

Ich konnte nur wie betäubt nicken. Tausend Gedanken jagten mir durch den Kopf. Dann ging er hinaus und ich blieb zurück.

Wer sagte, dass er nach Costa Rica zu einer Kaffeeplantage wollte? Vielleicht war das Unternehmen nur ein Deckmantel und er eigentlich der kriminelle Kopf eines Drogenkartells? Das könnte durchaus möglich sein, so wie er aussah. Sehr südländisch mit seinen rabenschwarzen Haaren, dem leicht olivenfarbenen Teint, den dunklen Glutaugen. Ein gefährlicher Mann. Ich schluckte, denn ich dachte auch noch: Ein schöner Mann! Er bewegte sich wie ein Panther auf dem Sprung, seine Unterarme waren sehnig, die Schultern gerade und der Hintern, auf den ich vorhin einen kurzen Blick hatte werfen können, einfach nur absolut knackig! So musste ein Männerpo sein.

Fazit: Seine ganze Körperhaltung verriet mir, dass ich einem Sportler gegenüber saß. Oder einem, der sich fit halten musste, weil er ständig in irgendwelche Bandenkriege verwickelt war.

Ich schüttelte den Kopf über meine irrwitzigen Spekulationen. Aber egal, was Brad Norris auch machte, er tat es mit Leidenschaft, da war ich mir sicher. Der ganze Mann versprühte Leidenschaft. Und leider steckte er mich damit an. Das hatte so gar nicht in meiner Absicht gelegen, als ich hierher gekommen war. Ganz im Gegenteil. Aber sein Auftreten hatte mich geflasht und es war typisch für einen Verführer, Manipulierer und Drogenboss. Gleichzeitig schalt ich mich eine panische Kuh, weil ich Dinge in etwas hineininterpretierte, die vielleicht ganz harmlos waren.

Wie lange hatte ich Zeit? Zehn Minuten? Ich sah auf die Uhr. Davon waren jetzt zwei um. Hastig wählte ich Katies Nummer, und atmete erleichtert auf, als sie sofort dran ging. Mit gedämpfter Stimme setzte ich sie in Kenntnis.

Zuerst jubelte sie und riet mir, so ein Angebot bloß nicht auszuschlagen. Man stelle sich bloß mal vor: traumhaftes Costa Rica, Kaffeeplantage, Luxushotel, Urwald, Pool.

Ich holte sie zurück aus ihrer Euphorie und erwähnte meine Befürchtungen, die Drogenmafia und Bandenkriege.

»Und mal so nebenbei«, fügte ich hinzu. »Das ist schon alles sehr bizarr, findest du nicht?«

»Doch. Und wie! Ich will mit. Als deine Aufpasserin! Ich nehme mir den restlichen Urlaub, den ich habe. Du gehst da nicht ohne mich hin! Ich beschütze dich, ich kann Karate. Und Costa Rica! Da wollte ich immer schon mal hin!«

»Du hast einen dreimonatigen Verteidigungskurs in einem Karatestudio mitgemacht, Katie.«

»Wenn du das so sagst, hört sich das nicht so toll an.

Ich will trotzdem mit. Sag ihm: nicht ohne deine Freundin!«

Ich lachte auf. »Wie sieht das denn aus, wenn ich eine Aufpasserin mitnehme? Darauf wird er nicht eingehen, das ist unüblich.«

»Das ist sein Angebot auch.«

»Da hast du nicht ganz unrecht.« Ich sah, wie die Tür aufging, verabschiedete mich hastig und steckte das Handy in die Tasche.

Norris setzte sich mir gegenüber, und stützte wie vorhin die Ellenbogen auf seine Knie.

»Sie sehen mich an, als wäre ich in kriminelle Machenschaften verstrickt und hätte im Sinn, Sie ins Ausland zu entführen und an den Meistbietenden zu verkaufen.«

Ich kniff die Lider zusammen. »Und wenn ich das denken würde?«

»Dann muss ich Sie leider enttäuschen. Obwohl ich zugeben muss, dass man mir für Sie sicher viel Geld bieten würde.«

KAPITEL 9

Brad

Misstrauisch kniff sie die Augen zusammen und sagte für einige Sekunden kein Wort.

Sie sah zum Anbeißen aus, wie sie mit funkelnden Augen und leicht verunsichert vor mir saß. Es würde eine harte Nummer werden, mich von ihr fernzuhalten, aber es ging um einen Job und wenn ihre Gründe für das Ende bei Max Coldwell wahr waren, brauchte sie einen übergriffigen Chef so dringend wie ein drittes Auge.

Warum sie mich allerdings für einen kriminellen Kerl hielt, ließ sich für mich nicht nachvollziehen. In meinem maßgeschneiderten Anzug sah ich nach dem erfolgreichen Geschäftsmann aus, der ich war.

»Okay, auch wenn ich einem Parkplatzdieb nicht traue, ich würde unter einer Bedingung mitkommen.«

Sie sprach die Worte langsam aus, fast, als würde sie noch über sie nachdenken.

»Und die wäre?« Neugierig geworden, was sich dieses Temperamentsbündel, das sich ziemlich gut im Griff hatte, ausdachte, beugte ich mich nach vorn.

Sie spiegelte meine Bewegung. Beide sahen wir uns direkt in die Augen. Die Kleine hatte Feuer, und doch sah man in diesen Bernsteinaugen den wachen Geist dieser Frau. Vermutlich wurde sie oft unterschätzt. Diesen Fehler würde ich nicht begehen.

Ich wollte, dass sie mich begleitete und ihr die Reise schmackhaft machen. »Sie müssten nicht den ganzen Tag arbeiten. Ich werde mit meinem Freund klettern gehen. Es wäre also gut, sich ein paar Bücher mitzunehmen.«

»Freund?«

Der entsetzte Blick, mit dem sie mich bedachte, amüsierte mich. Das mit Scott hatte sie wohl falsch verstanden. Wie sie das Wort *Freund* betont hatte, ließ sie wohl glauben, ich neigte zum eigenen Geschlecht. Ich ließ sie in dem Glauben. So konnte sie wenigstens nicht denken, ich würde bei der nächsten Gelegenheit über sie herfallen. Wobei der Gedanke durchaus verlockend war, wie mir mein Schwanz eindrucksvoll meldete.

»Genau, ein Freund. Und wie lautet Ihre Bedingung? Sie erwähnten, nur unter einer Bedingung mitzukommen.«

»Oh, ja, natürlich. Sie nehmen Ihren Freund mit, ich meine Freundin.«

Nun sah ich sie vermutlich irritiert an. »Ihre Freundin?«

»Ja, Costa Rica war schon immer ihr Traumziel und

wie Sie selbst sagten, hätte ich viel Freizeit.« Sie lehnte sich zurück und sah mich an.

Ich verzog keine Miene, überlegte, ob ich es mir antun sollte, mit zwei Frauen in ein Land zu fahren, in dem handtellergroße Spinnen, giftige Frösche und Schlangen lebten. »Ihre Freundin kennt aber die Fauna dort, richtig?«

Sie nickte.

»Taranteln, Frösche, Schlangen machen Ihnen und Ihrer Freundin nichts aus?«

Sie blinzelte drei Mal, was mir deutlich sagte, dass sie daran nicht gedacht hatte. »Nein, überhaupt nicht. Solange die Schlangen nicht giftig sind«, antwortete sie scheinbar gelassen.

»Gegengift ist permanent vor Ort. Kein Problem.«

Nun schluckte sie trocken. »Okay, kein Problem.«

»Gut, dann nehmen wir Ihre Freundin mit. Sie haben beide einen gültigen Reisepass?«

Der Aufenthalt würde unterhaltsam werden, so viel stand fest. Ich musste mich nur zurücknehmen, nicht zu sehr ins Flirten zu geraten. Denn ich wusste, wer mit dem Feuer spielte, verbrannte sich zum Schluss die Finger. Und mein Ruf war mir wichtig.

»Ja, habe ich«, sagte sie und runzelte die Stirn.

»Aber?«

»Ich weiß nicht, ob er noch gültig ist.«

»Dann sehen Sie besser mal nach. Und senden Sie mir heute noch Kopien von Ihrem Pass und dem Ihrer Freundin. Meine Sekretärin kümmert sich umgehend um das Visum.«

»Das kriegen wir hin.«

»Dann darf ich das als feste Zusage verstehen?«

Aus großen Augen sah sie mich an, atmete einmal tief durch und nickte. »Dürfen Sie.«

»Wunderbar. Der Vertrag liegt draußen bei meiner Sekretärin und ist bereits unterschrieben. Wenn Sie so freundlich wären, Ihre Unterschrift ebenfalls zu leisten? Leider muss ich jetzt zu einem weiteren Termin, aber wir haben ja bald Gelegenheit, ausgiebig zu plaudern.« Ich stand auf, sie ebenfalls, und wir gaben uns die Hand. »Kommen Sie übermorgen um neunzehn Uhr mit Ihrer Freundin in dieses Büro. Wir fahren zusammen zum Flughafen.«

Sarah Moores Hand lag immer noch in meiner. »Das Visum ist bis dahin fertig?«

»Ich habe beste Verbindungen ins Konsulat. Hier, die E-Mail-Adresse für die Kopien.« Ich reichte ihr meine Visitenkarte und die meiner Sekretärin. Leider musste ich dazu ihre Hand loslassen.

Sie nickte, nahm die Karten, und eine leichte Röte schoss ihr in die Wangen. Wahrscheinlich war ihr auch gerade bewusst geworden, dass wir uns länger als üblich die Hand gereicht hatten. »Dann bis übermorgen. Ich werde pünktlich sein.«

»Das setze ich voraus. Und nehmen Sie ein Taxi. Die Ausgaben werden natürlich erstattet.«

»Danke, aber ein Taxi ist nicht nötig.«

»Doch, ist es«, bestand ich darauf. Der Flug war reserviert und den Abflugslot konnte man nicht verschieben. Es würde eine Verspätung von über einer Stunde bedeuten.

»Warum denn?«

Mein Lächeln wurde breiter. »Weil man nie wissen kann, ob Ihnen nicht doch ein Rüpel den Parkplatz stiehlt.«

Nun lachten wir beide. »Nicht, solange Sie schon in diesem Büro sind.«

Ich wartete, bis sie den Vertrag unterschrieben hatte, begleitete sie bis zum Fahrstuhl, und als die Tür sich schloss, wandte ich mich an meine Sekretärin.

»Claire, der Kandidat ist gefunden. Nicht traurig sein, aber irgendjemand mit Ahnung muss hier die Stellung halten. Sarah Moore wird mich gemeinsam mit ihrer Freundin nach Costa Rica begleiten. Kümmere dich bitte um die Visa, sobald die Passkopien hier sind.«

Fast schon beleidigt sah sie mich an. »Aber ich hätte doch mitfliegen können. Den Rest hätte ich auch von unterwegs geschafft.«

Claire Monroe arbeitete seit sechs Jahren für mich. Noch nie hatte ich ein Murren gehört, wenn sie eine Aufgabe übernehmen musste. Sie war eine gute Kraft, jederzeit einsatzbereit. Doch seit sie ihren einjährigen Sohn hatte, vermied ich es, sie auf Reisen mitzunehmen. Claires Mann arbeitete ebenfalls viel. Und ich wusste, wie lange sie sich ein Kind gewünscht hatten. Jetzt, wo es da war, wollte ich die kleine Familie nicht zu oft trennen, sonst würde Claire sich irgendwann eine ruhigere Stelle suchen. Die Familie würde bei ihr immer vor dem Job stehen.

»Claire, ich werde sehr viel Arbeit an dich weiterleiten lassen, ich brauche dich wirklich hier. Auf dich kann ich mich immer verlassen. Außerdem weiß ich nicht, wie lange ich vor Ort sein muss.«

Unter diesem Gesichtspunkt entspannte sie sich. »Schon gut, du kannst immer auf mich zählen, Brad.«

KAPITEL 10

Sarah

»Cheers! Ich kann es immer noch nicht glauben, dass es schon übermorgen losgehen soll!« Katie strahlte aufgeregt und hob das Sektglas.

Zur Feier des Tages hatten wir eine Flasche geöffnet, jetzt lümmelten wir auf dem Balkon in unseren Liegestühlen nebeneinander, die Füße auf dem Geländer und stießen auf Costa Rica an.

»Frag mich mal!« Ich nippte am Glas und schaute durch meine Zehen hindurch auf die untergehende Sonne, die sich allmählich hinter den Wolkenkratzern versteckte. »Zum Glück sind unsere Reisepässe beide noch gültig.«

»Wenn du mich fragst, Schicksal! Passt alles, wackelt nicht und hat Luft.«

»Das mit dem Wackeln wäre abzuwarten, ich fliege nicht so gern«, gab ich zu bedenken.

»Es gibt bestimmt auch Sekt an Bord. Wie lange geht der Flug? Hast du schon eine Info von der Sekretärin?«

Ich stand auf. »Guter Hinweis. Moment, ich guck nach.«

Bereits kurz nachdem ich vom Gespräch mit Mr. Norris zurück war, hatte ich Katie informiert. Sie hatte mir gesagt, wo ich ihren neuen Reisepass finden würde – zum Glück hatte sie ihn erst letztes Jahr ausstellen lassen. Danach hatte ich beide Pässe eingescannt und sie an Norris' Sekretärin gesendet. Das Visum wäre sicher noch nicht da, aber vielleicht eine Info über die Flugzeiten.

Mit dem Handy in der Hand ließ ich mich wieder neben Katie auf den Liegestuhl fallen und rief meine Mails auf.

»Bingo! Die Frau ist echt auf Zack!«

Katie setzte sich auf und verschüttete vor Aufregung fast ihren Sekt. »Sag an. Wann gehts los und wie lange fliegen wir? Wir müssen noch packen, ist dir das klar?«

»Morgen reicht auch noch.« Ich überflog die Nachricht. »Oha! Das hätte ich jetzt nicht gedacht.«

»WAS?! Mein Gott, Sarah, mach es nicht so spannend!«

Entgeistert sah ich sie an. »Katie, wir fliegen in einem Privatjet!«

Sie schlug die Hand vor den Mund und riss die Augen auf. »Darf ich das auf Facebook posten?«, hauchte sie durch die Finger.

»Natürlich nicht!« Ich musste lachen. Klar, ich war auch von den Socken, aber wesentlich gefasster als Katie. Das lag vielleicht daran, dass mir die Punkte *Drogenmafia* und *Frauenhandel* nicht ganz aus dem Kopf gingen. Ich hatte Katie meine Bedenken noch mal mitgeteilt, sie hatte mich jedoch auch dieses Mal ausgelacht und gemeint, ich sähe Gespenster.

»Privatjet«, murmelte ich, und las dann die Flugzeiten laut vor. »San Francisco - Costa Rica, Abflug: 21:30h - Ankunft 8:30 morgens.«

»Genial! Dann können wir im Flieger schlafen und sind bei Ankunft topfit. Tut mir ja leid für dich, dass du arbeiten musst, während ich es mir am Hotelpool gut gehen lasse.« Sie streckte mir die Zunge raus, lehnte sich zurück und schloss die Augen. »Costa Rica, Traumstrände am Karibischen Meer oder dem Pazifik, raues Land, raue Männer. Regenwälder und das Singen der Zikaden am Abend, Vulkane und Wasserfälle.«

»Kaffeeplantagen und kaffeepflanzenfressende Schädlinge«, schob ich lachend hinterher.

»Du bist unromantisch.«

»Nur realistisch. Prost.«

»Lass uns eine Packliste machen. Ich habe keine Ahnung, was ich mitnehmen soll. Bikini, Badeanzug, Sonnenhut.«

Da ich gerade das Handy in der Hand hatte, googelte ich nach einer Packliste für Costa Rica. »Ein bisschen mehr wäre nicht schlecht.«

Am Abend kurz vor der Abreise erfasste mich dann auch die Nervosität. Aber erst am Flughafen. Wir waren pünktlich auf die Minute in Mr. Norris' Büro gewesen. Katie hatte scharf die Luft eingezogen und mich in die Seite geboxt. In einem unbemerkten Moment hatte sie mir zugeflüstert, dass mein Chef heiß wäre. Warum klopfte mir das Herz plötzlich bis in den Hals hinein? Möglicherweise lag das an Mr. Norris, der nach dem Aufgeben der Koffer an einem privaten Check-in jetzt neben mir herlief, mit seinem Freund Scott plauderte und mehr wie ein Tourist aussah als wie ein Geschäftsmann.

Er trug eine stylishe, kakifarbene Cargohose mit aufgesetzten Pattentaschen, ein helles Leinenhemd, die Ärmel bis zum Ellenbogen hochgekrempelt, dazu hellgraue Wildleder-Sneaker. In diesem Outfit wirkte er überhaupt nicht mehr wie ein Mafiaboss, eher wie ein naturverbundener und verdammt attraktiver Mann.

Mit dem ich gleich in einem Privatjet nach Costa Rica fliegen würde.

Mein Magen zog sich zusammen, denn ich merkte, wie ich ihn immer wieder verstohlen von der Seite ansah.

Ich war froh, dass Katie bei mir war. Wie nötig ihre Nähe war, merkte ich, als wir mit einer Limousine zum Jet gebracht wurden und wie Prominente über die Gangway in den Flieger stiegen. Während Norris und sein Freund, der sich uns ganz unformell als Scott vorgestellt hatte, völlig unbeeindruckt ihre Taschen auf die cremefarbenen Sitze aus weichem Leder warfen, blieben Katie und ich mit offenen Mündern stehen.

Plötzlich hakte sich Katie bei mir ein. »Ein Privatjet! Sarah, du musst mich stützen, damit ich nicht ohnmächtig werde!«

»Stützen wir uns einfach gegenseitig«, raunte ich zurück, und machte mir nebenbei zum gefühlt hundertsten Mal klar, dass ich auf keinen Fall dem Charme meines Bosses erliegen durfte. *Auf keinen Fall!*

Eine blonde Stewardess, die ungefähr in meinem

Alter war, trat auf uns zu. »Wenn Sie bitte ein klein wenig zur Seite gehen würden, damit ich die Tür schließen kann?«

»Oh, natürlich, klar. Verzeihung.« Ich zog Katie, die davon nicht wirklich etwas mitbekam und sich mit großen Augen umsah, von der Tür weg.

Auch ich ließ meine Blicke schweifen. Ein Granit-Bodenbelag in einem Flugzeug? War das nicht sehr viel Gewicht? Egal, würde schon passen. Die Innenausstattung machte mich sprachlos: Alles war in warmen Vanille- und Holztönen gehalten. Insgesamt zählte ich sechs Sitze, jeweils drei an den Fenstern. Der Mittelgang war breiter als ein Hotelkorridor. Die Sitze waren anders als in einem normalen Flugzeug, sie glichen einer Sofalandschaft um einen edlen Holztisch in der Mitte herum. Ein völlig anderes Gefühl, so zu fliegen. Von der Flugangst, die mich sonst beim Betreten eines Flugzeuges befiel, spürte ich zu meiner Erleichterung nichts.

Kein Wunder, der offene Wohnbereich mit Entertainment Lounge, Bar und Essbereich ähnelte mehr einer luxuriösen Wohnung als einem Flieger.

Katie zupfte mich an der Bluse. »Sarah! Hier ist es so verdammt edel, ich träume, oder? Wenn das so weitergeht, muss ich einpinkeln vor Entzücken.«

»Das wirst du mal schön bleiben lassen, denk an das feine Leder«, scherzte ich.

In Wirklichkeit fühlte ich mich wie Katie. Absolut geflasht, aber auch ein klein wenig überfordert.

KAPITEL 11

Brad

Obwohl die Damen versuchten, souverän zu bleiben, merkte ich, dass sie zum ersten Mal in einem Privatjet flogen. Insbesondere Miss Moores Freundin Katie konnte ihr Entzücken nicht verbergen. Amüsiert verfolgte ich, wie sie über die Lehne eines Sitzes strich und große Augen machte. Ich trat auf sie zu.

»Wenn sich die Damen nun auf Ihre Plätze begeben und sich anschnallen würden? Wir starten gleich.«

Auch ich genoss diesen Luxus. Gutes Essen, erstklassiger Service, keine quengelnden Kids, keine angetrunkenen Passagiere, niemand, der einem in den Nacken hustete. Neben den bequemen Sesseln und der WLAN-Verbindung waren die Schlafbereiche inklusive Duschkabinen Annehmlichkeiten, auf die ich nur ungern verzichtete. Da nahm ich unerheblich längere Flugzeiten gerne in Kauf.

Ich und Scott verstauten das Handgepäck in den Seitenteilen der Sitze, setzten uns den beiden Frauen gegenüber und legten unsere Gurte an.

»Ich kann es kaum erwarten, die Wand hochzugehen«, bemerkte Scott voller Vorfreude und klatschte kurz in die Hände.

»Ach, fragen Sie mich mal«, gab Katie zurück »Ich gehe innerlich die Wände hoch, seit ich einen Fuß in diesen Jet gesetzt habe. Natürlich im positiven Sinne.«

Miss Moore lächelte entschuldigend. »Wir sind sonst nur in der Touristenklasse geflogen.«

»Nun«, sagte ich. »Sie werden sich daran gewöhnen.«

Miss Moore warf mir einen irritierten Blick zu. »Das ist keine einmalige Sache?«

Die Stewardess Mary nahm unsere Getränkewünsche auf und bewahrte mich so vor einer Antwort. Die beiden Frauen bestellten Orangensaft. Schön, wir schienen den gleichen Geschmack zu haben. Zum Abendessen würde Wein gereicht, das war Alkohol genug, schließlich musste ich fit und ausgeruht sein, wenn wir landen würden.

Ich musterte meine neue Assistentin. Sie trug ein hellgraues Businesskostüm, dazu schwarze High Heels. Ihre Freundin Katie war deutlich legerer gekleidet. Jeans mit Bluse, dazu Sneaker. Vielleicht hätte ich Sarah ein paar Tipps für das passende Outfit geben sollen. Denn was sie mit Sicherheit im Dschungel von Costa Rica nicht benötigte, waren ein Bleistiftrock und hohe Schuhe. Natürlich genoss ich den Anblick auf ihren knackigen Hintern und die schlanken wohlgeformten Beine. Und die Reise sollte ein Test sein, wie sie sich in außergewöhnlichen Situationen zurechtfand. Darum ging es mir. Wer mit mir arbeitete, musste in jeder Situation zurechtkommen. Ich konnte keine Mitarbeiter gebrauchen, die von kleinsten Problemen aus der Bahn geworfen wurden.

Scott blätterte in einer Fachzeitung übers Klettern und blickte erst auf, als die Getränke serviert wurden.

Er hob das Glas an. »Prost Mädels. Brad.«

»Auf einen guten Flug.« Sarah hob ebenfalls das Glas, ebenso Katie.

Sarahs Lächeln raubte mir für einen Moment den Atem. Ich schluckte.

»Ich denke, jetzt ist ein guter Zeitpunkt, um Ihnen beiden anzubieten, mich beim Vornamen zu nennen. Das heißt, wenn Sie damit einverstanden sind. Ich bin Brad.«

»Katie«, rief Sarah Moores Freundin. »Und danke für diese Luxusreise! Ich hoffe, ich brauche keinen Kredit für die Rechnung der Unterkunft.«

Scott lachte. »Das glaube ich nicht, oder Brad?«

»Ich denke nicht. Wenn sich die beiden benehmen?«, sagte ich scherzhaft. Nie im Leben wäre es mir eingefallen, ihnen eine Rechnung für die Unterbringung im Gästetrakt meiner Villa zu stellen.

»Ist es wirklich angebracht, wenn wir uns beim Vornamen nennen?« Sarah sah mich skeptisch an.

Katie stupste sie an. »Das wird in vielen Firmen so gemacht, jetzt stell dich nicht so an.«

Die Maschine rollte auf die Startbahn. Mary kam mit einem Tablett, und informierte mehr die Damen als mich und Scott, dass sie die Gläser zum Start abräumen müsse. Sarah trank hastig ihr Glas leer, bevor sie es darauf stellte.

»Zum Thema. Katie hat nicht unrecht, denn sich

beim Vornamen zu nennen, stärkt die Kommunikation und den Teamgeist«, führte ich weiter aus. »Ich wünsche auch Kritik, wenn sie angebracht ist.«

»Aha«, rutschte es ihr heraus.

Katie lachte los. »Das wird lustig werden. Sie werden sich wünschen, das nie gesagt zu haben.«

»Wir duzen uns alle und handhaben das nicht so förmlich.«

»Okay«, stimmte Katie zu. »Mir ist es recht.«

Sarah atmete tief ein, sagte jedoch nichts.

Sie würde sich schon an die Gepflogenheiten gewöhnen. Ich mochte es, wenn ein Vertrauensverhältnis entstand. Nur so konnte man ohne große Hierarchiehemmungen gute Vorschläge bekommen. Ob ich sie dann umsetzte, war eine andere Sache, aber würde ich den Chef raushängen lassen, wäre mir so manche Idee nie zu Ohren gekommen.

Mein Magen knurrte. Nach dem Steigflug würde Mary das Abendessen zubereiten. Der Tag war stressig gewesen, was bedeutete, das Mittagessen war ausgefallen. Vor dem Start reichte Mary uns die Speisekarte, bevor sie sich ebenfalls setzte und anschnallte.

Die Motoren heulten auf, die Maschine beschleunigte und hob ab. Mein Blick war fest auf Sarah gerichtet. Ihre Hände krallten sich an den Sitzlehnen fest. Sie hatte offensichtlich Flugangst, wusste jedoch, sich zu beherrschen. Ein Wesenszug von ihr, der mir gefiel. Wie gerne hätte ich mich zu ihr gesetzt, ihre Hand genommen und ihr gesagt, sie müsse sich keine Sorgen machen. Sarah Moore weckte alle Sinne in mir. Ich wollte sie flachlegen, sie aber zugleich auch beschützen. Ein Gefühl, das ich so nicht kannte.

Sarah lächelte ihrer Freundin etwas verkrampft zu.

Katie nickte aufmunternd. Sie wusste wohl um ihre Angst vorm Fliegen.

Zeit, um abzulenken. »Ich hoffe, ich habe das passende Menü für euch ausgesucht. Einen vegetarischen Gang gibt es auch.«

Sarah sah mich stirnrunzelnd an. »Sie … du bist Vegetarier?«

»Nein, nur für den Fall, dass jemand kein Fleisch isst«, schob ich hinterher. Meine Sekretärin wusste genau, was sie bestellen musste, damit alle Fluggäste zufrieden wären. Ich liebte ein gutes Steak mit Gemüse und Kartoffeln.

Mein Plan, Sarah abzulenken, funktionierte offenbar. Wer redete, wurde entspannter.

»Solange es keinen Blumenkohl gibt, ist alles wunderbar.«

Ihre Offenheit ließ mich schmunzeln. »Mir geht es mit allen Kohlsorten so. Wir müssen also nicht befürchten, dass du dir einen Fallschirm schnappst und aus der Maschine springst, weil Blumenkohlduft durch die Kabine weht.«

Katie giggelte los. »Allein der Gedanke wäre es wert, das auszutesten.«

»Denk nicht mal dran!« Sarah warf ihrer Freundin einen warnenden Blick zu.

Ich musste mir ins Gedächtnis rufen, dass es sich um eine Arbeitsreise handelte und nicht um eine Reise unter Freunden. Ein Umstand, den ich mit jeder Minute mehr bedauerte, denn je länger Sarah in meiner Gegenwart war, desto unruhiger wurde ich.

»Sehen wir nach, was die Speisekarte hergibt?« Ich reichte den Damen jeweils eine Karte, bevor ich selbst eine aufschlug.

Wir hatten unsere Flughöhe erreicht, Mary sammelte die Speisekarten ein.

»Für mich das Steak, Mary«, sagte ich. »Vielleicht nehme ich anschließend noch den Fisch. Ich habe einen Mordshunger.«

»Da schließe ich mich an«, sagte Scott.

Katie und Sarah bestellten beide den Fisch.

»Weißwein?«, fragte ich in die Runde.

»Gern«, kam es einstimmig zurück.

»Wunderbar.« Ich öffnete meinen Laptop. »Bitte nehmt es mir nicht übel, ich muss ein paar Berechnungen durchführen, um vorbereitet zu sein.«

»Natürlich«, sagte Sarah. »Wenn ich etwas beisteuern kann, lass es mich wissen.«

»Mache ich. Danke.« Die nächste halbe Stunde vertiefte ich mich in Kalkulationen für die Mischung des Biomittels. Mir durfte nicht der kleinste Fehler unterlaufen, die Mischung war essenziell für den Erfolg. Passte sie nicht, würden die Pflanzen Schaden nehmen und im schlimmsten Fall der Schädling die Ernte vernichten. Als der Geruch nach Essen durch die Maschine zog, hatte ich zwar noch nicht die perfekte Mischung im Kasten, aber mit vollem Magen rechnete es sich sicherlich leichter.

Mary servierte den Wein und stilles Wasser. Kurz darauf brachte sie Steaks und Fisch.

Während des Essens erzählte ich ein wenig von der Schönheit Costa Ricas. Wenigstens Katie hing wie gebannt an meinen Lippen. Sarah hingegen nahm meine Ausführungen auf, als säße sie an der Uni in einer Vorlesung.

Als Scott und ich uns nach den Steaks über den Fisch hermachten, saßen Sarah und Katie bereits beim

Nachtisch. Es gab Fruchtcocktail. Scott fragte nach Schokolade.

»Es gibt Schokolade? Davon hätte ich auch gerne etwas«, bat Katie. »Also, wenn ich darf.«

»Natürlich«, stimmte ich zu. »Und solltet ihr nach dem Essen schlafen oder fernsehen wollen, zeigt euch Mary alles. Ich muss noch arbeiten.«

Ich vertiefte mich in entsprechende Fachlektüre, kalkulierte und schob die Zahlen hin und her, bis ich mir sicher war, das richtige Mischungsverhältnis zu haben. Nun kam es darauf an, welche Menge die Sprühflugzeuge fassen konnten. Denn zuerst wurde aus der Luft besprüht. Am nächsten Tag würden dann die Arbeiter anrücken und von Hand noch jedes einzelne Blatt abwischen.

Drei Stunden später war ich fertig, rieb mir mit den Händen über das Gesicht und gähnte.

Scott, Sarah und Katie saßen nicht mehr in den Sitzen. Vermutlich waren sie schlafen gegangen. Ich gähnte erneut, und tippte zwei E-Mails, bevor mir im Sitzen die Augen zufielen. Das Letzte, was mir vor mein inneres Auge kam, war eine Sarah Moore, die sich wiegend zu Chillout-Musik das Kostüm am Pool auszog und nackt ins Wasser stieg, während sie mir einen kecken Blick über die Schulter zuwarf.

KAPITEL 12

Sarah

Die Eindrücke überrollten mich. Erst dieser luxuriöse Privatjet, das hervorragende Essen, der Wein, feinste Schokolade, danach eine eigene Schlafkabine mit Flachbild-TV und Dusche. Am internationalen Flughafen Juan Santamaria teilte uns Brad wie selbstverständlich mit, dass wir nicht mit einem Wagen weiterfahren, sondern den Helikopter nehmen würden.

Das war der Moment, in dem mich meine Flugangst überrollte.

»Ein Hubschrauber?«, fragte ich unnötigerweise, während ein Fahrer das Gepäck in einen Wagen lud und Brad bereits vorausging.

Ich trippelte neben Brad, Katie unterhielt sich lachend mit Scott. Wie konnte sie nur so gelassen bleiben, wenn in mir alle roten Lämpchen angingen?

»Ja, es ist nur ein kurzes Stück. Aber bis Cartago

würden wir im Wagen drei Stunden benötigen. Das ist verschenkte Zeit. Der Helikopter fliegt uns in zwanzig Minuten hin.« Er sah mich an, lächelte aufmunternd. »Es wird Spaß machen, versprochen.«

Was er so unter Spaß verstand, wollte ich gar nicht wissen.

Katie schloss zu mir auf und hakte sich bei mir unter. »Erst Privatjet, dann Helikopter, was kommt noch?«

»Hoffentlich ein schönes Hotelzimmer und ein feststehendes Bett.«

»Ach komm, der Flug war doch klasse«, schwärmte sie.

Sie hatte recht. Da ich in einem speziellen Liegesitz fest geschlafen hatte, fühlte ich mich fit und erholt. Keine Rede von dem erschlagenen Gefühl, das ich sonst nach einem Flug hatte. Den Flug im Hubschrauber würde ich also auch überleben. Zur Not mit geschlossenen Augen.

Der Wagen fuhr auf dem Flughafengelände zu einem anderen Gebiet, wir mussten durch eine Passkontrolle und kurz darauf stieg ich in den Helikopter, setzte mich und schnallte mich mit zitternden Fingern an.

Scott reichte mir einen Kopfhörer. »Damit wir uns auch verständigen können. Ohne Mikrofon und Kopfhörer geht gar nichts.«

Brad redete draußen noch mit dem Piloten und setzte sich nach vorn zu ihm ins Cockpit.

Katie strahlte.

Scott und Brad wirkten entspannt.

Nur ich hatte die Hosen voll.

Das Kreischen der Maschine ließ mich den Nacken

einziehen. Als der Hubschrauber aufstieg, fühlte es sich an wie in einem aufsteigenden Karussell. Es war laut, aber herrlich! Wenig später überflogen wir die Landschaft von Costa Rica in östlicher Richtung.

Und jetzt blickte ich hinunter auf ein Paradies, das seinesgleichen suchte. Hoch aufragende Palmen, kleine Ortschaften, weite Plantagen und überall ein sattes Grün, wie ich es noch nie gesehen hatte.

Katie schoß pausenlos Fotos von der Landschaft und war hin und weg. Ab und zu hauchte sie Sätze wie: »Sieh mal, eine Bananenplantage« oder »Oh, Pferde. Das sind hier Arbeitstiere, oder?«

Bislang fühlte ich mich nicht wie eine Assistentin, eher wie eine Urlauberin der gehobenen Klasse.

Hastig drehte ich den Kopf, als ich seine Stimme im Kopfhörer vernahm. »Deute ich die begeisterten Ausrufe richtig? Die Damen haben Spaß?«

Ich blieb ihm die Antwort schuldig.

»Es ist toll! Danke!«, rief Katie.

Die Zeit verging viel zu schnell. Der Helikopter landete, die Rotorblätter standen still. Der Flugkapitän öffnete uns die Kabine und zeitgleich fuhr ein großer Jeep vor.

Brad half das Gepäck einladen. »Und keine Sorge, Sarah, für dich beginnt die Arbeit auf der Plantage. Aber zunächst beziehen wir unsere Zimmer und du und deine Freundin könnt euch frisch machen, umziehen, und das tun, was Frauen eben so machen.«

»Schminken«, antwortete ich lapidar. »Aber das fällt bei dieser Hitze höchstwahrscheinlich genauso aus wie das Föhnen von Haaren. Wie lange fahren wir?«

Der Gedanke an einen kühlen Pool wurde mit jeder

Minute, die ich auf dem Flugfeld in der Sonne stand, verlockender, denn die Dusche am Morgen hätte ich mir getrost sparen können. Der kurze Fußweg vom Hubschrauber zur Limousine hatte genügt, mir das Kostüm an den Körper zu kleben. Natürlich hatte ich nicht daran gedacht, mir Wechselkleidung ins Handgepäck zu legen.

Brad sah auf die Uhr an seinem Handgelenk. Das Ding würde bestimmt ein Drittel meines zukünftigen Jahresgehalts verschlingen, so edel sah es aus. »Ich denke, wir sind in ungefähr fünfzehn Minuten da.«

»Wo genau ist da?«, fragte ich und musste lachen, weil Katie vor Aufregung über die Entdeckung eines Esels am Wegrand ihr Handy fallen ließ.

Mit einem entschuldigenden Lächeln bückte sie sich und hob es auf. Dabei musste sie Scotts Fuß zur Seite schieben.

»Hey, hallo junge Dame. Ist das ein eindeutiges Angebot?« Scott war offenbar zu Späßen aufgelegt. »Wenn ja, solltest du weiter oben beginnen. Füße gehören bei mir nicht zu den erogenen Zonen.«

Katie setzte sich wieder aufrecht hin und lachte. »Nicht? Schade eigentlich. Ich stehe auf Männerfüße. Du hast doch hoffentlich keine Haare an den Zehen?«

»Werden abrasiert, wie auch die Rückenhaare.«

»Igitt!«, platzte es aus mir heraus. »Ernsthaft?«

»Glaubt ihm kein Wort!«, sagte Brad.

Katie lachte – quietschte im nächsten Augenblick begeistert auf und fotografierte um ihr Leben. »Was sind das für Bäume? Die sehen ja irre aus.«

Ich folgte ihrem Blick und sah eine Reihe wunderschöner Bäume, die Millionen von orangefarbenen Blüten trugen. »Wow!«

»Das sind Oros«, erklärte Scott. »Die findet man hier überall.«

»Vielleicht sollte ich euch in Kenntnis setzen, was euch klimatisch erwartet«, begann Brad. »In Costa Rica gibt es zwei Jahreszeiten: Die Trockenzeit geht von Dezember bis April, danach beginnt die Regenzeit und hält sich bis in den November hinein. Für uns Kaffeeplantagenbesitzer gibt es die dritte, die Erntezeit. Sie findet von November bis März statt. In San José mag es sehr heiß gewesen sein, jetzt jedoch fahren wir ins Hochland. Richtet euch auf Temperaturen zwischen 18 und 25 Grad ein. In der Nacht kann es sogar richtig kühl werden.«

»Echt jetzt?« Katie blickte ihn überrascht an. »Ich dachte, es hat hier ein schwülheißes Klima.«

Ich zuckte mit den Schultern. »Ich bin eher erleichtert. Bei schwülen dreißig Grad über Plantagen zu gehen, ist sicher unangenehm.« Ich hob meine Tasche an, und wühlte darin herum. Irgendwo mussten doch die Erfrischungstücher sein?

»Richtig«, grinste Brad. »Allerdings rede ich von Durchschnittstemperaturen. Sarah, darf ich fragen, warum ihr Frauen immer solche riesigen Handtaschen bei euch tragt und den halben Hausstand mitzunehmen scheint?«

»Ja, darfst du«, sagte ich. »Die Antwort lautet: Frauenhandtaschen sind ein Mysterium für Männer und werden es ewig bleiben. Eine Frau spricht weder über ihr Alter noch über ihre Körbchengröße und der Inhalt ihrer Tasche bleibt ein Geheimnis. Themawechsel: Gibt es einen Pool?«

»Und was für einen!«, sagte Scott, sah mich an, als

hätte ich nicht mehr alle Tassen Schrank, und deutete aus dem Fenster. »Wir sind gleich da.«

Plötzlich lenkte der Chauffeur den Wagen scharf rechts von der Straße ab und wir fuhren langsam über eine holprige Schotterpiste. Das wirkte auf mich nicht gerade sehr vertrauenserweckend. Luxus versus Schotter – der mahnende Teil in mir meldete sich sofort zu Wort.

»So«, sagte Brad und durchbohrte mich mit einem stechenden Blick aus seinen dunklen Augen. »Jetzt werde ich verraten, wohin diese Reise führt.«

Wusste ich es doch. Instinktiv griff ich Katies Hand und ein Kloß setzte sich in meinem Hals fest.

»Autsch!«, zischte sie. »Nicht so fest, da sind Knochen drin, die brechen können.«

»Was soll das bedeuten, Mr Norris!«, stieß ich zwischen den Zähnen hervor.

Eigentlich hatte ich einen finsteren Blick erwartet oder dass er eine Waffe zog, uns aussteigen ließ und in einen Viehhänger sperrte, der uns über irgendeine Grenze brachte. Doch nichts davon passierte. Stattdessen machte sich Belustigung in seiner Mimik breit.

»Sarah, immer noch die Drogenmafia oder den Frauenhandel im Kopf?«

Statt einer Antwort biss ich mir auf die Unterlippe. Selbst Katie war verdächtig still und hatte das Fotografieren eingestellt.

Die Schotterpiste endete und wir bogen auf eine breite geschwungene Straße ein, die an den Rändern mit Blumen, blühenden Sträuchern und Palmen bepflanzt war.

Die Erleichterung ließ mich fast zusammensacken

und ich atmete hörbar aus. Das alles sah nach einer Hotelauffahrt aus.

Doch das Rolltor war verschlossen.

Brad zog ein kleines Kästchen aus seiner Jackentasche, drückte darauf und das Tor bewegte sich. Warum hatte Brad den Öffner zu einem Hotel?

»Herzlich willkommen in meiner Villa Las Terrazas am Rande des Nationalparks Tapanti. Willkommen mitten im Urwald Costa Ricas. Auf euch warten exklusive Guesthouses, ein schöner Pool und unvergleichliche Blicke auf San José und den Vulkan Irazu.«

KAPITEL 13

Brad

»Deine Villa?« Stocksteif setzte sie sich hin. »Wir werden nicht in einem Hotel wohnen?!«

Sarahs überraschtes Gesicht ließ mich auflachen. »Hotel? Wie kommst du auf Hotel? Ich hatte nie etwas in diese Richtung gesagt.«

»Für mich war das selbstverständlich.« Sie sah hilfesuchend zu ihrer Freundin, die ähnlich überrascht aussah.

»So weit draußen gibt es keine Touristen, also auch keine Hotels. Die Kaffeefarm ist seit über hundert Jahren in unserem Besitz. Allerdings hat es mit einem Farmhaus schon lange nichts mehr zu tun.«

Ich war lang nicht mehr hier gewesen.

Der Wagen fuhr auf das Haupthaus zu. Die pinkfarbene Bougainvilleahecke blühte im Überfluss und flankierte die gepflasterte Hofeinfahrt. Das ganze

Grundstück war bestens in Schuss. Kein Laub lag unter den ausladenden Bäumen, die Palmen waren ordentlich gestutzt, der Rasen gekürzt. Vermutlich war die Poolebene ebenfalls für meinen Besuch hergerichtet worden. Alles sah perfekt gepflegt aus. Ranger hatte seine Leute gut im Griff, das musste ich zugeben.

Ich ließ den Fahrer vor dem Haupthaus halten.

»Wow«, presste Katie hervor. »Darf ich hier einziehen?«

»Ihr wohnt in einem der Gästehäuser.« Ich zeigte rechts am Haupthaus vorbei. »Dort hinten liegt es, siehst du die fünf aufragenden Palmen?«

Katie nickte.

»Darunter ist das Haus. Ihr könnt aber gern auch im Haupthaus wohnen, wenn ihr euch dort wohler fühlt.«

»Wir nehmen das Guesthouse«, lehnte Sarah ab.

Offenbar traute sie mir immer noch nicht. Was sie dachte, konnte ich nicht erahnen. Sie hatte sich zwischenzeitlich eine Sonnenbrille aufgesetzt und die verbarg, was in ihr vorging. Sie wirkte beherrscht.

»Also das Guesthouse, mir soll es recht sein.«

Auf der Veranda saß unser Ara. Der rotgefiederte Papagei hätte jederzeit zurück in den Dschungel fliegen können, doch es schien ihm bei uns zu gefallen. Vermutlich lag das an der morgendlichen Nussration, die Ranger ihm aufs Verandageländer legte.

Katie entdeckte ihn ebenfalls. »Ist der schön!« Schon zückte sie wieder ihr Handy und fotografierte drauf los. »Lässt er sich berühren?«

Scott prustete los. »Ich würde es dir nicht empfehlen. Er ist ein Halunke.«

»So schlimm ist er auch nicht, er mag es nur nicht, angefasst zu werden«, nahm ich unser exotisches Haustier in Schutz. Tiere hatten ihre Eigenheiten und die musste man akzeptieren.

Carlos erschien im Eingang. »Boss, schön Sie zu sehen! Wir haben alles für Sie vorbereitet.«

»Das sehe ich, vielen Dank, Carlos. Der Garten sieht toll aus! Das Gepäck der Damen muss ins Guesthouse Verde.« Ich nahm mein eigenes Gepäck und trug es die Treppenstufen nach oben. Ich sah auf meine Uhr. »In einer Stunde Frühstück hier im Haupthaus?«, wandte ich mich an Sarah und Katie. »Reicht das?«

»Selbstverständlich«, sagte Sarah etwas steif. Katie hob leger den Daumen.

»Sehr gut, wir frühstücken auf der hinteren Terrasse. Die Gästehäuser sind über einen überdachten Holzsteg mit dem Haupthaus verbunden. Ihr werdet es schon finden.« Dann wandte ich mich an Carlos. »Ist Ranger irgendwo in der Nähe?«

»Er kommt in zwei Stunden zum Haupthaus.« Carlos griff sich die beiden Koffer und ging voraus. »Wenn die Damen mir folgen möchten.«

»Habla muy bien el inglés«, hörte ich Sarah sagen.

»Muchas gracias«, bedankte sich Carlos für das Kompliment, dass er sehr gut Englisch sprach, und strahlte Sarah an. Ihn hatte sie innerhalb von zwei Minuten um den Finger gewickelt.

Von ihren Spanischkenntnissen hatte sie gar nichts erwähnt. Oder hatte ich diese im Lebenslauf überlesen, weil ich mich mehr mit ihr als mit ihren Unterlagen beschäftigt hatte?

Vor dieser Frau musste ich mich definitiv in acht nehmen.

Ich folgte Scott ins Haus. Im Wohnzimmer blieb er stehen.

»Das werden turbulente Tage, das sehe ich jetzt schon.«

»Da könntest du recht haben.« Ich ging zur Veranda und genoss den Blick auf den Vulkan. Er lag noch leicht in Nebelschleiern, die über den Tag verschwinden würden. Es war lange her, als ich das letzte Mal dort gewesen war.

»Du denkst an die letzte Klettertour?«

Mein bester Freund hatte meine Gedanken erraten. Sie schweiften tatsächlich zu James. Der Sohn meiner Ex-Frau war schwierig. Er hatte uns das Leben schwer gemacht. Sheela hatte ihn, so gut es eben ging, erzogen. Als sie ihn auf die Welt gebracht hatte, war sie selbst noch ein Kind gewesen. Von ihren Eltern hatte sie wenig Unterstützung bekommen. Zehn Jahre waren sie alleingeblieben, bis ich in ihr Leben getreten war. Zuerst hatte er sich gegen mich gewehrt, mich irgendwann dann toleriert, akzeptiert hatte er mich jedoch nie. Natürlich waren ihm meine finanziellen Zuwendungen sehr gelegen gekommen. Einmal hatte ich ihn mit hierhergenommen. Ein Männerausflug, zusammen mit Scott. Das war ziemlich in die Hose gegangen. James hatte das Haus geliebt, aber meine Anwesenheit darin gehasst. Er hatte das Personal herumkommandiert, doch als es ans Klettern oder um Wandertouren ging, stellte er sich an wie ein Fünfjähriger: trotzig, wenn etwas nicht so lief, wie er es sich vorstellte. Und maulig, sobald es anstrengend wurde.

Danach hatte ich ihn nie wieder mitgenommen. Er war niemand, mit dem ich gern meine Freizeit verbrachte. Eventuell trug er sogar Mitschuld am Scheitern unserer Ehe. Die ewigen Streitereien wegen ihm hatten Sheela irgendwann in die Arme eines anderen

Mannes getrieben, während ich versuchte, mit James klarzukommen. Das war das Ende gewesen.

»Wäre es nicht an der Zeit, das Foto wegzuräumen?« Scott ließ die Augenbrauen nach oben schnellen. »Also ich an deiner Stelle würde es tun. Klar, Sarah musst du in Ruhe lassen, sie ist deine Angestellte, aber ihre Freundin? Die ist ein heißer Feger!«

»Die ist nichts für mich.« Ich ging zu Scott, der vor der Anrichte mit den Fotos stand. Sheela strahlte auf dem Foto. James hingegen sah mürrisch in die Kamera. Ja, es war an der Zeit, die Bilder wegzuräumen. Verschüttete Milch wischte man auch auf, und über das Scheitern meiner Ehe war ich lange hinweg. Mit Sheela verband mich immer noch eine tiefe Freundschaft. Wir hatten uns im Guten getrennt. Ich verdiente so viel, dass die Unterhaltszahlungen kaum ins Gewicht fielen. Nur für ihren Sohn wollte ich nicht aufkommen. Dazu hatte er mich zu offen abgelehnt – ein Verhalten, das keine Belohnung verdiente.

»Im Gegensatz zu Sarah«, mutmaßte Scott.

Ich sagte nichts.

»Mir machst du nichts vor. Ich bekomme doch mit, wie du sie ansiehst.«

»Wie du schon sagst, sie ist meine Angestellte.« Dennoch legte ich die Bilder meiner Ex-Frau und die ihres Sohnes in eine Schublade.

Scott grinste. »Du könntest sie feuern.«

Ich lachte, ging zu meinem Gepäck, nahm es auf. »Und du könntest eine kalte Dusche vertragen, wenn ich dich so höre. Wir sehen uns gleich beim Frühstück.«

KAPITEL 14

Sarah

»Kneif mich, ich träume!« Katie ging mit offenem Mund durch das Guesthouse.

Mir erging es nicht anders. Ich hatte einen kleinen Bungalow erwartet, wie ich sie von diversen Urlaubsreisen kannte. Das hier jedoch war etwas völlig anderes. »Ich kneife mich gerade selbst.«

Das Guesthouse hatte eine große Wohnküche mit edlen Holzmöbeln, rustikalen Terrakottafliesen und einer vollständig eingerichteten Küche. So eine Küche hätte ich auch gern zu Hause gehabt. Ich ging weiter, Katie hinterher. Zwei Schlafzimmer, eines schöner als das andere, ein Wohnraum mit bodentiefen Sprossenfenstern aus dunklem Holz.

Als ob wir beide dasselbe gedacht hätten, blieben wir stehen und sahen nach draußen.

»Wow!«, sagten wir aus einem Mund.

Was wir sahen, war keine Terrasse im herkömmlichen Sinn, eher eine luxuriöse Wohlfühloase. Unter einem direkt an das Guesthouse gebauten Pavillon, der nach allen Seiten offen war, standen zwei geschwungene Liegen aus geflochtenem Rohr auf der mit rustikalen Steinplatten belegten Terrasse. Der Blick ging über blühende Büsche, die von Palmen in Dreier-Gruppen flankiert wurden, direkt auf einen riesigen Pool. Von der Terrasse führte ein schmaler Weg zum herrlichen Blau.

»Ich will hier nie wieder weg«, hauchte Katie, löste sich aus ihrer Erstarrung und blickte mich an. »Danke, dass ich mitdurfte, Sarah.«

»Bedanke dich nicht bei mir.« Ich knuffte sie in die Seite. »Was stehst du rum? Wir haben nicht mehr ganz eine Stunde. Auspacken und ab in den Pool. Oder hast du etwa keine Lust?«

»Bist du irre?« Sie spurtete los zu ihrem Koffer. »Wer zuerst im Wasser ist, hat gewonnen!«

Keine fünf Minuten später steckten wir in unseren Bikinis, um übermütig in den Pool zu springen.

Die Sonne strahlte von einem wolkenlosen Himmel, es war weder zu heiß noch zu kühl, das Wasser temperiert und eine herrliche Erfrischung nach den Strapazen der Anreise.

Ich tauchte komplett unter, die Haare durften nass werden, ich wollte sie sowieso waschen. Katie und ich schwammen bis ans andere Ende des Pools und wieder zurück. Dann setzen wir uns auf die breite Pooltreppe und ließen unsere Blicke schweifen. Ab und zu stieß eine von uns einen wohligen Seufzer aus.

Plötzlich hörte ich etwas hinter uns. Da war doch jemand in unserem Guesthouse.

Ich kam ich die Höhe, schirmte mit der Hand die Augen vor der Sonne ab und sah nach.

»Was ist?«, fragte Katie.

»Habe was gehört.«

»Ja, ich auch. Das Summen von Insekten beispielsweise. Hier ist es so ruhig und leer, dass ich auf der Stelle einschlafen könnte.«

»Da ist jemand am Guesthouse.«

»Brad oder Scott?«, fragte sie, schloss die Augen und hielt ihr Gesicht in die Sonne.

»Weder noch. Ein Bediensteter. Er stellt uns irgendwas auf den Terrassentisch. Kein schlechter Service. Wollen wir nachsehen? Es ist sowieso Zeit, dass wir uns fertigmachen.«

»Muss ich? Es ist gerade so schön hier.«

Lachend zog ich sie hoch. »Und wie du musst. Schon vergessen? Du musst auf mich aufpassen.«

Sie grinste schief. »Wusste, dass du mich darauf festnagelst.«

Zurück am Guesthouse entdeckten wir zwei weiße Badetücher auf einem der Korbstühle sowie eine Karaffe mit eisgekühlter Zitronenlimonade und zwei Gläser auf dem Tisch.

»Die können hellsehen!«, freute ich mich, und trocknete mich ab, während Katie uns von der Limonade einschenkte.

Im Stehen nippten wir an der köstlichen Erfrischung. Würde ich mich jetzt auf einen der gemütlichen Korbstühle setzen oder auf die Liege legen, ich würde nicht mehr aufstehen wollen.

»Ich kann mir überhaupt nicht vorstellen, wie man in dieser Umgebung an Arbeit denken kann«, sagte

Katie nachdenklich, den Blick versonnen auf den Pool gerichtet.

»Du musst ja auch nicht arbeiten. Nur ich. Vielen Dank übrigens für den unsanften Stupser in die Realität. Komm, machen wir uns für das Frühstück fertig.«

Während Katie duschte, überlegte ich, was ich anziehen sollte. Schätzungsweise ging es für mich nach dem Frühstück an der Seite von Brad auf die Plantage. Insofern waren ein sommerliches Kleid und offene Schuhe eher nicht geeignet. Da ich jedoch ungefähr ahnte, dass bei einem Gang über Felder und demnach auch über Kaffeeplantagen passendes Schuhwerk angebracht wären, hatte ich ein Paar Chucks eingepackt. Festere Schuhe besaß ich nicht. Dazu wählte ich eine kurzärmelige Leinenbluse in einem hellen blau und dünne Jeans. Hut? Konnte nicht schaden. Vorsorglich hatte ich einen Strohhut eingepackt, den ich schon ewig nicht mehr getragen hatte. Er war ein Geschenk gewesen, ich wusste nur nicht mehr, von wem. Nun, jetzt würde er mir vielleicht gute Dienste leisten.

Weiterhin richtete ich eine Umhängetasche aus festem Stoff, in die ich einen Notizblock, zwei Kugelschreiber und mein Handy legte. Fertig.

Und jetzt hatte ich Hunger.

KAPITEL 15

Brad

Für mich war dieses Haus ein Stück Kindheit. Und ich schätzte die Vorzüge und die Schönheit des Anwesens sehr. Ich liebte die Gartenanlagen, das Yogazentrum, die Pools und die Tierwelt, die insbesondere in der Nacht hörbar war. Und dennoch war es immer etwas Besonderes, wenn ich es durch die Augen eines neuen Gastes wiederentdeckte. So wie jetzt, als wir beim Frühstück auf der Terrasse des Hauptpools saßen.

Katie konnte kaum an sich halten und fasste ihre Begeisterung über das Guesthouse, den Pool und den Rest des Anwesens, das sie bis jetzt gesehen hatte, mehrfach in Worte. Auch Sarahs Augen leuchteten, sie schien sich hier wohlzufühlen. Ich empfand es als angenehm, dass sie nicht so euphorisch, sondern eher zurückhaltend war. Wer hätte das gedacht? Sie sah in ihrem Casual-Look noch reizender aus als in ihrem

Sekretärinnenoutfit. Und es war ein Genuss, zu sehen, mit welchem Appetit und wie lustvoll Sarah aß. Anders als viele Frauen, die ich kannte, nahm sie sich nicht nur ein wenig vom Naturjoghurt und ein paar Fruchtschnitze, sondern schöpfte sich Eier mit Speck und später noch Pancakes auf den Teller. Ob sie auch im Bett so genussvoll war? Sie gefiel mir von Minute zu Minute besser, und mehr als einmal erwischte ich mich dabei, wie ich mir vorstellte, es mit ihr in meinem ganz privaten Pool zu treiben. Oder vielleicht im Jacuzzi?

»Alle fertig? Gut, wir sollten los.« Mit diesen Worten beendete ich das Frühstück.

»Satt und bereit!« Sarah schob ihren Stuhl zurück, stand auf und bückte sich, um ihre Umhängetasche aufzuheben, die sie neben den Stuhl gestellt hatte.

Ihr Hintern zeichnete sich deutlich an ihrer engen Jeans aus dünnem, leichtem Stoff ab und ich musste mich beherrschen, in aller Offenheit nicht permanent auf ihren Po zu starren. Scott würde grinsen und mitstarren, aber wenn Katie mich erwischte, könnte es peinlich werden.

»Katie? Möchtest du uns begleiten?«, fragte ich sie der Höflichkeit halber.

»Ich? In der Hitze herumlaufen? Nein, danke, ich werde mich nicht vom Pool wegbewegen.«

»Du kannst selbstverständlich den Hauptpool benutzen.« Ich zeigte auf die hinteren Liegestühle, die im Schatten der aufragenden Palmen standen. »Dort hinten ist der beste Platz.«

»Danke!« Katie strahlte glücklich. »Für alles!«

»Schon gut, erhol dich. Sarah fühlt sich in deiner Begleitung hier wohler, was ich gut nachvollziehen kann. Außerdem hat sie so Unterhaltung, wenn wir klettern gehen.«

»Klettern? Ich dachte, ich soll mich um irgendwelche Zahlen kümmern?« Sarah sah mich misstrauisch an.

»Schätze, da hast du etwas falsch verstanden« Ich zuckte die Schultern. »Hier in Costa Rica arbeiten wir hauptsächlich auf den Plantagen, insbesondere bei der aktuellen Lage. Wenn du allerdings lieber ein geschlossenes Büro bevorzugst, ließe sich das einrichten. PC-Arbeit findet jedoch wirklich nur am Rande statt.«

»Äh, nein, so habe ich es nicht gemeint. Es ist also egal, wo ich meine Arbeit erledige?« Sarah stützte sich auf der Rückenlehne des Korbstuhls ab. »Dann finde ich hier schon einen Platz für die Arbeit am Rechner. Das heißt, falls es nötig wird.«

»Gut, dann können wir?« Schwungvoll stand ich ebenfalls auf. »Ich werde Ranger anfunken. Weißt du, wie ein Funkgerät funktioniert?«

Sarah schüttelte den Kopf.

»Over and out«, prustete Katie, die wahrscheinlich aus Gewohnheit das Geschirr zusammenstellte.

»Lass das bitte, sonst bekommst du Ärger«, raunte Scott ihr grinsend zu, und deutete in Richtung Küche. Elena, die das Frühstück gebracht hatte, betrat im selben Moment die Poolterrasse.

»Aber helfen wird doch noch erlaubt sein«, protestierte Katie und nahm zwei Teller in die Hand. Doch da eilte auch schon Elena herbei.

»No, no, por favor!«, rief sie aufgebracht und fuchtelte wild mit den Händen.

»Oh, okay. Ich mach schon nichts mehr. Versprochen.« Hastig stellte Katie die Teller zurück auf den Tisch und trat einen großen Schritt zur Seite.

Ich bedankte mich bei Elena und bat sie, sich gut um Katie und Scott zu kümmern.

»Das Personal ist froh, wenn es hier endlich wieder etwas zu tun gibt«, erklärte ich Katie beim Hinausgehen. »Sonst stauben sie im Haus nur ab. Lass dich also bedienen und verwöhnen, und alle sind zufrieden.«

Der Jeep wartete bereits auf uns. Ich öffnete die Beifahrertür.

»Ist die Plantage weit entfernt?« Sarah setzte sich eine Sonnenbrille auf die Nase und hielt einen Sonnenhut in der Hand.

»Nur zwei Meilen. Willst du noch wissen, wie ein Funkgerät funktioniert?«

»Klar, warum nicht? Sollte ich mich mal im Dschungel verirren, kann das nicht schaden.«

»Die Chance ist relativ gering.« Ich deutete auf das Funkgerät am Armaturenbrett. »Dieser Knopf stellt die Leitung her. Solange du ihn drückst, hört man dich sprechen, aber du kannst niemanden hören. Dazu musst ihn loslassen. Um dem anderen zu signalisieren, dass du fertiggesprochen hast, benutzt man das Wort *Over* am Ende.«

Sarah nickte. »Das klingt einfach.«

»Ist es auch. Pass auf.« Ich drückte die Taste. »Ranger, Brad hier, bist du in der Nähe? Over.«

Es raschelte, aber zu hören war nichts.

Nach einer kurzen Pause wiederholte ich die Nachricht.

Dieses Mal antwortete er. »Brad, ich bin auf dem hinteren Feld. Die Flugzeuge sind fertig. Soll ich kommen? Over.«

»Nein, wir fahren zu dir raus. Bleib, wo du bist. Over.«

»Alles klar, Brad. Schön, dass du dich mal wieder sehen lässt. Over.«

Ich lachte. »Du wirst froh sein, wenn ich wieder weg bin. Over.«

»Wenn du dich daneben benimmst, versohle ich dir einfach den Hintern.« Ein grollendes Lachen kam durch das Gerät. »Over and out.«

Sarah schmunzelte. »Er versohlt dir den Hintern?«

»Nein, aber er war oft knapp davor. Das ist viele Jahre her. Thiago, den ich Ranger nenne, seit ich denken kann, weil ich Thiago als Kind nicht aussprechen konnte, hat mich mit großgezogen. Er war wie ein Vater für mich.«

Ich erinnerte mich an meinen Streich mit einer Schlange. Als Kind spielte ich oft mit ihnen, natürlich immer mit der gebotenen Vorsicht, ich wollte mich ja nicht beißen lassen. Doch einmal hatte ich mich mit der Rasse vertan und spielte, ohne es zu wissen, mit einer Giftschlange, deren Biss tödlich enden konnte. Sie sah einer harmlosen schwarzen Natter so ähnlich, dass ich sie verwechselt hatte. Ein Umstand, der mir nie wieder passierte. Aber das erzählte ich Sarah besser nicht, ich konnte mir nicht vorstellen, dass sie Schlangen mochte. Und davon gab es hier viele.

Ich startete den Motor und fuhr los Richtung Tor, das ich mit einer Fernbedienung öffnete. Als wir hindurch waren, hielt ich an.

»Hast du etwas vergessen?« Sarah sah sich um.

»Nein, wir warten, bis das Tor zu ist. Eine Sicherheitsmaßnahme. Kein Grund zur Besorgnis.« Sie anzulügen hätte nichts genützt. Sarah war nicht dumm.

Erstaunt zog sie eine Augenbraue nach oben. Ihre Augen konnte ich wegen der Sonnenbrille nicht sehen. Sie schwieg und lehnte sich wieder im Sitz zurück.

Kaum hatten wir das Anwesen hinter uns gelassen, zeigte sich Costa Ricas wilde Natur. Hohe alte Urwaldriesen, deren Lianen bis fast auf den Boden reichten. Bananenstauden entlang der Schotterpiste, dazwischen die allgegenwärtigen Palmen. Der Geruch des satten Grüns drang in den Wagen und ich konnte es kaum noch abwarten, mit Scott loszuziehen, um mich im Urwald beim Klettern auszutoben.

»Ist es hier immer so grün?«, unterbrach Sarah meine Gedanken.

»Ja, in der Regenzeit etwas mehr, aber wirklich trocken wird es hier nie.« Ich bog in einen Seitenweg ein, der so schmal war, dass die Äste am Wagen entlang schrammten. Auch wenn Ranger zwei Mal im Jahr den Weg frei schnitt, holte ihn sich die Natur innerhalb kürzester Zeit wieder.

Mit einem Blick nach unten vergewisserte ich mich, dass Sarah feste, geeignete Schuhe anhatte. Chucks, okay, das würde genügen.

Ich hielt an, um die Abkürzung über den Fluss zu nehmen. »Steig auf meiner Seite aus.«

»Du willst hier aussteigen?« Erschrocken sah sie erst mich an, anschließend blickte sie ungläubig durch die Fenster. »Dein Ernst?«

Rings um uns hingen Äste bis auf den Weg. Wenden ging hier nicht. Zwar war ich es gewohnt, auf engen Pfaden mit dem Jeep rückwärts zu fahren, bis sich eine Wendemöglichkeit ergab. Natürlich hätte ich auch die große Zufahrt nehmen können, aber wo bliebe da der Spaß? Und es war tatsächlich kürzer, als große Wendemanöver zu fahren. Schließlich wollte ich meine neue Mitarbeiterin auch auf ihre Belastbarkeit testen.

»Mein voller Ernst.« Ich öffnete die Tür und schob die tief hängenden Äste beiseite. Sarah hob ihre Tasche an.

»Die muss leider im Wagen bleiben.«

»Aber ich habe extra ...«

»Wir werden einen Fluss überqueren.«

»Na und?« Sie wuchtete das Ding auf den Fahrersitz, kroch über den Schaltknüppel und stand innerhalb weniger Sekunden samt der Tasche neben mir. »Und? Wohin müssen wir?«

Gut, wenn sie meinte, sie müsste unbedingt die Tasche mitnehmen, bitte.

»Hörst du das Rauschen?«

Sie nickte.

»Dort hin.«

Ich bahnte ihr den Weg, bog Äste beiseite und stieg über unterarmdicke Bodenwurzeln. Knappe fünfzig Meter weiter trafen wir auf den Fluss. Am anderen Ufer sah man bereits die Kaffeefelder.

Sarah blieb unvermittelt stehen. »Da willst du rüber? Es gibt doch sicher eine Brücke.«

»Leider nein, nur den Baumstamm. Keine Sorge, ich helfe dir. Es sieht schlimmer aus, als es ist.«

Der Baumstamm, der hinüber führte, war groß, aber durch die Gischt und nächtlichen Regenfälle gefährlich rutschig.

Mit einem Schnauben stemmte sie die Arme in die Hüften. »Auf gar keinen Fall!«

»Es geht nicht anders.«

Ihr Kopfschütteln war so hefig, dass ihre Haare flogen. »Auf diesen Stamm setze ich keinen Fuß.«

Ich stellte mich vor sie und legte meine Hände auf ihre Schultern. »Es gibt aber keinen anderen Weg, verstehst du?«

Ihr Gesicht war meinem so nah, dass ich der Versuchung, sie in diesem Augenblick zu küssen, nur schwer widerstehen konnte. Auch sie atmete heftiger. Um uns herum nur die Schwüle des Dschungels, das Rauschen des Flusses und die Schreie eines Tucans. Auf Sarahs Haut glitzerten winzige Schweißperlen und sie verströmte einen Duft, der mich fast um den Verstand brachte. Wäre sie nicht meine Mitarbeiterin, hätte ich ihr sofort die süßen Perlen von der Haut geleckt und sie im Jeep langsam und genüsslich ausgezogen, um nachzusehen, ob sie auch an anderen Stellen schwitzte.

KAPITEL 16

Sarah

Der Mann hatte echt einen Knall! Was war das denn für ein verdammter Job, der ein Survivaltraining mit einschloss? Das war doch nicht normal?!

»Das da!« Ich deutete auf den glitschigen Stamm und reckte entschlossen mein Kinn vor. »Das da steht nicht im Vertrag! Das grenzt an Körperverletzung, an fahrlässige Ingefahrsetzung, an ...«

»So etwas gibt es?« Amüsiert sah er mich an, und das machte mich fuchsteufelswild.

»Keine Ahnung, zur Hölle! Aber im Vertrag steht etwas von Kaffeeplantagen, und es gibt keine Passage, die auch nur im Ansatz erwähnt, dass ich mich durch den Dschungel kämpfen über rutschige Baumstämme und über reißende Gewässer gehen muss. Kein Wort! Nichts. Nicht einmal so viel!« Ich presste kurz vor seinem Gesicht Daumen und Zeigefinger aufeinander.

»Muss der Weg zur Arbeitsstätte vertraglich festgelegt sein?«, antwortete er trocken und sichtlich erheitert.

»In diesem Fall schon.« Wieder deutete ich mit ausgestrecktem Arm auf den Baumstamm. »Das ist lebensgefährlich!«

»Für dich allein schon. Mit mir zusammen nicht.«

»Ha! Wer es glaubt! Hör mal genau zu, Mr. Norris: Kann es sein, dass du unbedingt beweisen willst, was du für ein toller Kerl bist? Danke, hast du bereits zu Genüge getan!« Ich setzte ein affektiertes Gesicht auf und nahm eine Haltung ein, als stünde ich mit einem riesigen Hut inmitten der High Society in England am Rande einer Pferderennbahn. »Ein Privatjet – Ach du meine Güte, wie luxuriös! Ein Helikopter, eine Villa mit Guesthouses. Nobel, nobel.« Mit einem imaginären Fächer wedelte ich mir Luft zu. »Habe ich im *Las Terrazas* die diamantbesetzten Kerzensockel übersehen? Oder die goldenen Wasserhähne?« Wütend stemmte ich jetzt die Fäuste in die Hüften und funkelte ihn an.

»Goldene Wasserhähne?« Er konnte sich ganz offensichtlich ein Grinsen kaum verkneifen, strich sich übers Kinn und sah nach oben. »Nein, gibt es nicht, aber ich denke drüber nach.«

Unfassbar! Der Mann war arrogant, snobistisch und ganz offensichtlich größenwahnsinnig.

»Mission *Frau beeindrucken* ist hiermit abgeschlossen und abgehakt. Entendido? Glitschige Baumstämme braucht es nicht! Außer, das zählt für die Männer hier in Costa Rica als Schwanzverlängerung.«

Jetzt lachte er auch noch. »So habe ich das noch gar nicht gesehen. Kann man das googeln?«

Das brachte mich endgültig auf die Palme.

»Keinen Fuß setze ich auf diesen rutschigen Stamm,

nicht mal den großen Zeh, damit du es nur weißt. Und jetzt gehe ich zurück zum Jeep!«

»Wie du meinst.«

»Und wie ich das meine!« Auf dem Absatz drehte ich herum – und schrie im nächsten Moment auf. Von einer Sekunde auf die andere verlor ich den Boden unter den Füßen.

»Lass mich sofort runter! Sofort!«, rief ich und boxte ihm gegen die Brust.

Hatte der mich einfach hochgehoben? Was sollte das? Der wollte doch nicht etwa mit mir auf dem Arm über den Fluss? Das konnte nicht sein Ernst sein.

Ich wand mich und zappelte, was das Zeug hergab, doch er war eindeutig stärker. Er hielt mich so fest in seinen Armen, dass ich mich fühlte wie in einem Schraubstock gefangen. Wenn er ein bisschen fester zudrücken würde, wäre er sicher in der Lage, mir alle Knochen zu brechen. Scheiße, hatte der Typ eine Kraft. Aber ganz egal, wie ich ums Leben kam – Tod durch zerquetschen oder Ertrinken im reißenden Fluss – tot war tot! Ich wollte runter. Jetzt sofort!

»Halt lieber still, du Wildkatze, sonst fallen wir beide.«

»Was?! Das ist ja unerhört, ich will auf der Stelle – Oh!« Erschreckt schlang ich meine Arme um seinen Hals und mein Körper versteifte sich schlagartig.

Der Kerl war von Sinnen! Der setzte doch tatsächlich einen Fuß auf den Baumstamm!

»Stillhalten!«, sagte er hart, und die Angst hatte mich so sehr im Griff, dass ich am liebsten das Atmen eingestellt hätte. Also bebte ich nur still vor mich hin.

Die Gewissheit, dass ich nichts, rein gar nichts tun konnte, machte mich fast ohnmächtig. Andererseits, ich könnte doch etwas tun. Mich bewegen, das würde uns garantiert zu Fall bringen. Wenn ich zappelte, würde Brad das Gleichgewicht nicht halten können.

Aber wollte ich das? Nicht unbedingt.

Nur etwa drei Meter trennten uns vom anderen Ufer. Drei Meter, die mir wie dreihundert vorkamen. Mir war klar, dass wir uns in einer gefährlichen Situation befanden. Ein falscher Tritt, ein unbeabsichtigtes Wackeln könnte uns in die Tiefe stürzen lassen.

Bebend vor Angst schloss ich die Augen und legte meinen Kopf an seine Brust, ich konnte das Elend nicht mit ansehen.

Doch so verängstigt ich auch war, so beschützt fühlte ich mich in seinen starken Armen. Okay, nicht die Schritte zählen, beschwor ich mich, als das Rauschen unter uns lauter wurde. *Nicht die Schritte zählen!* Auch riss ich mich zusammen, nicht zusammenzuzucken, sobald er etwas schwankte. Und das tat er. Klar, der Stamm war so glatt wie die Oberfläche einer Eislaufbahn, wenn nicht noch schlimmer. Glitschig war er, mit nassem Moos und Flechten übersät. Oh Gott, ich hoffte, der Mann wusste, was er da tat!

Ich musste mich ablenken, denn es ging quälend langsam vorwärts. Wenn ich mich noch mehr reinsteigerte, wäre ich bis zum anderen Ufer einen qualvollen Angsttod gestorben. Okay ... okay, dann musste ich mich eben auf das Naheliegendste konzentrieren. Und das war Brad.

Brad, sein gleichmäßiger Atem, seine stahlharte Brust, das ruhige Schlagen seines Herzens. Schon Wahnsinn, der Mann hatte überhaupt keine Angst. Nicht die Spur von Angst. Seelenruhig hielt er mich fest und dabei war ich ihm so nahe, wie ich eigentlich niemals hatte sein wollen. Aber schließlich wollte ich mich auch gedanklich vom Baumstamm entfernen. Also sollte ich das auch tun.

Tief sog ich Brads herben Duft nach Mann, frischem Schweiß und Rasierwasser ein. Eine ausgesprochen erotische Mischung, die ihre Wirkung nicht verfehlte, obwohl ich ... Egal. Mein Herz klopfte sowieso schon vor Angst, fiel also niemandem auf, wenn es noch ein bisschen schneller schlug.

Plötzlich schwankte Brad. Ich quietschte auf, presste die Augen noch fester zusammen und intensivierte meinen Griff um seinen Hals.

»Alles prima, wir sind gleich drüben«, raunte er leise und beruhigend.

Tatsächlich nahm mir seine gedämpfte, dunkle Stimme ein klein wenig die Panik, die sich gerade in mir festsetzen wollte.

Erleichtert atmete ich auf. Ob ich mal ein Auge öffnen konnte?

Dann fiel ich!

KAPITEL 17

Brad

Ruckartig ließ ich sie sinken, und ging dabei in die Knie, hielt sie aber immer noch in den Armen.

Sie riss entsetzt die Augen auf.

»Du Vollidiot! Mir ist fast das Herz stehen geblieben!« Sie richtete sich auf, machte sich frei von meinen Armen und funkelte mich an, als würde sie mir am liebsten einen Stoß geben, der mich in den Bach befördern sollte. »Ich dachte, ich falle!«

»Du hättest die Augen öffnen können, dann hättest du gesehen, dass wir schon über den Stamm waren.«

»Was für eine Unverfrorenheit, mich über einen glitschigen Baumstamm zu tragen, der über einem reißenden Fluss hängt! Wie bescheuert muss man sein? Ich hänge an meinem Leben!«

»Ich auch. Und wie. Und der Fluss ist schmal und trägt ein bisschen mehr Wasser als sonst und glitschig war es in keinem Fall. Höchstens ein paar feuchte Flechten hatte er.«

»Ach ja?« Sie bückte sich, und strich über den Baumstamm. Dann richtete sie sich wieder auf. Ihr Gesichtsausdruck veränderte sich, zwischen der Wut entdeckte ich noch einen anderen Ausdruck, den ich bei ihr noch nicht gesehen hatte. »Okay, ich denke, ich muss mich entschuldigen, vielleicht hatte mich die Angst zu sehr im Griff.«

»Ja.« Ich musste schlucken, denn sie warf mir einen Blick zu, der mich auf der Stelle gefangen nahm. »Vielleicht.«

Wir standen dicht beieinander und sahen uns direkt in die Augen.

»Danke, Brad, dass du mich nicht wirklich hast fallen lassen.« Plötzlich stellte sie sich auf die Zehenspitzen und drückte ihre samtigen Lippen auf meine.

Überrascht schloss ich sie in die Arme, erwiderte den Kuss, öffnete den Mund und wollte meine Zunge auf Erkundungstour schicken.

In diesem Moment stieß sie mich von sich. »Spinnst du?«

Ich hob entschuldigend die Arme. »Du hast mich geküsst.«

»Das habe ich nicht!«

»Doch, hast du.«

Sie schüttelte energisch den Kopf. »Ich wollte mich nur bedanken.«

»Eine seltsame Art, das zu tun. Dann werde ich mich jetzt bei dir bedanken.« Ich zog sie in meine Arme, presste meine Lippen auf ihre. Ihr kurzer Widerstand löste sich in Luft auf, sie schmiegte sich an mich. Meine Zunge öffnete ihre Lippen, spielte mit ihrer. Ihr Atem beschleunigte sich, und mein Schwanz schwoll so sehr an, dass mir die Hose eng wurde.

Verdammt, was tat ich hier nur?!

Augenblicklich ließ ich sie los. Sie war meine Angestellte und ich keiner der Chefs, die sich an Angestellten vergriff. Auch dann nicht, wenn sie den Anfang machten.

Mit einem atemlosen Seufzer öffnete Sarah die Augen. Fast schon verwirrt sah sie mich an.

»Das hätte nicht passieren dürfen.« Am liebsten würde ich Sarah wieder in meine Arme reißen, sie an Ort und Stelle erkunden, berühren, erforschen. Diese Frau brachte mich um den Verstand.

»Nein, das hätte es nicht«, bestätigte Sarah leise.

Wir sahen uns an. Standen uns für einige Sekunden still gegenüber; bevor wir uns wieder in die Arme fielen. Sarah ergriff die Initiative und ich ließ mich von ihrer Leidenschaft mitreißen. Immerhin war ich ein Mann! Wie sollte ich dieser Frau widerstehen, wo ich schon seit unserem ersten Treffen davon träumte, sie in meinen Armen zu halten, zu küssen, zu berühren, zu verführen?

Meine Hände gingen auf Wanderschaft, tasteten sich unter Sarahs Oberteil. Ich streichelte sanft ihren Rücken, was sie dazu veranlasste, sich noch mehr an mich zu drängen. Die leichte Gänsehaut, die ihren Oberkörper überzog, ließ mich aufstöhnen.

Ein knarzendes Geräusch drängte sich in den Vordergrund. »Ranger an Brad, wo steckt ihr? Over.«

Widerwillig löste ich mich von ihr. »Wenn ich mich nicht melde, sucht er nach uns.«

Sarah lächelte mich an, ihre Augen strahlten. »Das könnte peinlich werden.«

»Das könnte es in der Tat.« Ich nahm das Walkie-Talkie aus der Gürteltasche. »Brad an Ranger, wir sind gleich bei dir. Over and out.«

Dann zog ich Sarah nochmals an mich, küsste sie sanft auf ihre vollen Lippen. Mir war klar, was das bedeutete.

Ihr auch?

KAPITEL 18

Sarah

Sein Kuss kam so plötzlich, dass ich nicht einmal reagieren konnte. Ich meine, das ging doch nicht, der konnte mich doch nicht so überrumpeln?

»Over and out«, hörte ich ihn sagen, und im nächsten Moment hatte er mich schon mit einer kraftvollen Bewegung an sich gerissen und seine Lippen auf meine gepresst. Ich konnte gar nicht anders, als diesen leidenschaftlichen, fast brutalen Kuss zu erwidern. Mit diesem Kuss hatte er mich. Auf der Stelle hätte ich mit ihm auf den feuchten Dschungelboden sinken, ihm das Hemd vom Leib reißen und seine Hose öffnen können. Denn was sich da heiß und prall an mich drückte, war bestimmt nicht das Walkie-Talkie.

Mit einem Mal ließ er mich genauso unvermittelt wieder los, nickte mir zu und sagte nur knapp: »Wir müssen los. Komm.« Dann ging er den schmalen Pfad voraus.

Irritiert und mit schnellem Atem, der garantiert nicht von meiner nicht vorhandenen körperlichen Anstrengung kam, folgte ich ihm. Mit langen Schritten ging er vor mir her, und ich stolperte ein paar Mal, weil ich auf seinen breiten, muskulösen Rücken und seinen Knackarsch starrte, anstatt mich auf den Boden vor mir zu konzentrieren.

»Heb deine Füße«, brummte er nach dem dritten Stolperer, ohne sich zu mir umzudrehen. »Ich habe keine Lust, dich den Rest des Aufenthalts in der Krankenstation sehen zu müssen.«

»Ist ja schon gut, bin solche Wege eben nicht gewohnt«, gab ich kleinlaut zurück. Ich konnte ja unmöglich sagen, dass ich ihn am liebsten am Hosenbund gepackt und zu mir gezogen hätte, damit wir dort weitermachen konnten, wo wir gerade so abrupt aufgehört hatten. Warum war er eigentlich so knapp angebunden? Na ja, wahrscheinlich, weil er zur Plantage wollte, wir waren spät dran.

Von mir aus könnten wir noch viel später dran sein.

O mein Gott, ich konnte selbst nicht glauben, dass ich bereit wäre, einfach so mit ihm zu schlafen. Er war mein Chef! Hatte ich ihm nicht im Vorstellungsgespräch gesagt, ich hätte die letzten beiden Stellen gekündigt, weil mir die Bosse an die Wäsche wollten? Verdammt ja! Und jetzt wollte ich meinem Chef an die Wäsche!

Die letzten paar hundert Meter war der Weg etwas steiler geworden. Jetzt atmete ich tatsächlich schneller, weil es anstrengend war, den mit Wurzeln durchzogenen und teilweise rutschigen Weg hochzulaufen.

Endlich waren wir oben, standen auf einem etwas breiteren Weg.

»Wow!«, sagte ich atemlos und stützte mich einen Moment auf den Knien ab. »Das ist ja ein tolles Panorama.«

Ich blickte über eine weite, hügelige Landschaft.

Eben noch waren wir im Dschungel gewesen, der mich schon mit seiner ganzen Schönheit geflasht hatte. Baumgiganten, meterlange Lianen, Orchideen, riesige Farne. Glitschige Baumstämme. Und jetzt tat sich vor mir ein weiteres Paradies aus palmenbewachsenen Hügeln auf, dazwischen blitzten grüne Lichtungen auf. Hier und da standen Farmen oder Scheunen, so genau konnte ich das nicht erkennen, und an den Hügeln und in den Ebenen dazwischen machte ich große, mit dicht bepflanzten Büschen versehene Flächen aus. Wahrscheinlich waren das die Kaffeeplantagen. Eigentlich ein Unding, da trank ich täglich Kaffee und war noch nie dort gewesen, wo er herkam. Diesen Punkt konnte ich auf meiner To-do-Liste also getrost abhaken.

»Bist du fertig mit deinen Betrachtungen?«, fragte er.

»Ja.« Wieso wirkte er plötzlich so steif? Wie ein Baum stand er neben mir, die Arme verschränkt, und blickte über die Weite wie ein Löwe, der auf sein Reich hinunter sah. Im Grunde genommen war es ja auch sein Reich. *Seine* Kaffeeplantage.

»Gut.« Er marschierte los, den Hügel hinunter. Die ersten Kaffeepflanzen waren nicht mehr weit entfernt. Diesmal blieb er neben mir, der Weg war ja breit genug. Ich überlegte, ob ich seine Hand nehmen sollte. Nein, warum sollte ich das tun? So gut kannten wir uns schließlich nicht.

Der nächste Satz von Brad war wie eine Ohrfeige.

»Nach diesem Ausflug werde ich dir eine Stelle in einer anderen Abteilung besorgen. Bei deinen Zeugnissen sollte das kein Problem sein. Es ist besser, wenn wir künftig nicht direkt zusammenarbeiten.«

Ich kniff die Lippen zusammen. Hätte ich bei unserem Vorstellungsgespräch nur meinen Mund gehalten!

»Und hier arbeiten wir noch zusammen?«, fragte ich spontan.

Er warf mir einen flüchtigen, finsteren Blick zu. »Ja, ich brauche hier deine Hilfe. Bringst du das fertig?«

»Ja. Wenn es dir allerdings lieber ist, könnte ich auch Katie im Pool Gesellschaft leisten. Dann würde ich dich nicht kompromittieren und ...«

»Ach, du glaubst, das würdest du schaffen?«

Na bitte, jetzt schmunzelte er. Doch wozu sollte das führen?

Was ich wollte, war mir vor wenigen Minuten klar geworden. Ihn! Aber Chef und Liebhaber, das schloss sich gegenseitig aus. Außerdem zeigte mir sein Vorschlag mit der anderen Abteilung deutlich, wie wenig er mich in seiner Nähe haben wollte.

»Wenn ich es drauf anlege?«, antwortete ich provokativ. Leider ergab sich dann keine Gelegenheit mehr für einen netten Austausch zu diesem Thema. Wir waren da.

Wir überquerten einen plattgefahrenen Weg, der ungefähr die Breite eines Jeeps hatte, und hielten Kurs auf eine riesige Scheune, neben der eine an den Seiten offene Hütte stand, davor allerlei Geräte, ein paar Männer, die sich unterhielten, lachten. In der Hütte saß ein Mann über einer Pfanne, in der er etwas röstete. Es roch verteufelt gut nach Kaffee.

»Brad! Da seid ihr ja endlich!« Ein älterer Mann mit braungegerbter Haut kam strahlend und mit ausgestreckten Armen auf uns zu. Er trug ein helles Baumwollhemd, dessen lange Ärmel an den Handgelenken geschlossen waren, eine lange, kakifarbene Hose und feste Schuhe, die wahrscheinlich fast so alt waren wie der Mann selbst. Das musste Ranger sein. Ich schätzte ihn auf fünfzig oder etwas älter. Auf jeden Fall hatte er für sein Alter sehr volle, dichte und dunkle Haare, die mit nur wenig Grau durchzogen waren. Um seine Augen herum konnte ich unzählige Lachfältchen ausmachen. Er war mir sofort sympathisch.

Er begrüßte uns beide herzlich, umarmte erst Brad, dann mich, und lobte mich, dass ich so tapfer gewesen und durch den Dschungel gekommen war.

Bevor ich jedoch die Sache mit der Tapferkeit klarstellen konnte, drehte er ab und bedeutete uns, mit ihm zu kommen. Ausgreifend schritt er voran, direkt hinein in die Plantage.

»Brad. Die Flugzeuge haben schon gestreut, morgen kommen Arbeiter, um die Blätter abzuwischen. Guck dir das an! Dieser Käfer ist eine Plage!«

»Die Blätter abwischen?« Ich bemühte mich, mit den Männern Schritt zu halten, und wäre fast gegen Brad gestoßen, als sie unvermittelt stehen blieben. Im letzten Moment konnte ich abbremsen, da drehte er sich auch schon zu mir herum. Wir standen fast Nase an Nase.

»Du bist ein bisschen dicht.« Seine Stimme war nur ein Flüstern.

»Verzeihung, konnte ja nicht ahnen, dass ihr plötzlich stehen bleibt, als wäre eine Ampel auf Rot gesprungen.« Unwillkürlich trat ich einen Schritt zurück. Mir entging jedoch nicht Rangers Blick. Der ahnte was, da war ich mir ziemlich sicher. Ich warf ihm ein schiefes Lächeln zu, hüstelte und sah wieder zu Brad.

»Also, Blätter abwischen?«

»Ja, als weitere Bekämpfungsmaßnahme. Stell dir das so vor, als hätten die Pflanzen Läuse oder einen abwaschbaren Pilz. So ungefähr.«

»Geht es etwas präziser?«, wollte ich wissen und stellte mich zu Ranger, der den dicht begrünten Ast einer Kaffeepflanze herunterbog und auf die Blätter und die Kaffeekirschen zeigte.

»Ist der Broca-Käfer«, erklärte Ranger. »Wir haben ein per Flugzeug pestizidfreies Mittel über den Plantagen gespritzt. Jetzt müssen wir alle Blätter und Kirschen abwaschen, die befallenen Kirschen entfernen, und die Wespen erledigen den Rest.«

»Die Wespen?« Ich kam mir etwas dämlich vor mit meinen Fragen und wunderte mich nebenbei, warum mich das überhaupt interessierte. Das Wissen würde ich nie mehr brauchen, da Brad mich ja nicht weiter bei sich beschäftigen wollte. Aber immerhin ging es hier um Kaffee, eines meiner Lebenselixiere.

»Die Wespen ernähren sich von den Larven der Broca-Käfer und rotten sie aus«, erklärte Ranger. »Wir werden neue Wespenstämme ansiedeln. Sie werden die nächsten Tage geliefert.«

»Sarah«, meldete sich Brad, und ich drehte mich zu ihm um. »An der Scheune werden Handschuhe verteilt. Hol dir ein Paar, dann kannst du beim Blätter abwischen und Kirschen pflücken helfen.«

»Bitte?« War das sein Ernst? Das leise Kichern von Ranger ließ mich stutzig werden. Das Grinsen von Brad schließlich zeigte mir, dass er mich veräppelt hatte. Trotzig reckte ich das Kinn und stemmte die Fäuste in die Hüften. »Ich bin hier, um zu arbeiten. Wenn mein Job darin besteht, Kaffee zu retten, bin ich dabei. Wo sind die Handschuhe?«

»Sarah, das war ein Scherz. Für diese Arbeit haben wir Männer, die das erledigen. Dein Job ist es, für das Controlling die Prozesse der aktuellen Schädlingsbekämpfung zu notieren, übersichtlich zusammenzustellen und die Kosten zu erfassen. Es freut mich aber, dass du dich dafür interessierst.«

»Nur, weil es sich um Kaffee handelt!« Unser Schlagabtausch lud die Luft vor Spannung auf.

»Natürlich.« Seine Stimme hatte einen süffisanten Unterton. Uns beiden war klar, wir redeten nicht vom Kaffee.

Ranger sah mit hochgezogenen Augenbrauen von Brad zu mir. »Ich weiß ja nicht genau, was da knistert, kann aber versichern, dass es nirgendwo brennt.«

Brad warf ihm einen Blick zu, den ich nicht deuten konnte.

»Du kümmerst dich darum, Sarah die Prozesse zu schildern und ihr alle Rechnungen, Aufzeichnungen und so weiter zu geben. Wo es knistert oder nicht, hat dich nicht zu interessieren«, blaffte Brad und stapfte mit einem Schnaufer davon.

Verblüfft sahen wir ihm hinterher.

»Und ob es hier knistert«, murmelte Ranger. »Kommen Sie, Sarah. Alles was Sie brauchen, habe ich im Büro in der Scheune.«

»Da drin gibt es ein Büro?«, fragte ich überrascht und dachte gleichzeitig darüber nach, woher Ranger wissen konnte, was ich brauchte. Alles, was ich brauchte, war eben in die andere Richtung davon gestapft.

»Ja, ist alles ein bisschen anders hier.«

Da sagte er was. Aber das, was ich meinte, bezog sich nicht auf Büros. Es war tatsächlich alles anders, als ich es mir vorgestellt hatte. Keine Ahnung, was ich davon halten oder wie ich mich fühlen sollte. Ich wusste nur, mein Job an Brads Seite wäre nach dem Aufenthalt hier Geschichte. Wie es danach weiterginge, stand in den Sternen und war mir im Moment tatsächlich ziemlich egal.

Hieß es nicht, man sollte immer im Hier und Jetzt leben? Gut, da war ich dabei. Denn das hieß für mich, ich würde an Brads Seite sein. Ich würde meinen Job so gut machen, wie ich konnte. Und da wir danach nicht mehr Chef und direkt unterstellte Angestellte sein würden, sprach nichts dagegen, meinen Boss noch einmal zu küssen.

Ich musste das dringend mit Katie besprechen. Ganz dringend!

Am Nachmittag war ich völlig fertig, weil mir der Kopf vor lauter Zahlen und Informationen brummte. Erleichtert, dass mein erster richtiger Arbeitstag beendet war, betrat ich unseren Bungalow. Zugegeben, ich war auch beruhigt, etwas Abstand zu Brad zu bekommen, wenigstens für die Zeit bis zum Abendessen. Seine Gegenwart machte mich nervös, das hatte ich im Lauf des Tages mehr als einmal feststellen müssen. Verdammt, ich war dabei, mich in diesen Mann zu verlieben.

Im Bad hörte ich den Föhn.

»Katie!«, brüllte ich durch den Raum, warf die Mappe mit den Unterlagen auf den Tisch und zog mir ächzend meine Schuhe aus. Katie schaltete den Föhn ab.

»Was?!«, rief sie zurück. Im nächsten Moment hörte ich, wie die Badtür geöffnet wurde. Katie kam herein, lehnte sich mit verschränkten Armen an den Türrahmen und musterte mich. Sie machte sich offenbar für das Abendessen fertig und trug ein leichtes, hellgrünes Sommerkleid mit Spaghettiträgern. Wie spät war es eigentlich? Oh, schon kurz nach sechs.

»Ich bin zurück«, sagte ich, weil ich nicht wusste, wo ich anfangen sollte.

»Das sehe ich.«

Ob ich erst mal duschen sollte? Nein. »Katie, du glaubst nicht, was mir passiert ist.«

Ich ging zum Sofa und ließ mich einfach hineinfallen.

Katie stieß sich vom Türrahmen ab, setzte sich zu mir, sah mir forschend ins Gesicht und verengte die Lider. »Ihr habt euch geküsst.«

»Das siehst du an meinem Gesicht?«

»Das sehe ich dir generell an. So guckst du nur, wenn du bis über beide Ohren verliebt bist.«

»Verdammt, ich hab´s geahnt.« Ich setzte mich auf und stützte das Kinn in die Hände. Dann erzählte ich ihr alles, angefangen vom Balancieren über den Baumstamm über den Kuss bis hin, dass er mich in eine andere Abteilung versetzen würde, sobald wir zurück wären.

»Und das Schlimmste ist, ich will nichts mehr, als mit diesem Kerl ins Bett zu steigen. Eine Katastrophe!«

»Wieso?« Sie zuckte mit den Schultern. »Was

Besseres kann dir doch nicht passieren, oder? Du bist scharf auf ihn, er ist scharf auf dich. Du darfst mit ihm schlafen, Süße. Sobald wir zurück sind, ist er ja nicht mehr dein Chef.«

»Katie! Also wirklich!«, fuhr ich sie entrüstet an. »Ich kann doch nicht einfach mit meinem Noch-Boss ins Bett gehen. Ich kenne ihn ja kaum. Außerdem ist er ein … Idiot. Einer, der Frauen am Fließband verbraucht, einer der ...« Händeringend suchte ich nach Worten.

»Einer, der dir ein paar schöne Nächte bereiten könnte? Komm, stell dich nicht so an. Bist doch sonst nicht so prüde.«

»Jetzt mach aber mal langsam, du klingst ja gerade so, als würde ich mit jedem ins Bett steigen.«

»Okay, ich habe vielleicht ein bisschen übertrieben. Aber ganz ehrlich? Wenn ich du wäre, würde ich mir diesen Hotti schnappen und dem Sonnaufgang entgegenreiten.« Sie seufzte sehnsuchtsvoll auf. »Wenn auf mich so ein costa-ricanischer Hengst warten und mit den Hufen scharren würde, wäre ich schneller im Sattel, als du Kaffeeplantage sagen kannst. Das schwöre ich dir.«

Lachend warf ich ein Sofakissen nach ihr.

In dem Moment klopfte es.

»Oh, das muss der Aperitif sein.« Sie sprang auf. »Man fragte mich, was wir vor dem Abendessen möchten, und ich habe mich für Sekt entschieden. Wie passend. Dann können wir auf deine heißen Nächte in Costa Rica anstoßen.«

»Du hast wirklich Sekt bestellt?« Ein solches Verwöhnprogramm war ich im Urlaub nicht gewöhnt.

»Ja, zum Vorglühen.« Katie lachte. »Dieser Scott ist doch auch ein Schnuckelchen, findest du nicht?«

»Du willst dich für Scott in Stimmung trinken?« Ich stellte heute definitiv zu viele Fragen, merkte ich gerade.

»Ach was, ein Sekt mit meiner Freundin, um diesen Aufenthalt zu feiern. Ist doch geil hier, oder?«

Es klopfte erneut.

»Moment!« Katie ging zur Tür. »Ich komm ja schon.«

KAPITEL 19

Brad

Ich hätte sie nicht küssen dürfen. So viel stand fest. Rangers Kommentare ärgerten mich, aber er lag vollkommen richtig. Die Luft zwischen Sarah und mir brannte, sobald wir aufeinandertrafen. Und Sarah wollte es nicht weniger als ich.

Selbst Scott bemerkte meine Unruhe. Ich wusste nicht, wie ich das Abendessen überstehen sollte. Wir mussten eine Regelung für unseren weiteren Umgang finden. Schnell. Sonst würde alles aus dem Ruder laufen.

Die andere Alternative wäre, mich mit Scott zum Klettern zu verziehen. Dann wäre ich auch nicht in Versuchung, diese Frau an mich zu ziehen und ihren wundervollen Körper Zentimeter für Zentimeter zu erkunden, bis sie seufzend in meinen Armen lag und darum bettelte, von mir genommen zu werden. Schon der Gedanke daran ließ meinen Schwanz hart werden. Diese Frau weckte in mir ein Begehren, das ich unbedingt bekämpfen musste. Sie war meine Angestellte und ich hatte meine Regeln, egal ob sie mich ebenfalls wollte oder nicht. Ich konnte mir kein Gerede erlauben, und auch für Sarah wäre es keine gute Referenz, wenn herauskäme, dass sie mit dem Chef geschlafen hätte. Keiner in der Firma würde sie noch ernst nehmen.

»Was brütest du denn vor dich hin?« Scott stand neben mir und sah mich neugierig an. »Sarah?«

Ich brummte nur, eine Antwort blieb ich ihm schuldig.

»Es gibt zwei Möglichkeiten«, fuhr Scott ungefragt fort. »Du kündigst ihr und ihr könnt miteinander machen, was ihr wollt, oder du lässt die Finger von ihr.«

Mein Blick verfinsterte sich. Ich mochte beide Möglichkeiten nicht besonders. »Das weiß ich selbst. Aber sie rauszuwerfen, wäre ihr gegenüber nicht fair, sie ist schon länger ohne Anstellung.«

»Dann lass deinen Schwanz in der Hose.«

Ich nickte. »Es wäre einfacher, wenn sie mich nicht herausfordern würde.«

»Rede mit ihr. Ihr seid erwachsen. Bisher ist nichts passiert.«

Nichts passiert.

Scott hatte gut reden. Diese Frau küsste so leidenschaftlich. Und diese Leidenschaft wollte ich anfachen. Ich wollte der Ursprung dieser Empfindung sein.

Nichts passiert?

All meine Sehnsucht, von der ich nicht gewusst hatte, dass sie in mir wohnte, war von dieser Frau geweckt worden. Und das musste ich begraben. Es ging nicht. Scott hatte recht. Ich musste es beenden. Und zwar gleich. Auf der Stelle.

»Genau das werde ich tun.«

Entschlossen stand ich auf, verließ das Wohnzimmer und ging hinüber zum Gästehaus. Ich musste mich für mein Benehmen entschuldigen und den Chef rauskehren und damit die Regeln für unseren weiteren Aufenthalt festlegen.

Beim Gästehaus bereute ich meinen Entschluss. Doch ich wollte jetzt keinen Rückzieher machen. Also klopfte ich an.

Anscheinend hörten sie es nicht, aber ich hörte die beiden. Sie sprachen miteinander. Was genau, konnte ich jedoch nicht verstehen. Ich wartete einen kurzen Moment und klopfte erneut.

»Moment!« Das war Katies Stimme. »Ich komm ja schon.«

Sie riss die Tür auf und sah mich überrascht an. »Brad?«

»Hast du jemanden anderen erwartet?«

Katie sah aus, als hätte sie sich bereits für das Abendessen fertig gemacht. War Sarah eventuell gerade im Badezimmer? Der Gedanke, wie sie nackt unter der Dusche stand, brachte meinen Entschluss ins Wanken.

»Um ehrlich zu sein, ja, du willst du Sarah, nehme ich an?« Katie trat beiseite. »Auf dem Sofa.« Sie sah zu Sarah, dann wieder zu mir. »Da ich im Urlaub bin und nichts mit dem geschäftlichen Kram zu tun habe, verdrücke ich mich mal lieber. Ist Scott im Haupthaus? Vielleicht trinkt er ja mit mir einen Aperitif.«

»Sicher«, sagte ich. »Du findest ihn auf der Hauptterrasse.«

Katie warf Sarah eine Kusshand zu. »Bis nachher, und tu nichts, was ich nicht auch tun würde.«

Sarah verdrehte die Augen, als Katie aus unserem Sichtfeld verschwand und die Tür hinter sich schloss.

Auf dem großen Sofa sah Sarah noch zarter aus, fast schon zerbrechlich. Und doch wusste ich, um ihr Probleme zu ersparen, dass ich ihr nun wehtun musste.

»Sarah, wir müssen reden.«

Oh, wie ich diesen Satz hasste. Und wie oft hatte ich ihn gehört. Und wie oft war es im Gespräch mit Sheela um ihren Sohn gegangen, der wieder wegen irgendwas in der Tinte saß. Schließlich hatte ich es aufgegeben, ihm helfen zu wollen. Es nützte nichts, wenn dieser Junge immer Unterstützung bekam und sich nie seiner Verantwortung stellen musste. Das hatte letztendlich zu noch mehr Streit geführt. Und jetzt sagte ich diesen verhassten Satz, den ich damals viel zu oft von mir gegeben hatte.

Schon an Sarahs Gesichtsausdruck erkannte ich, es würde schwer werden, sie nicht zu sehr zu kränken. Denn das wollte ich wirklich nicht.

»Um was geht es? Ich dachte, ich hätte nun Feierabend«, erwiderte sie beherrscht.

»Hast du auch, ich wollte mit dir auch nicht über Zahlen reden.« Der Wechsel auf das Thema Arbeit erleichterte es mir, mit ihr zu sprechen. »Ranger sagt, du hast dich schnell eingearbeitet und wirst ihm eine große Hilfe sein.«

»So, sagt Ranger das?« Sie warf mir einen provokanten Blick zu. »Und wie siehst du das?«

»Das werde ich erst später beurteilen können.« Sarah flirtete doch nicht etwa mit mir? Sie stand auf und kam mit wiegenden Hüften auf mich zu. Die Luft stand in Flammen. Allein ihr Anblick und die Art, wie sie mich fast schon unschuldig und gleichzeitig aufreizend ansah, ließen meinen Schwanz anschwellen. Er drückte hart gegen meine Cargohose.

»Was genau erwartest du von mir?« Sarah blieb etwa einen Meter vor mir stehen.

Ich schluckte, würde ihr am liebsten befehlen, dass sie sich auf meinen Schwanz setzen sollte, damit ich ihr zusehen konnte, wie sie mich ritt, bis sie kam.

»Sieh mich nicht so an«, wehrte ich mich. »Wir sind geschäftlich hier.«

Sarah strich sich mit einem kaum hörbaren Seufzer eine Haarsträhne zurück. Diese unbewusste Geste brachte mich fast um den Verstand. Mein Blick fiel auf ihren Hals, ihre Schlüsselbeine, deren Einbuchtung sich mit jedem Ein- und Ausatmen verführerisch mal tiefer, mal flacher ausprägte. Ich wollte jede Stelle ihres Halses küssen. Ihr Duft nach Sonne, Kaffee, ein wenig Schweiß, gemischt mit ihrem ureigenen Geruch ließ mich mein Vorhaben vergessen.

»Sind wir das? Hast du nicht eben gesagt, ich hätte Feierabend?«

Ja, das hatte ich gesagt. Und wenn ich es mir eingestand, war ich nicht hier, um unser Zusammensein auf eine geschäftliche Basis zu bringen. Ich wollte diese Frau. Mehr als ich jemals eine Frau zuvor gewollt hatte.

»Ja, das habe ich gesagt«, sagte ich mit rauer Stimme.

Wir blickten uns in die Augen. Sehr tief. Dann trat sie einen Schritt auf mich zu, und ich konnte ihr nicht mehr widerstehen.

»Okay, Feierabend«, brummte ich, zog sie in meine Arme und küsste sie. Hart, wütend, weil sie all meine

Zurückhaltung ins Wanken brachte und mein Urtrieb in ihrer Gegenwart übermächtig wurde. Sie schmiegte sich in meine Arme, öffnete die Lippen und ließ meine Zunge mit der ihren spielen. Ihre Hände schoben sich unter mein Hemd, fuhren meinen Rücken hinauf, bis ihre Finger über meine Narben strichen. Sarah hielt einen Moment inne, doch nur kurz, dann gingen ihre Hände wieder auf Wanderschaft.

»Du willst also Sex, ja?« Meine Stimme war rau, ich schob sie etwas von mir.

Statt einer Antwort, zog sie lächelnd ihre Hände unter meinem Hemd weg und knöpfte ihre Leinenbluse auf, ließ sie über ihre Schultern gleiten und sah mich dabei schwer atmend an. Noch nie war eine Antwort dermaßen sexy gewesen. So deutlich.

Dann zog sie mir mein Hemd aus, strich mit ihren Fingern über meine Brust, hinunter zum Hosenbund. Sie öffnete mit geübten Handgriffen den Gürtel, zog den Reißverschluss auf. Fuck! Kein Mann konnte da standhaft bleiben! Ich hatte eine Latte, dass es eine Pracht war.

»Warte.« Schnell entledigte ich mich meiner Schuhe, der Hose und der Boxershort, hörte, wie Sarah die Luft einsog und kurz innehielt, als sie mich betrachtete, während ich nackt vor ihr stand.

»Oh, ja, und ob ich will«, sagte sie, als sie aus ihren leichten Jeans schlüpfte und ihren Slip gleich mit abstreifte. Provozierend hielt sie ein Kondom in die Höhe.

Mit einer geschickten Handbewegung öffnete ich ihren Büstenhalter, ließ ihn zu Boden gleiten und betrachtete ihren nackten Körper, strich zärtlich über ihre Rundungen. »Du bist wunderschön.«

Fast schüchtern blickte sie plötzlich zu Boden.

Dieser Mischung aus forsch und schüchtern konnte ich nicht widerstehen. Ich hob sie hoch und ein leises Quieken entfuhr ihr, bevor sie mich küsste. Sie würde nichts bereuen, wie auch ich nichts bereuen würde. Die wenigen Schritte bis ins Badezimmer legten wir küssend zurück. In der ausladenden Dusche stellte ich sie wieder auf die Beine und streifte mir das Kondom über. Im nächsten Moment schlang sie ihr rechtes Bein um mich, zog mich an sich und mein Verstand setzte aus. Ihre Haut und ihre Leidenschaft, mit der sie mich küsste, ließen mich die geplante Dusche vergessen. Ich drückte sie an die kalten Fliesen, hob sie hoch und küsste ihren Hals.

»Ich will dich so sehr, Brad.«

Dieser kleine Satz erregte mich dermaßen, dass ich mich nicht mehr zurückhalten konnte. Dabei hatte ich sie Stück für Stück genießen wollen. Behutsam, ihre Erregung langsam steigernd.

Sie spürte mein Zögern. »Bitte lass mich nicht warten.«

Ich sah ihr in die Augen, als ich in sie eindrang. Kurz weiteten sie sich, doch dann bewegte sie sich mit mir, trieb mich an, klammerte sich wie eine Ertrinkende an mich, bis sie tatsächlich nach wenigen Stößen kam und ich kurz darauf mit einem knurrenden Geräusch, das meiner Kehle entwich, in ihr explodierte.

Sarah saß auf meiner Hüfte, lehnte sich an mich und wir hielten uns. »Das war unglaublich«, flüsterte ich.

Sie lachte leise.

Mit der rechten Hand hielt ich sie fest, mit der linken liebkoste ich ihr Gesicht, als wir uns in die Augen sahen. Das war deutlich zu schnell gegangen. So hatte ich es mir nicht vorgestellt. Ich setzte Sarah ab, stellte sie auf die Füße, entledigte mich des Kondoms und drehte das warme Wasser auf. »Wage es nicht, aus der Dusche zu gehen.«

Sarah lächelte und ließ mich mit meiner Hand die Temperatur des Wassers prüfen. »Das hatte ich nicht vor.«

Als die Wassertemperatur angenehm war, zog ich Sarah zu mir unter die Regendusche. Nun wollte ich ihren Körper erkunden. Ich gab etwas Duschgel in meine Hände, rieb es über ihre Schultern, ihre Brüste, deren Spitzen sich mir verlockend entgegenreckten. Mit den Fingern rieb ich über ihre Spitzen, bis sie leise aufstöhnte und ihren Kopf in den Nacken legte, um ihren Hals bloßzulegen. Dieses Angebot nahm ich gern an. Ich küsste mich ihren Hals entlang, sog an ihren Brustwarzen und ließ meine Hände über ihren Körper wandern, bis ich an ihre empfindlichste Stelle kam. Mit dem Mittelfinger liebkoste ich ihre Klit. Sarah hob ihr Bein an, schlang es um meinen Körper und stöhnte laut auf, als ich meinen Finger in sie schob. Seufzend lehnte sie sich an die Fliesen und klammerte sich an meinem Rücken fest. Sie drückte sich mir entgegen, doch so schnell würde ich sie dieses Mal nicht erlösen. Ich küsste ihre Brustwarzen, wanderte Kuss für Kuss tiefer, bis ich meine Zunge über ihre Klit gleiten ließ, sanft an ihr saugte, bis ein tiefer Seufzer aus Sarahs Kehle erklang. Dieses Geräusch war das erotischste, was ich jemals vernommen hatte.

Gott, war diese Frau sinnlich! Ohne dass sie meinen Schwanz auch nur berührt hatte, stand ich kurz vor dem Abspritzen. Ich riss mich zusammen, so gut es ging.

Dann kam Sarah, ich spürte sie an meinem Mund zucken. Fast sackten ihr die Beine weg, doch ich hielt sie fest und peitschte sie weiter, bis sie letztlich an der Wand entlang abrutschte, vor mir saß und ich ihr alle Emotionen im Gesicht ablesen konnte. Ihr Orgasmus musste gigantisch gewesen sein, allein das war für mich so erregend, ich musste nicht kommen. Sie hatte mir eben das größte Geschenk gemacht, dessen sie fähig war: Sie hatte sich voll und ganz fallen lassen.

Ich stand vor ihr. Sarah sah mich glücklich an.

»Und jetzt du«, flüsterte sie und griff nach meinem Schwanz, der direkt vor ihrem Gesicht in die Höhe ragte. Noch bevor ich mich wehren konnte, rieb sie ihn, leckte daran, saugte und brachte mich binnen weniger Augenblicke zum Höhepunkt. Keuchend lehnte ich mich an die Wand und legte den Kopf in den Nacken.

Das war der beste Sex meines Lebens gewesen, so viel stand fest. Ich reichte Sarah die Hand, sie nahm sie. Mit einer raschen Bewegung zog ich sie auf die Beine, in meine Arme. Ich wollte diese Frau für immer festhalten. Und sie ficken. Jeden verdammten Tag.

Sarah sah zu mir auf. »Weshalb bist du zu mir gekommen? Um Sex mit mir zu haben?«

»Nein, ich hatte andere Gründe.«

»Oh. Und welche?« Sarah nahm das Shampoo und begann sich das Haar zu shampoonieren.

»Nicht jetzt. Es ist der falsche Augenblick.« Der Gedanke, weswegen ich gekommen war, wirkte wie eine eiskalte Dusche. Das wundervolle Gefühl rückte in den Hintergrund, die Stunde der Wahrheit war gekommen.

Ich duschte, griff nach einem flauschigen, weichen

Handtuch und trocknete mich ab, ehe ich mir das Tuch um die Hüften schlang.

Sarah spülte sich den Schaum aus den Haaren, stellte das Wasser ab und nahm sich ebenfalls ein Handtuch. Sie rubbelte sich damit über das Haar, kam auf mich zu und lehnte sich an mich. Ihre Finger glitten über meine Narben am Rücken. »Wo hast du die her?«

»Eine lange Geschichte«, antwortete ich ausweichend.

»Was ist passiert?«

»Unwichtig.«

Unwillkürlich zog ich mich von ihr zurück. Dabei wollte ich das gar nicht. Ich wollte das, was hier gerade geschehen war, für immer festhalten, doch ich wusste, früher oder später würde ich es sowieso zerstören, also besser jetzt als später.

»Jetzt sag schon, weshalb bist du gekommen?« Sie wickelte das Duschtuch um ihren Körper und steckte es an der Seite fest. In das weiße Handtuch gewickelt, mit ihrem nassen, dunklen Haar sah sie so verführerisch aus, dass mein Entschluss beinahe erneut ins Wanken geriet.

»Um dir zu sagen, dass wir unsere Beziehung auf rein geschäftlicher Basis belassen sollten.«

»Oh. Das hat ja gut funktioniert.«

Ich winkte ab. »Es würde Gerede in der Firma geben, auch dann, wenn du in einer anderen Abteilung arbeitest. Sie würden schlecht über dich reden und das möchte ich nicht. Dafür bist du mir zu wichtig.«

»Ich bin dir zu wichtig?« Sie zog die Brauen hoch. »Na, dann wäre es wohl besser, wenn du jetzt gehst.«

»Ja, das wäre wohl besser.«

Sarah reagierte überraschend souverän. Sie machte mir keine Szene. Dafür besaß sie zu viel Stil.

Während ich mich anzog, spürte ich, wie falsch sich das anfühlte. Ich hatte einen Fehler gemacht, doch damit mussten wir jetzt leben. Sarah würde sich schnell hocharbeiten und dazu mussten sie die anderen Kollegen respektieren und das würden sie nicht tun, wenn sie mit dem Firmenchef schlief. Es musste an dieser Stelle enden.

Ich schlüpfte in meine Hose und mein Hemd. »Alles in Ordnung?« Ich wollte nicht einfach so gehen.

»Natürlich. Wir sind schließlich erwachsen.«

Sarah drehte sich nicht zu mir um, obwohl ich noch für einige Zeit im Türrahmen stehen blieb.

KAPITEL 20

Sarah

Als er gegangen war, drehte ich mich langsam um, starrte wie betäubt auf die Tür, als erwartete ich, Brad würde jeden Moment wieder anklopfen. Und was, wenn er es tun würde? Änderte das irgendetwas an meiner Situation?

Okay, ich war sauer, ziemlich sauer sogar. Auf wen, wusste ich noch nicht genau. Auf Brad, auf mich selbst. *Schlafe nie mit deinem Boss*, war meine Devise gewesen. Tja, so ist das mit den Vorsätzen und der Realität!

Fast mechanisch ging ich ins Bad, föhnte meine Haare, kämmte sie, cremte mich ein. Was machte mich so verdammt wütend? Ganz einfach: alles in dieser Lage. Am meisten ärgerte ich mich, dass ich diesem Typ, der Frauen Parkplätze vor der Nase wegschnappte, wie ein Schulmädchen auf den Leim gegangen war. Zugegeben, er hatte es wiedergutgemacht, mir einen Job angeboten, mich und sogar meine Freundin mit nach Costa Rica genommen. Eine Masche? Hatte er mir den Job nur vordergründig gegeben, um mich hier in seiner Villa in aller Ruhe gefügig machen zu können? So ein mieser Arsch! Aber warum wollte er es dann beenden? Noch eine Masche? Daran konnte ich nicht glauben. Meine Gefühle spielten verrückt! Ich wollte diesen Mann so sehr, dass es mir das Herz zusammenzog.

Ich hatte die Wahl: Boss oder Lover. Beides ging nicht.

Plötzlich erschrak ich fast zu Tode, als jemand die Badtüre öffnete.

»Bist du fertig?«, fragte Katie. »Es gibt gleich Abendessen.«

»Ja.« Ich legte die Haarbürste auf den Waschbeckenrand. »Muss mich nur noch anziehen.«

»Ist was passiert?« Sie musterte mich skeptisch. »Also ich meine, außer dass ihr wie die Karnickel gerammelt habt. Habt ihr doch, oder?«

Seufzend zog ich die Schultern hoch und merkte, wie mir das Wasser in die Augen schoss. Katie nahm mich in den Arm.

»Was ist denn nur geschehen, Sarah?«

Mit erstickter Stimme erzählte ich ihr, wie schnell er mich nach dem Sex abserviert hatte und wie beschissen sich das anfühlte.

»Was würdest du tun?«, fragte ich Katie schließlich mit erstickter Stimme.

»Keine Ahnung.« Sie zog mich ins Wohnzimmer und öffnete die Flasche Sekt, die nun in einem Kühler auf dem Tisch stand, und schenkte uns zwei Gläser ein.

»Hier, trink was, das hilft. Hat vor der Tür gestanden. Offenbar habt ihr das Klopfen nicht gehört.«

Ein verzweifelter Lacher quoll aus mir heraus. »Ja, aber man hat uns vermutlich gehört.«

Diese Tatsache machte es nicht besser. Wahrscheinlich flüsterten die Angestellten über uns, und wer weiß, wie weit das seine Kreise zog. Der Boss vögelte seine neue Mitarbeiterin. Prima.

Wir prosteten uns halbherzig zu, und leerten unsere Gläser. Katie schenkte nach.

»Für mich nichts mehr, bitte. Und was würdest du jetzt tun an meiner Stelle in Bezug auf Brad, auf den Job und auf unseren Aufenthalt hier?«

»Du bist verliebt, hm?«

»Weiß ich nicht.«

»Ja, ja, die Verliebten wissen das selbst immer zuletzt. Komm.« Sie zog mich in mein Schlafzimmer, drückte mich aufs Bett und ging an den Kleiderschrank. »Wenn ich du wäre, würde ich das Beste aus den paar Tagen hier machen.« Sie reichte mir das knallrote Sommerkleid.

»Das finde ich zu offensichtlich.« Keine Ahnung, warum ich das eingepackt hatte. »Das Beste also, hm? Und was wäre das? Ich bin stinksauer auf ihn. Der Typ vögelt mich und sagt mir dann, das war es, es ist besser für mich. Ich fühle mich aber nicht besser, sondern benutzt!«

»Dann benutze doch ihn. Zumindest, solange wir hier sind.«

»So bin ich nicht, Katie! Ich wundere mich schon über mich selbst, dass ich ihn so direkt angebaggert habe.«

»Sag einfach, Katie ist schuld.«

»Ich bin keine dreizehn mehr!« Wütend auf mich selbst und auf Brad warf ich das Kleid in eine Ecke. Katie gab mir ein schlichtes weißes Shirt.

»Shirt und Jeans. Fertig. Okay?«

»Jeans ist gut. Danke.« Ich zog mich an. Praktischerweise befand sich in der Jeanstasche ein Haargummi und ich band damit meine Haare zu einem einfachen Zopf zusammen. Auf das Schminken würde ich heute verzichten. Ich wollte nur schnell das Abendessen hinter mich bringen.

»Können wir?«, fragte Katie. Ich nickte, warf mein Handy in meine Tasche und gemeinsam verließen wir den Bungalow.

»Für was brauchst du denn die riesige Tasche?« Sie runzelte die Stirn.

»Für mein Handy.«

»Passt in die Jeanstasche.«

Ich warf ihr einen vernichtenden Blick zu. Sie wusste genau, dass ich mich ohne meine Tasche unvollständig fühlte.

»Ja, ja, ist ja schon gut. Nicht ohne meine Tasche – ich weiß«, sagte sie und hakte sich bei mir unter. »Um deine Frage von vorhin zu beantworten: du hast keine Wahl, Süße. Du könntest ihm sagen, dass du dir woanders einen Job suchst, aber gerne weiter mit ihm schlafen willst, oder du legst selbst Hand an und nimmst lieber den Job.«

»Das war … äh … ziemlich direkt.« Aber sie hatte recht. Boss oder Lover. Beides ging nicht. Aber woher zum Teufel sollte ich wissen, ob Brad mich wirklich wollte, wenn ich mich für den Lover entschied? Besser ich behielt den Job, oder?

Die Stimmung beim Abendessen war eisig, zumindest zwischen Brad und mir. Zwar hatte er uns begrüßt, als wir auf die Terrasse traten, wo alles sehr heimelig und romantisch dekoriert war, und war gleich aufgestanden, aber ein giftiger Blick von mir hatte ihn die Lippen zusammenpressen lassen. Im Verlauf des Abends behandelte Brad mich, als wäre nichts zwischen uns passiert, ich behandelte ihn ebenso. Ja, doch, etwas war offensichtlich geschehen: Im Dschungel war die Eiszeit ausgebrochen.

Natürlich fielen mir die Blicke zwischen Katie und Scott auf. Lief da was? War ja klar, oder? Katie ließ sich nichts entgehen, nur ich war da immer zurückhaltend. Warum hatte sie nichts gesagt? Wahrscheinlich, weil ich nur von mir selbst geredet hatte.

Ach, es hätte alles so schön sein können ... Wenn Brad nicht mein Boss wäre – und das war er ja noch, solange wir hier sein würden. So saß ich also bei einem romantischen Dinner mitten im costa-ricanischen Dschungel auf einer Terrasse, an einem urigen Holztisch, der stilvoll mit weißen Servietten und Teelichtern eingedeckt war, und die Luft war nicht zu kühl und nicht zu warm. Perfekte Bedingungen für zwei Pärchen. Eigentlich. Verdammter Mist! Brad sah aber auch zu gut aus in seinem weißen Hemd, das seine Bräune unterstrich. Der Schein der Kerzen warf Schatten auf seine markanten Wangenknochen, das gab seinen scharfen Gesichtskonturen etwas Geheimnisvolles. Er war wirklich ein sehr attraktiver Mann. Und ich eine dumme Gans, die in seinem Netz gefangen war. Aber ich beschloss, ihn nicht mehr an mich heranzulassen, auch wenn mein Herz wie wild klopfte und ich kaum etwas von der leckeren Gemüsesuppe, die als Vorspeise serviert wurde, herunterbekam. Katie dagegen aß mit großem Appetit. Kein Wunder, Scott war nicht ihr Vorgesetzter, sie hatte es einfacher. Aber war er nicht verheiratet? Ich sah auf seine Hände. Doch. Hatte sich Katie mit einem vergebenen Kerl eingelassen? Das konnte nicht sein. Das würde sie nicht tun.

Wieder einmal verfluchte ich mich, dass ich so dämlich war, etwas mit Brad anzufangen. Aber er hatte es darauf angelegt, wenn es nicht sogar seine volle Absicht gewesen war, mich hierher zu schleppen, um mir an die Wäsche zu gehen. So ganz glaubte ich meinen Gedanken nicht, hielt mich aber trotzdem daran fest, denn das machte die Situation erträglicher. Die Schuld jemand anderem zuzuschieben, erleichtert es immer.

»Zum Wohl.« Brad hob sein Glas und nickte uns zu. Ich merkte, wie er sich ein Lächeln abzwang. »Auf diesen Abend und auf eine erfolgreiche Bekämpfung des Broca-Käfers.«

Wir nickten, tranken und ich musste zugeben, dass mir dieser Rotwein sehr gut schmeckte. Ob es eine gute Idee war, noch mehr zu trinken? Ich sollte eine Grundlage schaffen und etwas essen.

»Lecker!«, sagte Scott. »Was ist das für ein Wein?«

»Ein roter Pinot Noir.« Brad schnippte nach dem Bediensteten, der verstand sofort und reichte Brad die Flasche. Er gab sie an Scott weiter. »Ein Weinbauer aus Kalifornien hat hier in den Cordilleras nach amerikanischem Vorbild ein Weingut aufgebaut und ungefähr fünf Hektar mit den Rebsorten Sauvignon Blanc, Syrah, Pinot Noir und Grenache bepflanzt. Ist ihm gelungen.«

»Allerdings«, bestätigte Scott, studierte kurz die Beschriftung auf der Flasche und schenkte sich nach.

»Cordilleras?«, wollte Katie wissen.

»Ein Gebiet, das etwa vierzig Kilometer von San José entfernt liegt. Dort sind die klimatischen Bedingungen optimal. Die Böden sind äußerst ergiebig, die Sonne scheint ganzjährig von einem meist wolkenlosen Himmel und durch die frischen Winde wird es nie zu heiß.«

»Aha«, stellte ich fest, schüttete den Rotwein hinunter und goss mir das Glas randvoll.

»Ein Wein zum Genießen«, bemerkte Brad trocken.

»Ja, der eine genießt schneller, der andere langsamer, das solltest du doch wissen.« Diese Spitze konnte ich nicht mit dem Rotwein hinunterschlucken.

An Brads Gesichtsausdruck sah ich deutlich, wie ihn meine Worte getroffen hatten. Er hatte mich also verstanden.

Der Hauptgang wurde gleich von zwei Kellnern serviert und rettete die angespannte Situation. Der eine erklärte den Gang, als er mir den Teller vorsetzte: »Das ist Casado. Ein traditionelles und populäres Gericht in Costa Rica. Hähnchenfilet. Dazu werden Salat, Reis mit Spinat und Bohnen sowie gebratene Kochbananen gereicht.«

Kaum stand der Teller vor mir, lief mir das Wasser im Mund zusammen. Es duftete herrlich. Kein Vergleich zu der Suppe! Suppe konnte man nur schlürfen, jetzt merkte ich, dass ich etwas Ordentliches zwischen die Zähne brauchte, die ich, wie ich spürte, bereits den ganzen Abend aufeinanderpresste.

»Das sieht aus wie das Gericht, das heute Mittag serviert wurde.« Katie schnupperte ein wenig. »Es riecht aber anders. Und mit Kochbananen«, sagte sie und steckte sich ein Stück davon in den Mund. »Oh, die schmecken fast wie Pommes.«

Brad fühlte sich offenbar berufen, uns mehr von der einheimischen Ernährungsweise zu erzählen. »Heute Mittag gab es wahrscheinlich Gallo Pinto. Das wird hier zum Frühstück oder manchmal auch zu Mittag gegessen. Casado ist ein typisches Abendessen. Der costaricanische Volksmund sagt, ein Tico bekommt nach seiner Heirat für den Rest des Lebens nur noch diese eine Mahlzeit serviert. Daher auch der Name, denn Casado heißt in der Übersetzung verheiratet.«

»Gallo Pinto, Casado, Tico!« Katie stöhnte lachend auf. »Mir brummt der Schädel.«

Scott zwinkerte ihr zu. »"Ticas" und "Ticos" sind die Bezeichnungen für die Einwohner Costa Ricas.«

»Alles klar, Tico.« Katie grinste.

Kein Zweifel, zwischen den beiden knisterte es. Ich kostete von dem Gericht. Essen und trinken hielt ja bekanntlich Leib und Seele zusammen, also konzentrierte ich mich darauf. Ich würde dem Abend keine Chance auf meine längere Gesellschaft geben. Aufessen, austrinken und dann für den Rest des Abends im Bungalow verschwinden und meine Wunden lecken.

»Schmeckt es dir?« Brad sprach mich an. Schnell schob ich mir eine Gabel von dem köstlichen Hühnchen in den Mund. Deutlich schmeckte ich den Ingwer heraus. Ich nickte.

Plötzlich legte Katie ihr Besteck abrupt hin. »Sarah?«

»Ja?« Was war denn mit ihr los? Warum sah sie mich so seltsam an. O Gott, nein, doch nicht etwa ein ekliges Krabbeltier auf meinem Kopf? Hektisch wische ich mir über die Haare. »Ist da was? Spinne?«

Sie schüttelte den Kopf und deutete auf ihren Teller. »Da ist Ingwer drin!«

»Oh! Verdammt!«, konnte ich noch sagen, dann begann sie auch schon, schwer Luft zu bekommen. Ich erinnerte mich, dass sie mir vor langer Zeit mal erzählt hatte, eine schwere Allergie gegen Ingwer und thailändischen Chili zu haben. Daran hatte ich überhaupt nicht mehr gedacht. Ich sprang auf, half Katie dabei, sich auf die Liege zu legen, die ein paar Meter weiter stand. Auf ihrem Gesicht tauchten erste Pusteln auf.

»Allergie, okay«, Brad nickte gefasst und gab dem Kellner ein Zeichen. »Bring ein Antihistaminikum. Und such Sergio, vielleicht ist er noch da. Er soll Katie auf dem Weg nach Hause in die Klinik nach Cartago fahren. Nur zur Kontrolle. Das Antihistaminikum sollte zwar ausreichen, aber wir sollten nichts riskieren.«

»WAS?!«, fuhr ich herum. »Bei uns ruft man einen Krankenwagen!«

»Bei uns nicht!«, gab er zurück. »Das wäre nämlich die doppelte Wegstrecke.«

»Jetzt brecht bitte nicht in Panik aus«, beschwichtigte Scott, der sich zu Katie auf die Liege gesetzt hatte und besorgt ihre Hand hielt. »Sarah, bis der Krankenwagen hier ist, geht wertvolle Zeit verloren. Mit Sergio geht es schneller, glaub mir.«

Der Kellner erschien fast gleichzeitig mit Sergio, den Brad kurz als Chefgärtner vorstellte. Katie, die mittlerweile nach Luft japste und zwischendurch erklärte, dass der gesamte Mundraum juckte, wirkte im Gegensatz zu mir überraschenderweise gefasst.

»Krankenhaus ist nicht notwendig«, sagte sie schwer atmend und schluckte die Tablette. »Das ist bestimmt gleich wieder ...«

»Keine Widerrede!«, orderte Scott und half ihr beim Aufstehen. »Sicher ist sicher.«

»Ich fahre mit!«, sagte ich energisch, und schulterte meine Tasche. Auf keinen Fall würde ich meine Freundin in einem fremden Land allein in ein Krankenhaus fahren lassen. »Außerdem kann Katie die Sprache nicht.«

»Ich kann euch begleiten«, bot Scott seine Hilfe an.

»Ich bleibe hier«, sagte Brad.

»Danke.« Ich nickte Scott zu und war froh, dass ich aus Brads Gegenwart wegkonnte. Nur der Grund dazu gefiel mir überhaupt nicht.

»Geht nicht«, sagte Sergio. »Nur zwei Personen. Der Jeep ist voll beladen.«

»Gut! Dann nur ich!«

»Das halte ich für keine gute Idee.« Brad legte seine Hand auf meinen Arm. Ich schüttelte ihn ab wie eine lästige Fliege. Seine Berührung konnte ich nicht aushalten.

»Das ist mir egal«, gab ich aufgebracht zurück, während ich gemeinsam mit Scott Katie zum Wagen brachte. »Ich bin ihre Freundin. Ich fahre mit!«

Scott half Katie in den Wagen, ich setzte mich zu ihr. Sie war sehr blass und atmete immer noch mühsam. Doch es schien ihr schon besser zu gehen.

»Beeil dich, Sergio«, sagte ich überflüssigerweise, denn er gab Gas, als wäre der Teufel hinter ihm her. Das sonst geschlossene Tor stand bereits weit offen. Kaum hatten wir das Anwesen verlassen, wurden wir von der Dunkelheit verschluckt. Nur die Kegel der Scheinwerfer erhellten den Weg vor uns.

»Wie lange fahren wir?«

»Fünfzehn Minuten. Maximal fünfundzwanzig.«

»Gut.« Ich strich Katie über die Stirn, auf der sich nasskalter Schweiß angesammelt hatte. »Gehts besser?«

»Ja, ein bisschen. Ich kann jetzt wieder atmen. Sarah, lass uns umdrehen. Krankenhaus muss echt nicht sein. Die Tablette hilft ja schon.«

»Okay, wenn du meinst. Bist du dir echt sicher?«

»Ja, das hatte ich schon zwei, drei Mal.«

Ich beugte mich nach vorn und tippte Sergio auf die Schulter. »Verzeihung, Sergio, aber könnten Sie uns wieder zurückfahren? Es ist viel besser geworden, wir müssen nicht ins Krankenhaus.«

»Si.« Sofort ging er vom Gas und fuhr langsam weiter. Offenbar suchte er nach einer Möglichkeit zum Wenden.

Plötzlich überschlugen sich die Ereignisse.

Im Rückspiegel sah ich ein grelles Licht aufflackern – und im nächsten Moment wurden wir gerammt!

Ich schrie auf, hörte Katie ebenfalls schreien. Sergio fluchte in seiner Landessprache und gab Gas. Der Wagen hinter uns war jedoch schneller als Sergios Jeep, überholte uns und drängte uns an den Rand. Zwangsläufig mussten wir anhalten.

Zitternd presste ich Katie an mich und wir machten uns ganz klein. Dann wurden die Türen aufgerissen. Gleich zwei Kerle mit Knarren brüllten uns in schlechtem Englisch zu, dass wir aussteigen sollten. Ich konnte ihre Gesichter nicht sehen, weil sie Mützen trugen und dünne Schals bis über die Nase hochgezogen hatten. Am ganzen Körper schlotternd stiegen wir aus.

Erneut schrie ich auf, als ich sah, wie der kräftigere Typ Sergio einfach niederschlug. Wie ein Stein fiel er zu Boden. An meiner Schläfe spürte ich das kalte Eisen der

Pistole, traute mich kaum, zu atmen, und musste angsterfüllt zusehen, wie der bullige Kerl den bewusstlosen Sergio hochhob, als wäre der eine Feder und ihn hinters Lenkrad setzte. Dann griff er sich Katie!

»Hey! Lass sie in Ruhe!«, fuhr ich ihn an. Das hätte ich besser bleiben lassen.

Im nächsten Moment schoß mir ein scharfer Schmerz durch den Kopf. Dann war alles schwarz.

KAPITEL 21

Brad

Das Abendessen hatte in einem Desaster geendet. Die Hauptspeise stand immer noch auf dem Tisch und war zwischenzeitlich kalt geworden, doch weder Scott noch ich verspürten Appetit. Ich entschuldigte mich bei den Kellnern, als sie mit enttäuschten Mienen die Teller abräumten.

»Was zum Teufel ist eigentlich mit dir und Sarah los?« Scott stand vor mir und sah mich wütend an. »Du hast nicht mit ihr geredet, richtig?«

Mein schlechtes Gewissen drückte mich. Mein Freund hatte recht, ich hatte nicht das getan, was ich hätte tun sollen. Ich hatte mich von meinen Gefühlen leiten lassen. In Sarahs Anwesenheit fiel es mir schwer, mich auf das Wesentliche zu konzentrieren. Ihr Geruch, ihre zarte Haut, ihr Lächeln – alles fing mich ein und ließ meinen Verstand aussetzen. »Ich habe mit ihr geredet.«

Scott schenkte sich vom Wein nach. »Aber? Hast du dich wie ein Vollidiot benommen?«

»Ja«, gab ich zu. »Aber erst nachdem wir miteinander geschlafen haben.«

Scott rieb sich über das Kinn. »Du bist so ein Honk.«

»Ich weiß.« Konfus fuhr ich mir mit den Fingern durch die Haare.

Sarah hatte mich beim Abendessen deutlich spüren lassen, wie sie die Lage beurteilte. Natürlich hatte ich sie verletzt. Und das tat mir leid und schnitt mir ins Herz. Ich musste diesen Punkt klären. Bald. Vielleicht gab es die Möglichkeit, sie bei einem meiner Geschäftspartner unterzubringen. Damit wäre zumindest dieser Punkt ausgeräumt. Machte ich mir etwa Gedanken darüber, ob es irgendwann ein *Wir* geben könnte? Lächerlich!

»Wie willst du die Kuh wieder vom Eis kriegen?«, bohrte Scott nach.

»Weiß ich noch nicht.« Ich trank mein Glas leer. »Sag du mir lieber, was das zwischen dir und Katie ist, bevor du mir irgendwelche Vorhaltungen machst.«

»Wir flirten nur. Das wird ja noch erlaubt sein. Im Gegensatz zu dir kann ich meinen Schwanz in der Hose behalten. Nur weil ein süßes Mädchen in greifbarer Nähe ist, riskiere ich doch nicht meine Ehe. Du weißt, ich liebe Gina, und ich würde ihr das nicht antun, so reizvoll Katie auch ist.«

Immerhin hatte Scott mehr Verstand als ich. Wenn zwischen den beiden auch etwas gelaufen wäre, würde ich die Situation hier nie mehr in den Griff bekommen.

»Sie werden bald zurücksein, hoffe ich.«

Nebenbei war ich erleichtert, dass ich überhaupt so was wie ein Antihistaminikum hier gehabt hatte. Und das nur, weil ich wegen der Wespen drei Packungen hatte bestellen lassen. Morgen würden sie angeliefert, und man wusste nie, ob sie nach dem Transport nicht doch für ein paar Tage aggressiv wären. Da war es nicht verkehrt, so etwas parat zu haben. Zwar waren alle Seren gegen die gängigen Schlangengifte vorrätig, aber etwas gegen Allergien hatte gefehlt. Schlangenbisse waren hier eben häufiger, und im Fall der Fälle entschied jede Minute ohne das richtige Gegengift über Leben und Tod. Mit Grauen dachte ich an den Biss, der mich fast das Leben gekostet hatte.

Eine plötzliche Unruhe erfasste mich. Ich stand auf, musste mich bewegen. Augenblicklich juckten meine Narben am Rücken. Auch in meinem Nacken kribbelte es. Das passierte selten und meist war es eine Vorahnung. Ein schlechtes Gefühl, das mich wachsam sein ließ.

Ich überreagierte.

Sarah fuhr lediglich mit Sergio und ihrer Freundin in die kleine Klinik am Rand des Naturschutzgebiets, sicher um bis dahin festzustellen, dass es Katie längst gut ging. Sergio würde ich für die Tour einen Bonus zahlen. Seine Frau würde auf ihn mit dem Essen warten, während er zwei übernervöse Touristinnen hin- und herkutschierte. Um Katies Gesundheit machte ich mir keine Sorgen, ich hatte ihr ein hochwirksames Mittel gegeben.

Was also beunruhigte mich?

»So langsam müssten sie angekommen sein.« Scott blickte mich an. »Könntest du aufhören, wie ein aufgescheuchtes Huhn hier herumzurennen? Was hast du für ein Problem?«

»Keine Ahnung.« Gegen meinen inneren Antrieb setzte ich mich, knetete meine Hände. »Vielleicht sollte ich mich beim Klettern einfach mal wieder ordentlich auspowern. Wir könnten morgen eine kleine Tour machen. Was hältst du davon?«

»Hört sich gut an. Vielleicht beruhigt sich die Stimmung hier dann auch wieder. Denn das Essen gerade eben war nicht unbedingt das, was ich mir unter einem angenehmen Abend vorstelle.« Scott sah auf die Uhr. »Wollte sich Sergio nicht melden, wenn sie dort ankommen?«

»Sie sind erst seit zwanzig Minuten unterwegs. Es ist da draußen dunkler als an einem kanadischen Bärenarsch, also werden sie langsamer vorankommen. Sergio besitzt mein volles Vertrauen.«

»Da fällt mir gerade ein, Katie hat heute jemanden bei ihrem Guesthouse gesehen. Ein junger Kerl von hier, der weggelaufen ist, als sie ihn angesprochen hat. Es kam ihr merkwürdig vor.« Scott sah mich nachdenklich an. »Hast du jemanden mit der Beschreibung unter deinen Angestellten? Ungefähr Anfang oder Mitte zwanzig, recht schmächtig, dunkles Haar, nur wenige Millimeter lang, also wie vor Kurzem abrasiert.«

Ich überlegte. Auf dem Anwesen beschäftigte ich nur sieben Menschen, und niemand passte auf diese Beschreibung. Vielleicht war es ein neugieriger Arbeiter von der Plantage gewesen, der mit Ranger sprechen wollte und ihn hier gesucht hatte. Ich würde dieser Sache morgen nachgehen.

Es vergingen weitere zehn Minuten ohne Meldung von Sergio. Meine Nervosität nahm zu. Ich stand auf und nahm das Walkie-Talkie vom Buffet an der Wand. »Brad an Sergio, Brad an Sergio, bitte kommen.«

Ich wartete einen Moment und wiederholte meinen Funkspruch.

Nichts.

Wenn er nicht ans Walkie-Talkie ging, waren sie in der Klinik angekommen.

»Ich ruf ihn auf dem Handy an.«

Scott stand nun auch auf. »Mach keinen Wind. Wird schon alles in Ordnung sein und Sergio ein Nickerchen halten, bis die Frauen wieder heimfahren dürfen.«

»Möglich, darauf kann ich jetzt aber keine Rücksicht nehmen. Ich will wissen, was der Stand der Dinge ist.«

Es klingelte, bis sich die Mailbox meldete. Genervt steckte ich das Handy weg.

»Er hat Empfang, also ist er entweder in der Nähe des Krankenhauses oder in der Nähe von unserem Funkmast.«

»Dann würde er doch ans Walkie-Talkie gehen.«

»Richtig. Da stimmt was nicht. Selbst bei einer Reifenpanne hätte er sich gemeldet. Immerhin hatte er zwei meiner Gäste mit im Wagen. Er würde Bescheid geben.« Ich stand wieder auf. »Okay, wir brechen auf.«

»Gute Idee.« Scott nickte und schien erleichtert über meine schnelle Entscheidung.

Als Kletterer fühlten wir oft die bevorstehende Gefahr, und da ich dieses merkwürdige Nackenziehen verspürte und Scott jetzt ebenfalls Sorgenfalten auf der Stirn trug, mussten wir dem nachgehen. Alles andere wäre gegen unsere Natur gewesen. Vermutlich war alles in Ordnung und wir würden sie dabei überraschen, wie Sergio ihnen ein nachtaktives Tier zeigte oder im schlimmsten Fall einen Reifen wechselte, während Katie und Sarah sich den Sternenhimmel ansahen.

»Wir nehmen den Pick-up. Du fährst und ich stehe auf der Ladefläche. Dann kann ich die Scheinwerfer immer wieder auf die Seiten ausrichten. Ich will sie auf keinen Fall übersehen. In fünf Minuten vor dem Haus.«
Eilig zog ich mich um. Falls es etwas zu tun gab, wollte ich nicht falsch gekleidet sein und in den eleganten Schuhen im Erdreich ausrutschen.

Wenig später fuhren wir vom Grundstück. Wie gewohnt wartete ich, bis sich die Tore hinter uns geschlossen hatten, bevor ich Scott mit einem Schlag auf das Dach das Zeichen zur Weiterfahrt gab.

In gemächlichem Tempo fuhren wir die dunkle Landstraße entlang. Ich schwenkte die Suchscheinwerfer von rechts nach links, um ja keine Spur zu übersehen, sollte der Wagen doch von der Straße abgekommen sein. Ein paar verschlafene Faultiere versuchten in Zeitlupe, sich geblendet in den Bäumen zu verstecken, ein paar Fledermäuse flatterten geräuschlos durch die Nacht. Mehr konnte ich jedoch nicht ausmachen.

Die Strecke kam mir endlos vor, dabei kamen wir gut voran.

Ich hörte, wie Scott immer wieder erfolglos über das Walkie-Talkie versuchte, Sergio zu erreichen.

Plötzlich fing ich mit dem Scheinwerfer eine Silhouette ein. Ich schwenkte ihn wieder nach links. Mit jedem Meter wurde sie deutlicher.

Da. Ein Wagen.

Scott trat aufs Gas, er hatte ihn ebenfalls gesehen. Diese unvermutete Beschleunigung ließ mich fast auf die Ladefläche kippen. Ich konnte mich gerade noch an der Stange über dem Fahrerhaus festhalten. Je näher wir kamen, desto mehr zog sich mein Magen zusammen.

Noch ehe Scott anhielt, erkannte ich Sergios dunkelgrünen Jeep. Er war am hinteren linken Kotflügel bis zum Radstand eingedrückt und zeigte an dieser Stelle weiße Streifen. Sie hatten einen Zusammenstoß gehabt und der andere Fahrer war gewissenlos weitergefahren, ohne sich um die Unfallopfer zu kümmern.

Alarmiert sprang ich von der Ladefläche, rannte zum Wagen, riss die Tür auf. Sergio hing blutüberströmt und zusammengesunken über dem Lenkrad. Ich suchte auf der Rückbank nach Sarah und Katie. Doch der Sitz war leer.

»FUCK!« Ich drosch vor Wut mit der flachen Hand gegen den Wagen. »Scott, kümmere du dich um Sergio!« Dann rannte ich zurück zum Pick-up, schwang mich auf die Ladefläche und suchte mit dem Scheinwerfer die Umgebung ab. An einer Stelle entdeckte ich umgeknickte Äste. Am Rand der Piste sah ich Reifenspuren. Es sah so aus, als habe ein anderes Fahrzeug an dieser Stelle zum Wenden zurückgesetzt, nachdem es Sergios Jeep gerammt hatte.

Ich zog eine Taschenlampe aus dem für Notfälle gepackten Beutel, der auf der Ladefläche lag, sprang wieder hinunter und sah mir die Spuren genauer an. »Wie geht es Sergio?«

»Er kommt langsam zu sich. Die Kopfwunde ist tief.«

Die Reifenspuren waren deutlich. Zusammen mit den Schäden am Jeep ließ es nur eine Vermutung zu. Ich hoffte, mich zu irren.

Scott hielt eine Flasche Wasser in der Hand. Er hatte

sein Hemd ausgezogen und wischte damit Sergio das Blut von der Stirn. Sergio kam zu sich. Er fasste sich an die Stirn und stöhnte auf.

»Jefe«, flüsterte er, als er mich erkannte.

»Dónde están las chicas?«, fragte ich ihn nach den Frauen.

»Secuestradas«, presste er mühsam heraus, bevor er erneut das Bewusstsein verlor.

ENTFÜHRT!

Mit diesem einen Wort bewahrheiteten sich alle meine Befürchtungen. Es erklärte das Gefühl der drohenden Gefahr, das ich früher am Abend verspürt hatte. Ich sah mich hektisch um, doch natürlich war niemand mehr hier. Sarah und Katie waren verschwunden. Jemand hatte sie entführt und ich konnte im Moment nichts tun.

Gar nichts!

»Wo sind sie?«, fragte Scott, der Sergio nicht verstanden hatte.

»Jemand hat sie entführt.«

»Was?! Kommt das hier öfter vor?« Entsetzen spiegelte sich aufs Scotts Gesicht. Das gleiche Entsetzen gepaart mit Angst kroch mir den Rücken hoch.

»Nein«, presste ich zwischen den Lippen hervor.

»Wir müssen die Polizei rufen.« Scott nickte zu Sergio. »Und wir müssen ihn ins Krankenhaus bringen.«

»Fahr du ihn ins Krankenhaus«, bestimmte ich. »Ich suche den Weg ab. Sie werden die Strecke nicht bis ins Dorf genommen haben. Mit zwei weißen Frauen durch das Dorf zu fahren, würden sie nicht wagen. Vermutlich werden sie irgendwo angehalten und das verstecken.«

»Hilf mir vorher, Sergio auf die Ladefläche des Pick-ups zu legen.«

Nachdem wir Sergio sicher und so bequem wie möglich auf den Pick-up gelegt hatten, fuhr Scott los. Ich starrte ihm nach, bis die Rückleuchten wie die Augen eines Raubtieres in der Dunkelheit verblassten und ich allein auf der Straße zurückblieb.

Anschließend schaltete ich die Taschenlampe an und machte mich auf den Weg. Die Reifen zeigten durch die Spuren am Wegesrand deutlich die Fahrtrichtung an. Ich würde Sarah und Katie finden, und wenn es das Letzte war, was ich in meinem Leben tun würde.

KAPITEL 22

Sarah

Schmerz schoss durch meinen Kopf. Schlagartig wachte ich auf.

Verflucht, wo war ich? War ich gestern feiern gewesen? War ich aus dem Bett gefallen? Wenn ja, was dröhnte da so und schüttelte mich hin und her? Ein Scheiß Traum, nichts weiter.

Ich öffnete die Augen, doch alles blieb schwarz. Ich war wach, daran bestand kein Zweifel. Aber ich konnte nichts sehen. Panik überfiel mich. »Hilfe«, quetschte ich hervor.

»Pscht, sei leise Sarah«, flüsterte es neben mir.

Katie! O Gott, Katie!

Augenblicklich fiel mir alles wieder ein. Die Fahrt zur Klinik, der Wagen, der uns gerammt hatte, der Typ, der erst Sergio und dann mich niedergeschlagen hatte.

»Katie! Ich kann nichts sehen, die … die haben mir die Augen verbunden!«

»Nein, dir hängt nur der Vorhang vom Fenster über den Kopf.«

Gequält stöhnte ich auf – das hätte ich merken können. Doch mein schmerzender Kopf ließ kaum einen klaren Gedanken zu. Ich tastete meine Schläfe ab. Autsch! Die Beule tat weh. Schnell rutschte ich zur Seite und näher an Katie ran, was schwer war, denn wir fuhren offenbar über eine Piste mit Schlaglöchern. Vorne saßen die vermummten Typen. Sie unterhielten sich und das Radio spielte irgendeinen spanischen Song.

»Katie, wie geht es dir?« Ich versuchte so leise zu reden, wie es nur ging und hoffte, die Dreckskerle würden mich nicht hören.

»Gut. Die Tablette hat schnell geholfen. Sarah, was ist hier los? Was machen die mit uns? Ich verstehe kein Wort.« In ihren Augen stand Angst, auch wenn es im Wagen ziemlich dunkel war, konnte ich es erkennen. Wir drückten uns aneinander wie zwei Küken im Schnee, die sich vor dem Erfrieren retten wollten.

»Frag mich was Leichteres. Mir brummt der Kopf. Mit was hat der Kerl mich niedergeschlagen?«

»Soweit ich das sehen konnte, nur mit der Faust.«

»Nur?«

»Sergio hats mit der Waffe abgekommen.«

Das mochte ich mir gar nicht vorstellen. Der arme Kerl. »Ich hoffe, er lebt noch«, sagte ich bebend, dann schüttelte mich ein weiteres Schlagloch durch.

»Da würde ich nicht drauf wetten«, zischte sie. »Guck dir die Typen doch mal an, die sehen aus wie

Berufsmörder und der eine stinkt aus dem Mund, als hätte er an Scheiße gelutscht.«

»Mensch, Katie! Mir ist schon schlecht.«

Im nächsten Moment schrie ich auf. Der Wagen bremste so abrupt ab, dass ich nach vorne fiel. Aber ich fiel weich, denn ich hatte meine Tasche auf den Knien. Meine Tasche, stellte ich erleichtert fest, sie war bei mir! Die Lage war demnach nicht aussichtslos.

Die Türen wurden geöffnet.

»Fuera!« Ein Typ zog Katie aus dem Wagen, der andere, der Kleinere der beiden, packte mich am Arm.

»Lass das«, fuhr ich ihn an, riss meinen Arm zurück und griff nach meiner Tasche, bevor mir einfiel, dass man mich jederzeit wieder bewusstlos schlagen konnte.

Doch der Mann ließ mich zu meiner Verblüffung los: »Mitkommen!«

Inzwischen war Katie neben mir und wir warfen uns ängstliche Blicke zu. Ich hängte mir die Tasche über die Schulter und presste sie an mich.

Wohin mitkommen? Es war Nacht, bis auf den Kegel der Taschenlampe in der Hand des kräftigen Mannes war es stockduster. Und wir waren umgeben von Dschungel. Ich hatte das Gefühl, als würden mir die Beine wegknicken.

Dann ging der Typ, der mich aus dem Wagen gezogen hatte, voraus und mitten hinein ins Dickicht! Zumindest kam es mir so vor. Beim nächsten Wimpernschlag stolperte Katie gegen mich, weil der Typ hinter ihr sie offenbar gestoßen hatte.

»Vamos!«, befahl er.

Ich öffnete den Mund, doch Katies bittender Blick hielt mich davon ab, dem Kerl ein paar passende Bezeichnungen in seiner Sprache an den Kopf zu werfen. Und auch mein Instinkt hielt mich zurück. Es war vielleicht ein Vorteil, deren Sprache zu sprechen und ihnen diese Kenntnis vorzuenthalten.

»Okay, wir gehen ja schon«, sagte ich stattdessen, drehte mich ab und folgte dem Typ vor mir.

»Bist du lebensmüde?«, fauchte Katie leise hinter mir und holte zu mir auf, als der Weg etwas breiter wurde. Tatsächlich, hier gab es einen Pfad ähnlich dem, den ich mit Brad gegangen war. Sie hatten eins gemeinsam: Beide lagen im tiefsten Urwald, beide waren feucht. Meine Füße sanken leicht ein. Da kam mir eine Idee.

»Ganz im Gegenteil. Katie, bleib hinter mir« Ich nahm ihre Hand mit meiner linken. Sie hörte auf mich, ohne nachzufragen, und ließ sich wieder hinter mich fallen. Zeitgleich griff ich in meine Tasche, tat so, als würde sie runterrutschten und ich sie vor meinen Bauch ziehen, um sie festzuhalten. In Wahrheit wühlte ich mit der Hand darin herum, und fand, was ich suchte.

»Jetzt stolpere mal«, sagte ich flüchtig über die Schulter.

»Warum?«

»Frag nicht.«

Ich wartete. Zwei Schritte, drei Schritte. Vier.

»Autsch!«, quietschte Katie und ließ meine Hand los.

Mit einer schnellen Bewegung drehte ich mich zu Katie um, ging in die Knie und half ihr hoch. Gleichzeitig beobachtete ich den Kegel der Taschenlampe, der jetzt auf Katie gerichtet war.

Gut so.

Hastig zog ich die silberfarbene Minihaarbürste aus

der Tasche und legte sie an den Rand des Weges hinter mich.

»Qué pasa?«, knurrte der dunkelhäutige Mann, der im Mondschein aussah wie Hulk. Nur nicht so nett wie der.

»Entschuldigung. Tut mir leid. Verzeihung!« Katie, die das mit der Bürste mitbekommen hatte, kam hoch, drehte sich zu ihm um und hob die Hände. »Bin gestolpert. Könnte einem jemand ja auch sagen, dass wir eine Nachtwanderung machen, oder? Dann hätte ich andere Schuhe angezogen. Sind Sie schon mal in leichten Sandalen durch den Wald gelaufen? Wohl kaum.«

Verblüfft starrte ich Katie an. Hatte die sie noch alle? Der Kerl verstand doch kaum ein Wort. Aber es wirkte, egal, er hatte Katie den Sturz abgenommen.

»Weiter. Los! Weiter!« Der Kerl stupste sie mit der Knarre an. Ich schluckte. Der hatte tatsächlich in einer Hand die Taschenlampe und in der anderen seine Pistole.

»Komm, Katie.« Ich zupfte sie am Kleid.

Die dachte jedoch nicht daran, sondern stemmte die Fäuste in die Hüften. Wer war hier jetzt lebensmüde? Verdammt, wenn sie nicht weiterging, entdeckte er vielleicht noch die Bürste. Rasch stellte ich mich so, dass ich sie abschirmte.

»Hören Sie, Mister«, plapperte Katie weiter. »Wenn ich schon mit Ihnen nachts durch die Pampa laufen muss, brauche ich ab und zu eine kleine Pause. Außerdem will ich wissen, wie Sie heißen.«

Die Angst ließ sie verrückte Dinge tun, kein Zweifel!

»Katie!«, krächzte ich, als der Kerl die Pistole hob und damit auf Katies Kopf zielte.

Keine Ahnung, woher ich den Mut nahm, aber ich

stellte mich vor meine Freundin. »Sie meint das nicht so. Wir gehen ja schon.«

Der Typ nickte und deutete mit der Knarre auf den Pfad. »Los jetzt. Gehen.« Dann rief er. »Alonso, warte.«

Aha, der Kleine hieß also Alonso.

Wir gingen weiter, Katie wieder hinter mir. »Und Sie heißen bestimmt Juan oder so ähnlich«, hörte ich sie weiterplappern. Ich drückte fester ihre Hand, die ich wieder genommen hatte. Sie sollte um Himmels willen die Klappe halten. »Ein starker, schöner Name für einen starken schönen und muskulösen Mann. Sind Sie verheiratet?«

»No. Ich Victor«, brummte er besänftigt.

Verblüfft presste ich die Lippen zusammen, und konnte kaum glauben, dass es so einfach war, ihm seinen Namen zu entlocken.

»Oh, Victor!« Sie rollte das R so genüsslich, als würde sie gerade in den Armen eines Mannes liegen. »Sehr sexy!«

Katie wusste, wie man mit Männern reden musste. Ich musste mir trotz der gefährlichen Lage ein Grinsen verkneifen. Sie hatte ihn einfach an seiner Eitelkeit gepackt. Da hatten wir also unsere Entführer: Victor und Alonso.

Den Rest des Weges, der sich öfter gabelte, und uns kreuz und quer durch den Dschungel führte, verlief schweigend. Immer dann, wenn sich der Weg teilte, und immer dann, wenn ich dachte, die Situation wäre günstig, ließ ich etwas aus meiner Handtasche auf dem Dschungelboden zurück. Was waren schon ein paar Haargummis, Haarspangen und bunte Büroklammern gegen zwei Menschenleben?

Als der Weg sich zog und kein Ende zu nehmen

schien – sogar der neue Tag kündigte sich bereits an –, verabschiedete ich mich von meinem knallgelben Miniaturregenschirm. Er fiel mit einem schmatzenden Geräusch auf den Boden. Geistesgegenwärtig hustete ich, hob die Hand und rief. »Alles in Ordnung, hab mich nur verschluckt.«

Gleichzeitig merkte ich, wie der Marsch durch das unbekannte und hügelige Gelände mich anstrengte. Ich hatte Durst und seltsamerweise auch Hunger. Außerdem hatte ich das Gefühl, bald nicht mehr weiterlaufen zu können, so kraftlos wurde ich jetzt von Schritt zu Schritt. Kein Wunder, wir mussten bereits Stunden unterwegs sein. Ich könnte auf mein Handy gucken, um zu wissen, wie spät es war, aber das wagte ich nicht. Am Ende nahm er es mir noch ab. Mich wunderte sowieso, warum bis jetzt noch keiner von den beiden Typen auf die Idee gekommen war, uns die Telefone abzunehmen. Oder besser gesagt, nur mir, denn Katie hatte keine Handtasche dabei, demnach auch kein Handy. Das ließ nur einen Schluss zu: Das waren keine Profis. Zumindest keine solchen, die regelmäßig Menschen verschleppten.

Plötzlich traten wir auf eine Lichtung. Wäre die Lage nicht so schrecklich gewesen, hätte es hier wirklich schön sein können. Auf dem freien Platz war in der Mitte eine Feuerstelle. Rundherum lagen Baumstämme zum darauf Sitzen. Am Rande der Lichtung stand eine kleine, aus Brettern zusammengenagelte Hütte. Kein Fenster. Daneben eine Art Unterstand, nur ziemlich laienhaft zusammengebaut und mit einem Dach aus Palmenblättern oder so etwas Ähnlichem. Auch darunter war eine Feuerstelle.

»Wir sind da!«, sagte Victor knapp, führte uns zur

Hütte, stieß uns hinein und sperrte sie von außen mit einem Holzbalken zu.

»Hey, hier ist nicht mal ein Eimer! Soll ich etwa in die Ecke pinkeln?!«

Keine Antwort.

»Bleibt uns wohl nichts anderes übrig, Katie«, sagte ich. »Musst du etwa?«

»Nein, aber ich könnte müssen. In erster Linie habe ich Durst. Du nicht?«

»Und wie!« Ich begutachtete in der Morgendämmerung den Lehmfußboden. Zumindest war er trocken. Ächzend setzte ich mich auf den Boden und lehnte mich an die Bretterwand, deren Latten so weit auseinanderstanden, dass wir sehen konnten, was draußen vor sich ging. »Die scheinen ein Feuer zu machen«, sagte ich müde.

»Kann sein. Aber ich brauche jetzt was zu trinken! Und zu essen!« Sie stellte sich an die Tür, hämmerte mit der flachen Hand dagegen und rief: »Victor! Victor. Wir haben Durst. Wasser, bitte. Und was zu essen!«

Kurz darauf sah ich durch einen Spalt, wie er etwas aus einer Kiste holte, die unter dem Vordach stand, und auf die Hütte zukam. Er öffnete kurz und warf zwei Plastikflaschen mit Wasser herein.

Verdammt, das Wasser tat gut. Als ich meinen Durst gestillt hatte, schüttete ich mir etwas Flüssigkeit in die Handfläche und kühlte damit die Beule an der Schläfe. Dann schraubte ich die Flasche wieder zu, schloss die Augen und lehnte aufstöhnend den Kopf hinten an.

Für diesen Moment würde ich Katie für den Rest meines Lebens dankbar sein.

KAPITEL 23

Brad

Meter für Meter suchte ich den Straßenrand ab. Je länger ich suchte, desto verzweifelter wurde ich, weil es keinen einzigen Hinweis gab, wohin dieser Wagen gefahren war. In meinem Kopf hämmerte der Gedanke, Sarah oder Katie könnten verletzt sein. Es lag in meiner Verantwortung, die beiden gesund wieder nach Hause zu bringen.

Sarah … verdammt, es durfte ihr einfach nichts geschehen!

Wie hatte ich mir nur vormachen können, diese Frau in eine andere Abteilung versetzen und aus meinem Leben gehen lassen zu wollen? In diesem Moment verstand ich endlich, wie unmöglich dieses Vorhaben war. Wie sehr es gegen meine Gefühle für diese Frau ging. Ich war ein Trottel.

Wie sollte ich sie nur wiederfinden?

Bereits seit zwei Stunden suchte ich nun den Weg ab, doch nirgends führte eine Reifenspur in eine der kleinen Seitengassen ins Dickicht. Die meisten dieser Wege führten zu illegalen Abholzungscamps und wurden meist nur kurz genutzt. Die Regierung tat alles, um das Abholzen von Tropenhölzern zu verhindern, nicht umsonst waren fast alle Zonen Naturschutzgebiet. Dennoch lockte das schnelle Geld. Die abbiegenden Pfade wurden regelmäßig kontrolliert, offenbar jedoch nicht seit dem letzten großen Regen. An keinem konnte ich Reifenspuren erkennen.

Es glich der Suche nach der Nadel im Heuhaufen. Und doch durfte ich nicht aufgeben. Keiner konnte wissen, was die Kerle mit den Frauen vorhatten.

Der Gedanke, man könnte Sarah und ihrer Freundin wehtun, sie gar vergewaltigen, krampfte meinen Magen zusammen. Wenn es nur endlich hell würde! Doch bis zum Morgengrauen fehlten noch mindestens vier Stunden.

Ich hatte schon lange keinen nächtlichen Ausflug mehr im Dschungel unternommen, und wäre der Grund nicht so ernst gewesen, hätte ich die nächtliche Wanderung genossen.

Die Batterie meiner Taschenlampe wurde langsam schlapp. Der schleichende Prozess des schwächer werdenden Scheins trickste das menschliche Auge aus. Ich wechselte sie, und schon konnte ich deutlich besser sehen.

Der Lichtkegel fiel auf einen abgeknickten Ast. Mit klopfendem Herzen eilte ich darauf zu. Der Bruch war frisch und im selben Augenblick entdeckte ich die Reifenspuren. Nun musste ich denen nur noch folgen. Und ich musste Scott ein Zeichen geben, damit er nicht an mir vorbeifuhr, wenn er sich auf den Rückweg machte.

Ich zog mein Hemd aus und band es an einen der Äste, bevor ich immer den Reifenspuren nach den Pfad entlangging. Die abgebrochenen Äste wiesen mir den Weg. Vor dem heutigen Tag war schon lange niemand mehr hier entlanggefahren und der Urwald hatte sich das abgerungene Stück Weg zurückerobert.

Die Äste peitschten mir über die nackte Haut, doch darauf konnte ich keine Rücksicht nehmen. Ich hatte keine Machete bei mir, mit der ich sie hätte abschlagen können. Zudem hätte mich das zu viel wertvolle Zeit gekostet und den Vorsprung nur noch vergrößert.

Ich beschleunigte meinen Schritt. Die Entführer hatten mehrere Stunden Vorsprung und sie waren mit dem Wagen unterwegs. Keiner konnte wissen, wie weit dieser Pfad mit einem Fahrzeug befahrbar war.

Die immer wieder aufkommende Verzweiflung ließ ich nicht zu. Sie würde mich unkonzentriert werden lassen, etwas, das ich mir in der jetzigen Situation nicht erlauben konnte.

Der Schein meiner Taschenlampe fiel auf die Rückseite eines Fahrzeugs. Verflucht! Hoffentlich hatte mich niemand bemerkt. Ohne Licht pirschte ich mich leise voran und lauschte in die Dunkelheit. Kein Laut war zu hören. Waren sie noch in der Nähe? Ich hoffte es.

In geduckter Haltung näherte ich mich dem Fahrzeug. Als ich dahinter ankam, suchte ich vergeblich nach einem Nummernschild. Es war entfernt worden. Also lag der Verdacht nahe, dass der Wagen gestohlen war. Ich stand behutsam auf, linste ins Innere des Wagens.

Er war leer.

Nachdem ich weitere fünf Minuten still ausgeharrt und außer nächtlichen Dschungelgeräuschen keinen menschlichen Laut gehört hatte, wagte ich es, den Wagen genauer zu untersuchen. Es schien, als wäre niemand mehr in der Nähe.

Im Wagen fand ich keine Hinweise auf die Insassen des Fahrzeugs. War das tatsächlich der Jeep, in dem Sarah und Katie gesessen hatten? Oder war ich auf der Spur eines illegalen Holzfällers?

Ich öffnete die Beifahrertür. Ein Vorhang wehte mir entgegen. Augenblicklich hatte ich Sarahs Duft in der Nase. Ich schnupperte an dem groben Stoff. Ja, es gab keinen Zweifel. Er roch nach Sarah. Ihren Geruch nach frisch gewaschenen Laken würde ich überall wiedererkennen. Ich war zu spät. Sie hatten den Wagen verlassen. Wohin nur waren sie gegangen?

Während ich mir überlegte, wie ich nun vorgehen sollte, hörte ich ein knackendes Geräusch.

War doch noch jemand hier?

Geräuschlos lehnte ich die hintere Wagentür an und zog mich zurück in den Urwald, der mich augenblicklich verschluckte.

Ich hörte, wie sich jemand näherte.

»Wo steckt dieser Holzkopf nur?« Scotts leises Fluchen erkannte ich sofort.

»Hier«, gab ich mich zu erkennen und trat hinter dem gewaltigen Urwaldriesen hervor. »Und du machst Lärm wie eine Elefantenherde.«

Scott sah mich mit finsterem Blick an. »Ist das der Wagen?«

Ich stand nun vor dem Jeep und sah den eingebeulten Kotflügel. Hätte ich nicht Sarahs Geruch erkannt, wüsste ich nun trotzdem, dass ich auf der richtigen Spur war. Die Lackspuren und der Schaden waren eindeutig. »Ja, aber es ist niemand mehr hier.«

»Dann lass uns ihnen folgen, bis wir diese Mistkerle gefunden haben.« Scotts Miene war finster und er schien wie ich zu allem entschlossen.

»Das werden wir, aber wir sollten besser ausgerüstet sein. Lass uns zurückfahren, unsere Ausrüstung holen und uns bewaffnen.« Zusammen mit Scott und mit dem richtigen Equipment würden wir sie finden und befreien. »Wie geht es Sergio?«

»Er wird es ein paar Tage Kopfschmerzen haben, aber er wird es schaffen.« Scott leuchtete ins Innere des Wagens. »Die Polizei wird sich morgen früh bei dir melden. Vorher können sie nicht aktiv werden, sagen sie.«

»Ranger kann sich um sie kümmern. Ich habe nicht vor, so lange zu warten.« Ich nickte zurück zur Straße. »Los, wir haben keine Zeit zu verlieren.«

Schweigend gingen wir zurück zur Straße. Mein Hemd ließ ich als Markierung hängen, damit wir nicht den Pfad verpassten, wenn wir richtig ausgestattet zurückkämen.

»Dann mal los.« Dieses Mal setzte ich mich auf den Fahrersitz. Ich kannte den Weg besser, wobei er nachts immer schwer zu befahren war. Es ärgerte mich, wie nachlässig die Polizei war. Sicher, es war bedeutend leichter, tagsüber den Spuren zu folgen, doch würde man deshalb wertvolle Zeit verlieren. Ein Umstand, den ich nicht gelten ließ.

Die Fahrt zur Hacienda legten wir in unter dreißig Minuten zurück. Wenn ich bedachte, wie lange wir für den Weg zur Fundstelle gebraucht hatten, schien es mir nun ein Katzensprung zu sein. Wir wären vor

Einbruch der Dämmerung wieder am verlassenen Fahrzeug.

Auf der Fahrt zurück informierte ich Ranger. Er öffnete das Haupttor, als er unsere Scheinwerfer erkannte. »Das kann doch nicht geschehen sein«, sagte er ohne ein Wort der Begrüßung. »So etwas gab es in der Gegend schon lange nicht mehr. Woher konnte jemand von der Anwesenheit der Frauen wissen?« Ranger stieg mit ein. Scott rutschte zu mir und wir saßen zu dritt vorn im Pick-up.

Scott presste die Lippen zusammen. »Irgendjemand ist hier herumgeschlichen.« Er beschrieb Ranger den Kerl, den Katie in der Nähe des Guesthouses gesehen hatte. »Vermutlich arbeitet so jemand nicht auf der Plantage.«

»Schwer zu sagen. Die Beschreibung ist viel zu vage.« Ranger atmete genervt aus. »Das Gelände hier ist gut gesichert. Ein Unbekannter kann sich hier kaum unbemerkt einschleichen.«

Ich hielt den Wagen vor dem Haupthaus. »Wir packen unsere Ausrüstung zusammen. Wer weiß, wohin sie die Frauen bringen.« Schon sprang ich aus dem Wagen. Ranger und Scott folgten mir. »Kümmere du dich um die Polizei, sobald sie auftaucht. Wir schlagen uns eine halbe Stunde von hier entfernt in den Urwald. Mein Hemd hängt an einem Ast.«

»Du willst allein los?« Ranger schüttelte den Kopf. »Lass mich mitkommen.«

»Nein, du führst die Polizisten an, wer weiß, wohin die sonst gehen. Auf dich kann ich vertrauen. Scott wird mich begleiten.«

Scott war bereits in seinem Zimmer verschwunden. Ich sah Ranger an, wie wenig ihm mein Plan schmeckte, konnte darauf aber keine Rücksicht nehmen. Ich hatte mir alles genau überlegt. Es gab keine andere Möglichkeit: Ich musste vorgehen, jede Minute zählte. Und ich brauchte jemanden hier vor Ort, der die Gegend gut kannte und die Polizei führen konnte.

»Mir gefällt das nicht.« Ranger folgte mir in mein Schlafzimmer. Ohne auf ihn zu achten, zog ich meine Hosen aus, um sie gegen meine Kletterhose zu tauschen. Diese Spezialhosen verfügten über unzählige Klettverschlusstaschen, in denen alles untergebracht war, was ich benötigte, um eine Felswand hochzukommen. Karabinerhaken, Stricke, Talkumpuder für die Hände. Der Rest der Ausrüstung stand schon fertig gepackt bereit. Immerhin hatten wir eine Tour geplant und ich war entsprechend vorbereitet. Ein Umstand, der nun ein Riesenvorteil war.

Mein Cargohemd hing im Schrank. Ich ging hinüber und sah aus dem Augenwinkel etwas auf meinem Bett liegen. Ein Zettel. Hatte mir Sarah vor ihrer Abreise einen Brief hinterlassen?

Ich nahm das Blatt auf und erstarrte.

2 Millionen Dollar in kleinen und gebrauchten Scheinen. Übergabe in 24 Stunden. Ort folgt.

Die Schrift war in Druckbuchstaben und auf Spanisch. Es wirkte, als seien die Buchstaben von mehreren Personen geschrieben worden. Eine klare Handschrift war nicht zu erkennen.

»Sieh dir das an.« Ich legte das Papier auf das Bett zurück. »Und nicht anfassen wegen der Fingerabdrücke.« Der Zettel war vor meiner Suche nach Sergio und den Frauen noch nicht hier gewesen. Jemand musste sich innerhalb der kurzen Zeit Zutritt verschafft haben.

Doch wie? Und wie konnte er unbemerkt auf dem Gelände unterwegs sein?

Ranger beugte sich zum Zettel hinunter, las und pfiff anschließend durch die Zähne.

»Wie zum Teufel sind die hier hereingekommen?«

»Das ist mir im Moment gleichgültig. Ruf Cody an, er soll das Geld bereitstellen.«

Ich schlüpfte in mein Hemd. »Sollte ich die Mistkerle nicht finden, muss alles vorbereitet sein. Ich werde rechtzeitig zurückkommen. Cody soll das Geld per Privatjet herbringen. Pünktlich. Sonst drehe ich ihm den Hals um. Sag ihm das.«

Cody würde seinen Job erfüllen und wenn er persönlich von einer Bank zur nächsten fahren würde, um das Geld in gewünschter Form zu besorgen. Auf ihn war Verlass.

Ich ging zum Tresor. Dort hatte ich eine Schusswaffe deponiert. Noch nie hatte ich sie herausgenommen in der Bereitschaft, damit auf einen anderen Menschen zu schießen. Doch wenn ich es tun müsste, würde ich nicht zögern. Den Umgang damit war ich seit Kindesbeinen gewohnt. Mein Vater hatte es mir beigebracht, als ich als Kind hierher gekommen war, nur zum Schutz. Damals gab es noch viele Pumas und Jaguare in der Region und ein verletztes Tier reagierte unberechenbar. Somit war ich aus Sicherheitsgründen mit Waffen vertraut. Allerdings hatte ich sie noch nie außerhalb des Schießtrainings benutzt.

Scott wartete bereits beim Jeep. Sein Rucksack, Seile und Werkzeug lagen auf der Ladefläche des Pick-ups. Ich warf meine Sachen dazu und stieg ein.

»Seid vorsichtig«, bat Ranger und klopfte mir durch das geöffnete Fenster auf die Schulter.

Scott stieg auf der Beifahrerseite ein und ich startete den Wagen.

»Das bin ich immer.«

Und es stimmte. Sobald ich in der freien Natur war, gab es nur noch meinen Instinkt. Er funktionierte perfekt und ich konnte mich auf meinen Körper voll verlassen. Und ich hatte Scott an meiner Seite. Wir beide gemeinsam würden die Spur nicht verlieren, dazu waren wir zu erfahren. Ein Umstand, mit dem die Entführer vermutlich nicht rechneten.

Zumindest hoffte ich das.

KAPITEL 24

Sarah

»Deine Beule sieht gar nicht gut aus.« Katie setzte sich zu mir und berührte vorsichtig die Schwellung neben meiner Augenbraue. »Ist blau und gelb, bisschen lila ist auch dabei.«

Ich verzog das Gesicht. »Danke für die bildhafte Beschreibung. Tut weh, mehr muss ich nicht wissen.«

Plötzlich fiel mir ein, dass ich immer noch mein Handy hatte! Das war *die* Gelegenheit! Hastig griff ich mir meine Handtasche und zog das Handy heraus.

»Genial!« Katie machte große Augen. »Du hast dein Handy noch! Super! Los, ruf Hilfe!«

Verzweifelt lachte ich auf, als ich auf das schwarze Display blickte. »Tja, die Chance ist wohl vertan. Der Akku ist leer. Vermutlich gab es hier mitten im Busch sowieso keinen Empfang.« Ich legte das Smartphone neben mich. Wie blöd ich doch war, nicht früher einen

Notruf abgesetzt zu haben. Allerdings hatte ich keine Ahnung, wie lange mein Handy schon leer war, ich hatte ewig nicht mehr draufgeguckt. Seit wir hier waren, hatte ich es noch nicht aufgeladen.

»So ein Mist!« Meine Freundin senkte den Kopf in ihre Hände. »Man wird uns nie finden.«

Ich rutschte an ihre Seite und nahm sie in den Arm. »Vielleicht doch. Ich habe auf dem Weg hierher ein paar Kleinigkeiten aus meiner Tasche fallen lassen. Ich schätze, Brad und Scott alarmieren die Polizei und machen sich vielleicht sogar selbst auf den Weg, uns zu suchen.« Dann streifte ein Duft meine Nase. »Riechst du das?«

Katie drehte ihren Kopf Richtung Tür und schnupperte. »Die kochen was!« Im nächsten Moment war sie auf den Beinen und linste durch einen Bretterspalt. »Tatsächlich, da hängen zwei Töpfe über der Feuerstelle! – Hey, wir haben Hunger!«

»Katie, mach keinen Wind, die werden uns sicher was bringen. Am Ende schlagen sie uns bewusstlos, weil wir ihnen auf die Nerven gehen.«

»Du kennst mich, wenn ich Hunger habe, bin ich unberechenbar. Aber du hast recht, ich halte besser meinen Mund.«

Kaum war sie von der Tür weggetreten, ging diese auf und Victor kam mit zwei Blechschüsseln herein. Ein herrlicher Duft machte sich breit. Er gab jedem von uns eine Schüssel und ging wieder. Dabei verlor er kein Wort, aber ich bemerkte, wie sein hungriger Blick über Katies Körper huschte. In ihrem Kleid war sie nicht unbedingt passend gekleidet für eine Entführung im Dschungel. Hoffentlich ließ er sie in Ruhe.

»Reis und Bohnen«, sagte Katie etwas geknickt und

setzte sich mit ihrer Schüssel neben mich. »Hat bis eben noch viel besser gerochen.«

Ich lachte auf. »Hast du eine Pizza erwartet?«

»Nein, aber ein bisschen Fleisch, Gemüse. So was eben. Aber Reis und Bohnen sind okay, wenn man Hunger hat.« Sofort begann sie, die Pampe in sich hineinzulöffeln.

Schweigend aßen wir. Es schmeckte nicht gut, aber auch nicht schlecht. Es sättigte und gab Kraft. Das war jetzt wichtig.

Mit einem Seufzer ließ Katie ihre leere Schüssel sinken und ihre Blicke an den Wänden der Hütte entlang gleiten. »Wusstest du, dass es in Costa Rica jede Menge giftige Tiere gibt? Schlangen, Spinnen, Frösche, Skorpione.«

»Ja, aber in der Regel haben die mehr Angst vor uns als wir vor ihnen. Du musst nur aufpassen, wenn du deine Schuhe anziehst.«

»Okay, dann ziehe ich sie am besten nicht aus.« Katie sah auf ihre Füße. »Was bin ich froh, dass ich meine flachen Ballerinas anhabe. Stell dir vor, ich hätte zum Abendessen meine hochhackigen Sandaletten getragen.«

Damit wäre sie nicht weit gekommen. Mittlerweile ging die Sonne auf. Katie und ich dösten vor uns hin, an Schlaf war nicht zu denken, auch wenn wir beide ziemlich müde und fertig waren. Draußen saßen die Entführer Alonso und Victor, erzählten sich schmutzige Witze und lachten. Sie hatten keine Ahnung, dass ich jedes Wort verstehen konnte. So sollte es auch bleiben, wer wusste, welche Informationen sie ungewollt preisgaben? Neugierig kroch ich zur Tür, lehnte mich dagegen und sah durch einen Spalt zur Feuerstelle.

»Man wird uns erwischen, Victor. Was machen wir dann?«, hörte ich Alonso, den kleineren der beiden, mit unsicherer Stimme sagen.

»Du bist so ein Idiot, Tico! «

»Wieso bin ich ein Idiot, hä? Wieso? Ich habe immerhin die Schule besucht! Au, hey!«

Victor hatte ihm als Antwort einen leichten Schlag auf den Hinterkopf gegeben. »Du bist dumm, daran wird sich nie etwas ändern.«

»Ich bin dumm, ja? Warum hast du mich dann mitgenommen?«

»Weil du mein Freund bist. Gib mal das Handy der Kleinen her.«

Alonso schob sich einen Löffel der Reis-Bohnen-Pampe in den Mund. »Welches Handy?«, sagte er undeutlich.

Ich spannte mich an, als Victor abrupt aufstand und seinem Kumpan die Schüssel aus der Hand schlug. »Du hast ihr das Handy nicht abgenommen? Hijo de puta, verdammte Scheiße! Du bist so dumm wie ein Affenarsch!« Dann klatschte er ihm noch mal auf den Hinterkopf und stapfte zur Hütte.

Hektisch robbte ich zurück neben Katie und tat so, als schlafe ich.

Victor riss die Tür auf, und Katie und ich die Augen.

Mit zwei langen Schritten war er bei meiner Handtasche, entdeckte aber das Handy auf dem Boden, griff es sich und stapfte wieder hinaus.

Eilig begaben Katie und ich uns zur Tür, um zu beobachten, was jetzt passierte.

Victor öffnete das Handy, nahm den Chip heraus und warf ihn Richtung Feuer. Dann steckte er das

Handy ein. Mein Chip! So ein Idiot. Das Handy war doch schon aus gewesen.

Dann sagte er irgendwas zu Alonso, der stand auf und schüttete Wasser ins Feuer.

»Was machen die denn jetzt?«, fragte Katie.

»Feuer ausmachen. Verständlich, der Rauch ist verräterisch.«

Doch es geschah noch mehr. Die zwei packten zusammen, Victor griff sich seine Knarre, gab Alonso ein Zeichen und beide kamen zu uns.

Mein Herz schlug bis zum Hals. Schnell zog ich Katie von der Tür weg.

Als sie eintraten, nahm Alonso die Schüsseln und ging wieder hinaus. Victor jedoch blieb.

In seinem Gesicht stand Gier, die Lust nach einer Frau. Katie. Er leckte sich über die Lippen und starrte sie unverhohlen an. Dann raunte er auf Spanisch: »Komm her, Pequeña, bevor wir weitergehen, ficke ich dich ordentlich durch.«

»Was hat er gesagt, Sarah?« Katie blickte unsicher von ihm zu mir.

Verdammt, ich konnte ihr jetzt nicht übersetzen, denn er verstand uns.

»Keine Ahnung, aber egal was passiert, ich glaube, es geht um dich. Eine Bitte, bleib nett und diplomatisch, ja? Ich will noch ein bisschen leben.«

»Aber du ...«

»Keine Ahnung, Katie«, brummte ich und warf ihr einen warnenden Blick zu. Sie verstand – zum Glück.

Victor ging auf sie zu, sie wich bis zur Bretterwand zurück. Dann hob er die freie Hand und strich ihr über die Wange, den Hals hinunter und legte seine Hand schließlich auf eine ihrer Brüste.

»Oh, oh, Moment mal.« Sie lächelte und legte ihre Hand auf seine. »Das können wir gern machen, aber doch nicht hier und nicht jetzt. Ich … Ich habe mich schon ganz lange nicht gewaschen und habe meine Tage. Wie wäre es, wenn wir das auf später verschieben, lieber Victor?« Erneut rollte sie das R in Victor und warf ihm einen koketten Blick zu.

Respekt! So viel Schauspielkunst hätte ich ihr gar nicht zugetraut.

Victor schien zu überlegen. Von draußen rief Alonso auf Spanisch: »Lass uns gehen, Vic, hier ist kein Netz. Stone will sich um die Mittagszeit melden. Wir müssen hoch zum Zielort.«

Mit einem unwilligen Brummen und mit erhobener Knarre gab uns Victor zu verstehen, dass wir aus der Hütte gehen sollten. Hastig schulterte ich meine Tasche, da nahm Katie mich auch schon an der Hand und gemeinsam verließen wir den Verschlag.

Über drei Stunden marschierten wir zwischen Alonso und Victor mittlerweile durch den Dschungel. Bei Tageslicht war es deutlich schwieriger, unbemerkt etwas aus meiner Handtasche auf den Boden fallen zu lassen. Trotzdem gelang es mir, da ich ein paar Finten benutzte: Kurz ausruhen, hinsetzen, stolpern. Sogar Katie half mit und ließ sich eine Weile von Victor, der hinter uns lief, stützen, weil sie angeblich einen Krampf hatte. Es war noch nicht mal groß gespielt. Der Weg führte uns steil bergauf und obwohl wir beide gut in Form waren, keuchten wir immer wieder und rangen nach Luft.

Die Hitze und die hohe Luftfeuchtigkeit taten ihr Übriges.

Trotz meiner Erschöpfung nutzte ich die kurzen Momente, um diverse Kleinteile loszuwerden. Von der Lichtung bis hierher hatte ich mich von meinem Taschenspiegel, ein paar Büroklammern, einem Kugelschreiber und einer Packung Kondome – Himbeergeschmack – getrennt. Die lag schon ewig in der Tasche und das Haltbarkeitsdatum war mit Sicherheit bereits abgelaufen. So langsam beherbergte meine Tasche nichts mehr, was ich hätte hergeben wollen. Die Klebebandrolle war zu groß und wer weiß, wofür man noch den Mini-Hammer brauchen konnte. Vor circa fünfzehn Minuten hatte ich schließlich einen der Glitzerohrringe meines Statementschmucks fallen lassen. Das tat weh, aber wenn es uns rettete, sollte es mir recht sein.

Nach weiteren fünf Minuten traten wir aus dem Dickicht. Alonso hielt an, schirmte seine Augen gegen die Sonne ab und sah nach oben.

»Noch kurz Stück. Da hoch. Oben trinken und essen«, informierte er uns knapp über die Schulter. Dafür war ich ihm dankbar. Möglich, dass er ein bisschen dumm war, aber er schien mehr Empathie zu besitzen als das plumpe Muskelpaket Victor.

Katie stieß einen Seufzer aus. »Da hoch? Meine Oberschenkel brennen jetzt schon!«

Ich blickte ebenfalls nach oben. Seitlich neben einer Steilwand schlängelte sich ein gut sichtbarer Pfad durch Geröll und niedrige Büsche hindurch bis ganz nach oben. Vereinzelte Bäume spendeten nur spärlich Schatten. Das konnte anstrengend werden. Aber wenn ein Suchtrupp meine Sachen fand, würden sie hierher kommen, ganz sicher. Es gab keinen anderen Weg um uns herum, die einzige Möglichkeit war, dort hochzugehen. War das der Plan? Jeden kommen zu sehen, der hoch auf den Berg wollte?

Schritt für Schritt kämpften wir uns durch die sengende Hitze nach oben und bereits nach kurzer Zeit klebte meine Kleidung an mir.

»Auf der Hacienda könnte ich sein. Im Pool liegen. Cocktails trinken!«, fluchte Katie hinter mir. »Und wo bin ich? Im Dschungel, von Moskitos halb aufgefressen, die Beine von den Büschen zerkratzt.«

Endlich waren wir oben auf dem Felsplateau angekommen. Einzig ein knorriger Baum stand dort zwischen Geröll, niedrigem Gestrüpp und Steinen. Kein Schatten weit und breit.

»Setzen!«, befahl Victor und zeigte auf eine Gruppe von hüfthohen Steinen. Nun zumindest ein Teil von uns wäre im Schatten.

Völlig fertig ließ ich mich neben Katie plumpsen, und zu unserer Erleichterung brachte Alonso zwei Wasserflaschen. Mein Kopf schmerzte durch die Anstrengung etwas mehr, gerne hätte ich die Beule gekühlt, ein Aspirin wäre auch eine gute Sache gewesen, aber immerhin bekamen wir Wasser.

»Ich will nur noch schlafen!«, stöhnte Katie auf, als sie ihre Flasche geleert hatte.

Mir ging es nicht anders, doch ich zwang mich, wach zu bleiben. »Schlaf du, ich will hören, was die erzählen.«

»Ah, deswegen durfte ich in der Hütte nicht sagen, dass du spanisch kannst«, flüsterte sie verschwörerisch. »Das hätte ich mir eigentlich denken können.«

»Ganz genau.«

Alonso war damit beschäftigt, Töpfe und Schüsseln

aus dem Rucksack zu räumen, und Victor tippte auf seinem Handy herum. Ich entdeckte auch zwei Funkgeräte.

Sie waren offenbar ziemlich sicher, dass wir nicht flüchten würden. Und sie lagen richtig. Wohin hätten wir auch laufen sollen? Wir waren ganz oben auf einem riesigen Plateau. Der einzige Weg nach unten schien der Pfad zu sein, den wir hochgekommen waren. Unter uns zeigte sich nur grüner Urwald. Kein Dorf, kein Haus, nichts. Alles war perfekt zu überblicken. Selbst der Dümmste würde uns innerhalb kürzester Zeit kriegen.

»Verflucht!«, stieß ich leise aus.

»Was?« Katie schreckte auf.

Die Erkenntnis, die sich in mir breitmachte, schnürte mir die Kehle zu. »Katie«, sagte ich mit brüchiger Stimme. »Selbst wenn man uns finden sollte, dann … Es gibt nur diesen einen verdammten Weg hier hoch. Und der ist so gut zu überwachen, dass man sofort sehen kann, ob jemand hochkommt.«

»Scheiße!« Katie schlug die Hände vor den Mund und starrte wie ich nach vorne zu der Felsklippe, hinter der sich das weite Land auftat.

»Allerdings.«

Jeder, der diesen Weg hochkam, würde von Victor oder Alonso erschossen werden!

»Wir müssen etwas tun. Aber was?!« Sie sah sich nervös um. »Steine gibt es hier genug.«

»Pscht. Victor spricht mit jemandem!« Er hielt das Funkgerät in der Hand und die Verbindung knarzte so stark, dass ich seinen Gesprächspartner nicht verstehen konnte.

»Stone, ja, wir sind oben«, hörte ich Victor auf Spanisch sagen, der ungefähr fünf Meter entfernt mit dem Rücken zu uns stand. »Den Frauen geht es gut. Darf ich die eine bumsen? Okay, geht ja schnell. Ja, wir warten bis zum Abend, bis das Lösegeld da ist. Alles klar.«

Eilig übersetzte ich für Katie, das mit dem Bumsen ließ ich aus.

»Lösegeld? Von wem wollen die Lösegeld? Wir haben beide keine superreichen Eltern«, sagte sie erstickt.

»Brad. Sie wollen Geld von Brad.«

KAPITEL 25

Brad

Der Urwald erwachte, als die Sonne aufging. Im ersten Tageslicht durchsuchten wir das Fahrzeug, doch auch jetzt gab es keine brauchbaren Hinweise wie Karten, Pläne oder Ähnliches, die Aufschluss hätten geben können, wohin die Entführer mit Sarah und Katie gegangen waren.

Noch war der Pfad leicht erkennbar, aber das würde sich bald ändern, und dann würde es eventuell schwierig werden, den Fußspuren zu folgen.

Scott kannte mich gut genug, um schweigend hinter mir zu bleiben. Noch war der Boden feucht von der Nacht, die Fußabdrücke deutlich sichtbar. Wir folgten den Spuren für eine Stunde, als vor mir etwas silbern glitzerte. Ich näherte mich vorsichtig, um zu verhindern, dass ich in eine mögliche Falle tappte.

»Das gibt es doch gar nicht«, entfuhr es mir. »Scott! Schau dir das an.«

Scott schloss zu mir auf. »Eine Haarbürste?« Er hob sie hoch. »So eine kleine hat Gina für ihre Handtasche.«

Ich nickte. »Sarah vermutlich auch. Cleveres Mädchen.«

Sie legte tatsächlich Spuren. Hoffentlich passte sie gut genug auf, damit sie nicht erwischt wurde, denn sonst könnte es gefährlich werden. Wenn ich daran dachte, wie die Entführer Sergio zugerichtet hatten, musste man auf alles gefasst sein.

Scott steckte die Bürste in seinen am Gürtel befestigten Beutel.

»Man merkt, dass du verheiratet bist.«

Mein bester Freund sah mich überrascht an. »Warum?«

»Du steckst Sarahs Sachen ein, falls sie sie wiederhaben will. An solche Kleinigkeiten kann ich im Moment gar nicht denken.«

Ich trug mich viel mehr mit Mordgedanken. Zwei amerikanische Frauen, von denen eine nur ein Kleid trug, durch den Urwald von Costa Rica zu scheuchen, war ein unkalkulierbares Risiko. Natürlich nahmen die Tiere Reißaus, aber es konnte auch sein, dass sich eines in Bedrängnis fühlte und angriff. Der Biss einer Schlange konnte in diesem Winkel der Erde tödlich enden. Und genau solche Gedanken gingen mir durch den Kopf. Die Gegenmittel für die gängigsten Arten hatte ich dabei. Doch was passierte, wenn so etwas geschah und ich nicht in der Nähe wäre, um Erste Hilfe zu leisten? Man hatte ja deutlich gesehen, wie schnell Katie auf ein bisschen Ingwer reagierte.

»Brad«, riss mich Scott aus meinen Befürchtungen,

die ich besser beiseiteschieben sollte, um mich auf die Suche zu konzentrieren. »Kennst du diese Haarspange?«

Ich drehte mich um. Zwei Schritte links von mir lag eine silberfarbene Spange. Ich hob sie auf. Sie war zerkratzt und sah schon ziemlich gebraucht aus. »Nein, aber wenn ich mir vorstelle, wie lange das Ding eventuell in Sarahs Handtasche lag, könnte das passen. Sie muss von ihr sein, oder wie viele Frauen sollen hier entlanggegangen sein?«

»Immerhin machst du wieder Witze und siehst nicht mehr so finster aus. Ich habe mir schon Sorgen um dich gemacht. Deine Wut lenkt dich ab.« Scott nahm mir die Spange ab, um sie zur Bürste in den Beutel zu stecken. »Bleib konzentriert.«

»Ich versuche es.«

Ich konnte es einfach nicht ertragen, wie Sarah und ich auseinandergegangen waren. Sie war so voller Zorn gewesen. So durfte es nicht sein. Oh, ja, ich würde sie feuern, wenn ich sie hatte, und ich würde sie für lange Zeit nicht mehr aus meinem Bett lassen. Aber wer konnte schon sagen, was geschah? Und wer konnte wissen, ob ich es nicht nochmals mit ihr versaute? Vielleicht wollte sie mit mir gar nichts mehr zu tun haben? Es wäre ihr nicht zu verdenken. Sie musste sich von mir benutzt vorkommen.

Das hatte Sheela schon immer bei mir bemängelt. Ich meinte es gut, machte es aber schlecht. Vielleicht lag es aber auch an meinem Gegenüber. Das würde ich gern zusammen mit Sarah herausfinden. Denn diese unglaubliche Anziehung war etwas Besonderes. Genau wie diese Frau.

Ich zeigte auf ein paar bunte Haargummis, ließ sie

aber liegen, da sie schlammig waren und es sich dabei um nichts von Wert handelte. Bei jedem weiteren Fund zuckte ich zusammen, denn jede von Sarahs Aktionen erhöhte das Risiko, entdeckt zu werden. Keiner konnte die Reaktion der Entführer absehen, wenn sie Verdacht schöpften. Und ich wusste, wie das in diesen Ländern lief. Wenn etwas schiefging, man also ein Opfer verlor, dann suchte man sich eben ein anderes. In diesen Breitengraden war ein Menschenleben nicht viel wert. Ein Entführungsopfer war nur wertvoll, solange es am Leben war, doch provozierte man eine Auseinandersetzung, konnte das tödlich enden. Ich hoffte, Sarah und Katie verhielten sich umgänglich und freundlich. Besser, ich ignorierte, wie aufbrausend Sarah werden konnte.

Entweder war Sarah unglaublich clever, oder die Entführer waren ausgemachte Idioten. Vor mir mitten auf der dunklen Erde lag ein kanarienvogelgelber Regenschirm auf dem Weg. Ich hob ihn auf.

Kopfschüttelnd drehte ich das Ungetüm in der Luft. »Wie kann jemand so etwas unbemerkt platzieren?«

Scott zog die Augenbrauen zusammen. »Dummheit und Verzweiflung sind eine gefährliche Mischung. Wir müssen auf der Hut bleiben und dürfen nichts riskieren.«

Da lag Scott völlig richtig. Und genau das machte mir Bauchschmerzen. Zwanzig Minuten später erreichten wir eine Art Camp. Ein Bretterverschlag, ein vor kurzem gelöschtes Feuer und ein paar herumliegende Wasserflaschen.

Hier hatten sie offenbar Rast gemacht und wir waren zu spät gekommen. In dem Schuppen lagen ein paar farbige Büroklammern, also waren die Frauen definitiv hier gewesen. Doch wo waren sie jetzt? Ab hier ging es nur noch die Berge hinauf, wie sollten wir sie da finden? Ich sah zum fast wolkenlosen Himmel. Hoffentlich blieb uns das Wetter gewogen. Ein einziger Regenguss würde alle Spuren verwischen, und sollten wir auf Sarahs kleine Wegzeichen angewiesen sein, wären wir verloren. Zu schnell ging man ein paar Schritte in die verkehrte Richtung und schon wäre man völlig falsch unterwegs. Ohne Ziel half auch mein Kompass nichts.

»Wir sollten schneller gehen«, mahnte ich Scott zur Eile.

Scott kramte in einer Seitentasche seines Rucksacks und zog zwei Energieriegel hervor. »Hier, wir müssen bei Kräften bleiben. Und wir hatten weder Abendessen noch Frühstück.«

»Danke.« Auch wenn ich keinen Appetit hatte, biss ich in den Eiweißriegel und ging zügig weiter.

Auf dem weiteren Weg sammelte ich zwei Kugelschreiber einer anderen Firma ein. Sarah hatte wohl die Angewohnheit, Firmenkugelschreiber mitgehen zu lassen, denn beide trugen das Logo ihres früheren Arbeitgebers. Ich musste grinsen.

Noch breiter grinste ich, als ich über eine Packung Kondome stolperte. Ich steckte sie in meine Seitentasche. Über den Himbeergeschmack würde ich mit ihr reden müssen, denn wenn die Dinger noch rosa wären, konnte sie den Gebrauch dieser Kondomsorte vergessen!

Scott zog seine Karte heraus. »Kennst du das Gebiet?«

Ich sah mir die Gegend genau an. In nördlicher Richtung führte ein Pfad zu einem Hochplateau. Es war der einzige Weg, der nach dort oben ging. Die Stelle war gut zu überwachen. Waren sie dorthin unterwegs? Oder hatten sie sich Richtung Osten orientiert, wo der Fluss ausreichend Wasser führte, um bei einer schrägen Überquerung die weiteren Fußspuren zu verwischen? Wenn sie über mehrere Kilometer im flachen Fluss entlang gegangen waren, würden wir sie nie finden. Es war ein Spiel auf Zeit.

Und es war Zeit, sich mit Ranger in Verbindung zu setzen. Im Schatten eines ausladenden Baumes setzte ich mich auf einen umgekippten Stamm.

»Brad an Ranger, Brad an Ranger, bitte melden.«

»Ranger hier. Wie sieht es bei euch aus? Over.«

Ich nannte ihm die genauen Koordinaten. »Wir könnten Unterstützung aus der Luft gebrauchen. Wie sieht es bei dir aus? Over«

»Vor einer Stunde sind zwei Polizisten hier eingetroffen. Sie warten auf Verstärkung. War klar, dass die erst die Dorfelite losschicken. Tut mir leid. Ich werde weiterhin versuchen, den Coronel zu erreichen. Over.«

Der Coronel gehörte zur Regierungselite und würde sicherlich schnell aktiv werden, wenn Ranger ihm den Fall schilderte. Doch er saß in San José und es würde Stunden dauern, bis jemand hier wäre. Wir waren immer noch auf uns allein gestellt.

»Danke, Ranger. Wir sind weiterhin auf der richtigen Spur. Wir werden uns nun an den aufsteigenden Pfad schleichen und sehen, ob sie dort oben sind, sonst bleibt nur der Weg in Richtung Fluss. Wenn sie den genommen haben, werden wir mit ein paar Einsatzkräften nicht viel erreichen. Over.«

»Ich tu, was ich kann. Over.«

Das wusste ich. Ranger würde alle ihm verfügbaren Kontakte anfunken. »Danke. Ich melde mich, wenn wir wissen, wohin wir gehen müssen. Over and out.«

Scott nickte. »Dann wollen wir mal.«

Er ging voran, immer darauf bedacht, sich unter den ausladenden Bäumen zu befinden. Leider wurde der Weg jetzt lichter und wir mussten uns mit größter Vorsicht bewegen. Schließlich traten wir ins Freie und zogen uns schnell wieder in den Schutz des Dschungels zurück, um nicht gesehen zu werden.

Ein Stück weiter sah ich etwas Glitzerndes auf dem Boden liegen. Scott hielt mich zurück, als ich darauf zugehen wollte.

»Warte! Wenn sie oben auf dem Plateau sind, könnten sie uns entdecken.«

Genau an der Stelle schützte uns keine Bewaldung. Alles war von oben direkt einsehbar.

»Verflucht. Wenn es eine Spur von Sarah ist, dann sind sie den Berg hoch. Wenn es nur ein quarzhaltiger Stein ist, der in der Sonne glitzert, sind wir auf der falschen Spur. Ich muss wissen, was das ist.«

Scott hatte bereits einen Rucksack abgestellt und robbte im Schutz niederer Büsche etwas näher. Er kam jedoch nicht dicht genug heran, es fehlten etwa drei Meter. Es war zu gefährlich auf die offene Lichtung zu treten. Wir mussten die Strecke überbrücken.

»Bleib dort.«

Ich nahm meine Machete aus der Rucksackhalterung, zog mich behutsam zurück und suchte nach einem passenden Ast. Gerade musste er sein und lang. Doch ich fand nichts, was sich geeignet hätte. Dann kam mir eine andere Idee. Vielleicht konnten wir eine Liane wie ein Seil über den Boden spannen und den

Gegenstand zu uns ziehen, bis wir ihn besser erkennen konnten.

Ich schlug eine ab, ging zu Scott, erklärte ihm meinen Plan und drückte ihm ein Ende in die Hand. Der platt gedrückte Boden außerhalb des Dschungels würde unser Vorhaben erleichtern. Keine Wurzeln, nichts behinderte uns. Ich schlich im Schutz der Büsche auf die andere Seite. Um entdeckt zu werden, müssten die Mistkerle gerade in diesem Moment mit einem Feldstecher heruntersehen.

»Jetzt anspannen«, rief ich Scott zu. Wir legten die Liane auf den Boden, hielten sie durch die Spannung flach am Boden und krochen die Spannung haltend am Wegrand entlang. Der Gegenstand bewegte sich. Allerdings nur einen Meter, dann glitt die Liane darüber hinweg.

Von meinem Platz aus konnte ich es nicht erkennen. »Siehst du, was es ist?«

Scott nickte. »Ein Ohrring. Großes Ding. Deutlich zu erkennen.«

Ich seufzte auf. Nun wussten wir, wo sie waren. Die große Frage war, wie wir unbemerkt den Weg nach oben schaffen sollten, bevor die Nacht hereinbrach. So lange konnten wir nicht tatenlos herumsitzen, denn bis dahin würden wir vier wertvolle Stunden verlieren.

KAPITEL 26

Sarah

»Das glaube ich jetzt nicht«, stöhnte Katie auf. »Lösegeld. Für uns! Hammer.«

Ich stupste sie an. »Ja, Hammer. Wenn es nicht so bitter wäre. Und sei jetzt endlich leise, ich will hören, was die reden!«

Wie auch schon auf der Lichtung heute Morgen fachten sie ein Feuer an und begannen, zu kochen. Stirnrunzelnd sah ich zu, wie Alonso Wasser und Reis in einen Topf gab und dann eine Dose Bohnen dazu schüttete. Reis, Bohnen, Wasser. Nicht gerade ein Menü nach meinem Geschmack. Aber immerhin bekamen wir überhaupt etwas zu essen.

Victor gesellte sich zu Alonso.

»Der Schwachkopf will uns mit zehn Prozent abspeisen«, sagte er auf Spanisch zu seinem Kumpan, setzte sich auf einen Stein vor dem Feuer und stocherte darin herum.

Alonso zuckte mit den Schultern. »Das ist doch gut, oder? Zehn Prozent von zwei Millionen Dollar sind … Wie viel ist das?«

»Idiot! Zweihunderttausend Dollar, hundert für jeden von uns.«

»Aber nicht für Stone.«

»Nein. Tico, du bist echt dumm.«

»Besser dumm als hässlich«, antwortete der und bekam dafür einen Schlag auf den Hinterkopf.

Wäre die Situation nicht so ernst, käme ich mir mit den beiden vor wie bei einer Stand-up-Comedy-Show. War ich aber nicht. Und dumme Menschen machten oft auch dumme Sachen, und das könnte uns gefährlich werden.

Victor brummte und starrte in das Feuer. »James ist auch keiner von der cleveren Sorte. Wir werden ihm fünfzig Prozent abfordern. Wollen wir doch mal sehen, wofür er sich entscheidet. Weiterleben oder mit weniger aus der Sache rausgehen.«

Alonso verschränkte die Arme, starrte ebenfalls ins Feuer. »Also ich wäre für die Hälfte, das reicht doch auch.«

Ich unterdrückte den Impuls aufzulachen, als ich das hörte. Schnell übersetzte ich für Katie, die mich wissbegierig ansah. Aber wer war dieser James Stone? Vielleicht irgendein Konkurrent von Brad?

»Wir machen die Drecksarbeit für diesen kleinen Wichser, also soll er uns auch anständig bezahlen.« Victor warf den Stock ins Feuer und stand auf, kam zu uns herüber.

»Stell dich schlafend!«, zischte ich Katie zu.

Sie gehorchte zu meiner Erleichterung sofort, legte ihren Kopf an meine Schulter und schloss die Augen. Mir war klar, was der Kerl wollte. Immerhin hatte er es zuvor angekündigt. Er wollte Katie!

Er stellte sich vor uns, sah mit einem widerlichen Blick auf uns herunter und kratzte sich im Schritt.

»Ihr geht es nicht gut«, sagte ich, und hoffte, er verstand mich. »Starke Blutungen.« Um meine Worte zu verdeutlichen, versuchte ich, mit meinen Händen zu erklären, was ich meinte. »Und ihr ist schlecht. Mir auch. Zuviel Bohnen vielleicht.« Zur Untermalung meiner Worte steckte ich mir den Finger in den Hals, machte Würgegeräusche und zuckte dann mit den Schultern.

Sein gieriger Blick verwandelte sich in blanken Zorn und ich glaubte, vor Angst ohnmächtig zu werden. Rasend schnell bückte er sich, griff nach einem faustgroßen Stein und machte einen Schritt auf uns zu.

Panisch schrie ich auf und schützte mit dem Arm meinen Kopf. Katie schrie ebenfalls und kauerte sich zusammen. Ich presste die Lider aufeinander. Wenn mich der Stein traf, wollte ich ihn wenigstens nicht kommen sehen.

Dann tat es einen Schlag über uns auf dem Stein, an dem wir lehnten.

Am ganzen Körper zitternd öffnete ich vorsichtig die Augen. Victor stand immer noch vor uns, hielt den Stein in der Hand. Doch an dem klebte etwas.

»Skorpion«, brummte Victor, warf den Brocken weg, drehte ab und ging zurück zum Feuer.

»Was war denn das gerade?«, platzte es aus Katie heraus. Ihre Stimme klang zittrig. Auch in mir bebte noch alles vor Angst. Wir hatten hier nicht nur zwei üble Schurken, sondern auch Skorpione.

»Na, der wollte dich vögeln, hat aber offenbar meine Ausrede geglaubt. Wir sollten uns ein paar Steine zurechtlegen, wer weiß, wie viele Skorpione hier noch rumkriechen.«

Schnell begann ich damit, einige Steine, die gut in meiner Hand lagen, neben mir aufzustapeln. Zum Glück gab es hier jede Menge davon. Katie tat es mir gleich.

Kurz darauf brachte uns Alonso Wasser und zwei Schüsseln mit Reis. Ohne Bohnen. Anscheinend hatte Victor mich verstanden.

Zu unserem Entsetzten machte er Anstalten, die sorgsam aufgeschichteten Steinhaufen abzutragen.

»Stop. Bitte nicht«, bat ich ihn und deutete auf den Stein, den Victor von sich geworfen hatte. »Skorpione!«

Alonso nickte nur kurz und ging wieder.

Nachdem wir unseren Hunger und Durst gestillt hatten, übermannte uns die Müdigkeit. Katie schlief zuerst ein. Sie saß an den hohen Stein angelehnt, hatte die Knie angezogen, ihren Rock so drapiert, dass ihr niemand zwischen die Beine sehen konnte, und die Unterarme aufgestützt, als ihr der Kopf nach vorn fiel, und ich sie leise schnarchen hörte.

Auch ich schloss die Augen, versuchte, an etwas Schönes zu denken. Was anderes blieb mir ja nicht übrig, denn an der derzeitigen Situation konnte ich nichts ändern. Es war nur zu hoffen, dass Brad das Lösegeld zahlte und wir so schnell wie möglich frei kamen. Oder man würde uns finden und retten. Hauptsache, es wäre bald vorbei.

Ach Brad! In meinen Gedanken war ich im Bungalow, im Bad, unter der Dusche. Mit ihm! Oh, wie wundervoll sich seine Hände auf meinem Körper angefühlt hatten. Wie erregend, als er das Duschgel auf mir verteilt und mich an die Fliesen gepresst hatte. Die Vorstellung war so gegenwärtig, dass ich glaubte, seinen Duft zu riechen. Diesen unglaublich männlichen, leicht herben Geruch. Und seine Muskeln sah ich vor mir, wie sie sich anspannten. Ganz besonders die unter seinem harten Bauch an den Lenden. Zwei sexy Stränge, die seinen steil aufragenden Schwanz flankierten wie steinerne Wächter. Unwillkürlich stöhnte ich auf, weil mir die Lust auf ihn selbst in dieser miesen Situation ein heißes Sehnen in den Unterleib schickte.

»Sarah, geht es dir nicht gut?« Katie war wach geworden und sah mich sorgenvoll an.

»Doch, alles bestens. Ich hatte nur gerade an Brad gedacht.«

»Oh. War es schön?«

»Sehr.«

»Wie geht es weiter mit euch?«, fragte sie und gähnte.

»Weiß ich nicht. Schlaf jetzt, Katie. Ich versuche es auch. Wer weiß, wann wir wieder dazu kommen.«

»Okay.« Sie kuschelte sich an mich und legte ihren Kopf an meine Schulter. Es tat gut, nicht allein zu sein, auch wenn ich mir wünschte, sie müsste das nicht durchmachen. Aber wenn ich nicht mit ins Krankenhaus gewollt hätte, dann wäre sie jetzt allein hier. Eine schreckliche Vorstellung.

Ich schloss ebenfalls die Augen. Bevor mich der Schlaf übermannte, dachte ich noch: *Egal was passiert, ich will, dass wir lebend aus der Sache rauskommen. Und ich will Brad! Selbst, wenn es mich meinen Job kostet.*

KAPITEL 27

Brad

»Siehst du, was ich sehe?« Wir hatten auf der Suche nach einem anderen Weg als dem Pfad den Berg schon halb umrundet, als eine Steilwand vor uns auftauchte.

Nun lag die Lösung direkt vor uns. Der normale Pfad, der sich nach oben schlängelte, wäre zwar bequemer, doch wir würden gesehen werden, bevor wir die Hälfte der Strecke hinter uns gebracht hätten. Wir hatten also wohl oder übel nur die Möglichkeit, nach oben zu klettern, denn das Hochplateau war auf üblichem Weg nur über den gut einsehbaren Pfad zu erreichen.

Früher war das der Aufstieg für Gleitschirmflieger gewesen, doch dieser Hotspot war wegen der schwierigen Erreichbarkeit bald in Vergessenheit geraten. Die Organisatoren starteten von den Vulkanen aus, damit die Kiter bei guter Thermik den Kratersee von oben sehen konnten. Ein atemberaubender Ausblick, den ich schon mehrfach genossen hatte.

Die Wand befand sich auf der rückwärtigen Seite und damit auch weit genug entfernt, um uns nicht zu hören, sollten wir doch mal einen Haken einschlagen müssen.

»Perfekt.« Scott nickte. »Lass uns besser Ranger informieren. Wir wollen ja schließlich nicht, dass der Polizeitrupp den Hang hoch rennt und die Typen aufscheucht.«

»Guter Einfall.« Ich holte das Funkgerät heraus und informierte Ranger. Der wartete immer noch auf Verstärkung, allerdings nun an der Stelle, an der ich mit meinem Hemd den Pfad markiert hatte. Sie würden also nicht vor Einbruch der Dunkelheit hier sein. Auch die Unterstützung aus der Luft würde noch dauern. Ich bat Ranger, die Luftunterstützung vorerst zu verschieben. Sie sollten sich bereithalten, aber erst auf mein Kommando starten. Im Moment wäre es ein unnötiges Risiko. Wir wussten nicht, was uns dort oben erwartete.

Nachdem alles geklärt war, packten Scott und ich unsere Rucksäcke aus. Seile, Haken und Kletterausrüstung legten wir an, den Rest ließen wir zurück. Nur die Pistole befestigte ich mit dem Halfter an meinem Bein. Sie würde mich nicht behindern. Seit meinem Absturz durch den Schlangenbiss war ich das Mitführen einer Waffe an meinem Knöchel gewohnt.

»Du hast genug Talkum für die Hände in den Gesäßtaschen? Die Felsen sind nicht wie deine Trainingswand.«

Scott sah mich finster an. »Ich mach das auch nicht zum ersten Mal, du Pfeife.«

»Hast ja recht. Tut mir leid.« Ich hatte Scott nicht

verärgern wollen, wir waren lange nicht mehr zusammen klettern gewesen und der Grund an diesem Tag war ernst. Aber das musste ich meinem Freund nicht erklären. Er wusste, wie viel davon abhing.

»Was meinst du, wie hoch die Wand ist?« Ich sah nach oben. »Dürften etwas mehr als dreihundert Höhenmeter sein, oder?«

Scott legte seinen Kopf in den Nacken. »Möglich, aber unwichtig. Wir müssen hoch.«

»Stimmt.« Ich verrieb Talkumpuder in meinen Händen. »Und hör auf jedes Geräusch. Wenn du auch nur den Verdacht hast, in einer Spalte könnte ein Tier sein, greif woanders hin.« Dieser Satz war seit damals unser Maskottchenspruch, bevor wir eine Wand hochkletterten. Scotts Ehefrau Gina hatte den Satz direkt nach der Hochzeit bei ihrer Rede zu ihm gesagt.

»Ich werde nie vergessen, wie du wegen dieser Schlange vor mir abgestürzt bist.« Scott klatschte in die Hände, was eine weiße Staubwolke aufsteigen ließ. »Meine Frau bringt mich um, wenn ich nicht lebendig zurückkomme.«

Ich lachte.

Scott war also bereit.

Wir klatschten uns ab und griffen in die Wand. Wie immer blendete ich alles um mich herum aus. In solchen Momenten war ich nur bei mir. Ich griff von Felsnase zu Felsnase, schob meine Schuhspitzen in schmale Spalten und arbeitete mich Meter für Meter nach oben, bis ich einen komfortablen Halt fand und mich nach Scott umsah. Er hing rechts leicht unter mir, zog aber mit dem nächsten Griff auf gleiche Höhe nach. Sein Gesicht wirkte vor Konzentration wie versteinert. Ich nickte kurz, bevor ich den Blick wieder auf die

Felsen über mir wandte. Mit jedem Griff in die Wand befeuchteten sich meine Finger. Ich wischte die linke Hand ab, steckte sie in meine mit Talkum gefüllte Gesäßtasche und kletterte weiter. Die von der Luftfeuchtigkeit benetzten Felsen glänzten an manchen Stellen. Besser wäre natürlich gewesen, wir hätten nicht eine Nordwand besteigen müssen, der einzige Vorteil war immerhin, nicht wie ein Insekt von der Sonne unter dem Brennglas geröstet zu werden.

Ich tastete mit der linken Hand über meinen Kopf und suchte nach Halt. Die Wand war spiegelglatt, keine Einbuchtung, keine Nase, nichts. Meine Linke ging zurück an ihre Ausgangsposition und ich tastete mit rechts nach einem Ausweg. Nichts. Auch hier gab es keinen Halt. »Scott, wie ist es bei dir drüben? Ich habe hier eine große Platte über mir.«

»Moment.« Ich hörte ihn atmen. »Wird eng. Ich weiche nach rechts aus. Versuch es besser links. Hier ist nicht viel.«

Seinem Rat folgend kletterte ich auf gleicher Höhe nach links, bis ich beim Tasten nach oben wieder Halt fand. »Bestens. Und bei dir?«

»Läuft.« Seine Stimme kam von oben, er war also höhenmäßig über mir.

Schweigend kletterten wir von Felsvorsprung zu Felsvorsprung. Auf halber Höhe gab es einen Überhang. Nur mit den Händen krallte ich mich an den überhängenden Felsen, zog mich seitlich dicht heran, schwang mein linkes Bein hoch, fand Halt und stemmte mich nach oben. Auf dem Überhang setzte ich mich hin. Mein Atem ging schnell, meine Finger fühlten sich verkrampft an und die Muskeln in meinen Armen und Beinen schmerzten. Kein Wunder, wir waren ungefähr eine Stunde ohne Pause geklettert.

Auf Scotts Höhe war die überhängende Kante nicht so breit, er kam gut hoch und setzte sich neben mich. »Geile Aussicht«, sagte er und sah so fertig aus, wie ich mich fühlte.

Wir überblickten das sattgrüne Dach des Urwalds. Ein riesiges Meer breitete sich unter uns aus. Atemberaubend.

»Snack gefällig? Nur kurz. Wir brauchen Kraft.«

Scott seufzte. »Die Wand fordert mir alles ab. Dir sicher auch. Ist ja nicht so, dass wir uns ausruhen könnten, wenn wir oben sind.«

»Lassen wir uns überraschen.« Ich reichte ihm zwei Proteinriegel und stellte die kleine Wasserflasche in die Mitte. Wir massierten unsere Waden und streckten die Finger mehrmals durch, bevor wir uns wieder auf den Weg machten. Die Wahrscheinlichkeit, an der Wand nochmals eine Pause zu bekommen, ging gegen null. Voll dunkler Vorahnung, dass es da oben nicht einfach sein könnte, Sarah und Katie zu befreien, machten wir uns auf den weiteren Weg.

Stück für Stück ging es höher. Die Wand verlief jetzt etwas schräger und machte es uns einfacher. Trotzdem versuchte ich, so viel Kraft wie möglich zu sparen, überlegte gut, wo ich mich hochzog.

Nach etwas mehr als vierzig Minuten erreichten wir die Kante. Prüfend blickte ich mich um. Hier oben lag einiges an Geröll herum, aber auch eine Handvoll knorriger Bäume konnte ich ausmachen, ebenso einige höhere Steine, die uns Sichtschutz gaben. In einiger Entfernung sah ich etwas Rauch. Offenbar hatten sie ein Feuer gemacht.

»Wir bleiben im Schutz der Steine!«, flüsterte ich, während wir uns geduckt von der Kletterausrüstung befreiten. Sollte es zu einem Kampf kommen, wollte ich mich frei bewegen können und nicht durch einen Klettergurt mit Zubehör behindert werden.

Scott legte seine Ausrüstung neben meine und blieb wie ich in der Hocke. »Besser, wenn wir von zwei Seiten kommen. Das erhöht unsere Chancen. Entdecken sie einen von uns, kann der andere eingreifen.«

Ich nickte und biss vor Anspannung die Zähne zusammen. Mit dem Kinn deutete ich nach rechts. »Du gehst da entlang, ich halte mich links.«

»Wir kesseln sie also ein.« Scott grinste. »Dann los!«

Fast zeitgleich huschten wir gebückt Richtung Steine, die so hoch waren, dass wir hinter ihnen in Deckung gehen konnten. Leider waren es nicht allzu viele, und als ich am dritten Stein ankam, stellte ich fest, dass auf dem Weg zum Feuer nur noch einer davon zur Verfügung stand.

Atemlos hielt ich inne, denn jetzt konnte ich die Lage gut überblicken. Ein Seitenblick nach rechts zu Scott zeigte mir, dass auch er alles gut sehen konnte. Er hob den Daumen, ich nickte.

Keine fünf Meter von mir entfernt sah ich zwei Männer an einem Feuer sitzen. Sie plauderten, sie lachten, und einer gab dem anderen einen Schlag auf den Hinterkopf.

Etwas abseits entdeckte ich Sarah! Ihr Anblick schnürte mir die Kehle zu. Sie schien zu schlafen, Katie ebenfalls. Sie hatte ihren Kopf an Sarahs Schulter gelehnt. Soweit ich erkennen konnte, waren sie nicht gefesselt. Das wunderte mich im ersten Moment, im zweiten jedoch war mir klar, warum. Jeder Fluchtversuch würde bemerkt werden, sie würden es nicht weit schaffen. Dazu kam, dass die Ticos Frauen generell unterschätzten. Die beiden Männer saßen den Sarah und Katie leicht zugewandt, konnten also jederzeit sehen, wenn sich eine entfernte oder irgendetwas anderes vorhatte.

Aber sie rechneten nicht mit einem Angriff. Um Scott und mich kommen zu sehen, müssten sie ihre Köpfe drehen. Davon war nur auszugehen, wenn wir Geräusche verursachten. Und sich unhörbar auf Geröll heranzupirschen, war auf diese kurze Entfernung unmöglich. Ich presste die Kiefer so fest aufeinander, dass es mich fast schmerzte, denn es blieb uns nur eine Möglichkeit.

Ich sah ein letztes Mal zu Sarah, die jetzt den Kopf hob und gähnte. Gut, sie war aufgewacht. Aber es kostete mich nun noch mehr Kraft, nicht sofort zu ihr zu stürmen. Ich musste cool bleiben, durfte mich auf keinen Fall bemerkbar machen, nur so hatten wir eine Chance. Das Überraschungsmoment musste auf Scotts und meiner Seite liegen.

Ich tastete nach der Waffe. Sie bei mir zu haben, gab mir Sicherheit. Zusätzlich hob ich einen Stein auf, der so groß war, dass ich ihn bequem in einer Hand halten konnte. Scott schien die gleiche Idee zu haben, auch er bewaffnete sich zusätzlich.

Mit der anderen Hand deutete ich ihm, dass wir angreifen sollten. In drei, zwei, eins … Los!

Meine Muskeln spannten sich schlagartig an, als ich aufsprang. In einer Hand hielt ich die Waffe, in der anderen den Stein. Mir am nächsten war der kräftigere der beiden Typen, und der sprang mit überraschender Schnelligkeit auf.

Doch da war ich schon bei ihm, holte aus, um ihm den Stein überzuziehen. Der Dicke verstand sich jedoch offenbar im Kampf und wich aus, rammte mir seine Faust in den Magen. Verflucht! Den Schlag hatte ich nicht kommen sehen! Kurz blieb mir die Luft weg.

Sarah schrie auf.

Nur vage bekam ich mit, wie Scott mit dem anderen Kerl kämpfte und einer von beiden zu Boden ging. Ich wusste nur nicht, wer.

Dann machte es Klick. Der bullige Typ sagte auf Spanisch: »Eine Bewegung und ich puste dir das Hirn raus! Wirf die Waffe weg!«

Gebückt verharrte ich auf der Stelle, den kalten Stahl einer Knarre an meiner Schläfe.

»Okay«, sagte ich und legte meine Pistole vor mich.

Hinter mir brüllte Sarah: »Brad! Oh mein Gott. Brad!« Vor mir kämpften Scott und der andere immer noch. Im Moment schien Scott vorn zu liegen, denn ich sah flüchtig, wie der andere gegen einen knorrigen Baum taumelte.

»Brad!«, hörte ich Sarah nochmals meinen Namen rufen. War sie wahnsinnig?!

Im nächsten Moment zuckte der Typ zusammen – ein Stein hatte ihn getroffen. Leider nur am Rücken. Es knockte ihn nicht aus, aber Sarahs Eingreifen hatte genügt, um die Aufmerksamkeit des Dicken von mir abzulenken.

»Du bleib weg, sonst tot!«, zischte der Typ über die Schulter.

Meine Gelegenheit!

Rasant warf ich mich zur Seite und packte dabei sein Handgelenk mit der Waffe. Klettern in Steilwänden zahlte sich auf Dauer aus, die Hände wurden unglaublich kräftig. Kaum jemand, der sich diesem Griff entziehen konnte. So auch nicht der Fettsack! Er wand sich, um zu verhindern, dass ich ihm sein Handgelenk brach, und sank in die Knie.

Erstaunt sah er mich an, als ich sein Handgelenk mit einer raschen Bewegung so weit verdrehte, dass es knackte, und ihm mit dem Stein, den ich immer noch in der Hand hielt, die Lichter ausschießen wollte.

Doch dann geschah etwas, mit dem ich im Leben nicht gerechnet hätte!

KAPITEL 28

Sarah

Brad! Er war es tatsächlich! Brad hatte uns gefunden! Das riss mich jäh aus meiner Erschöpfung. Wie hatte er unbemerkt den Pfad hochkommen können? Es war unmöglich erschienen, und doch hatte er es geschafft! Am liebsten wäre ich aufgesprungen und in seine Arme gelaufen. Wie ich mich danach sehnte, von ihm gehalten zu werden. Es machte mich unheimlich glücklich, zu wissen, er würde nicht zulassen, dass mir etwas geschah! Sonst wäre er nicht gekommen, oder? Er empfand etwas für mich. Es musste so sein!

Abgekämpft sah er aus. Das Haar klebte ihm feucht am Kopf, seine Augen waren halb zugekniffen und er sah aus, als wäre auch er an der Grenze seiner körperlichen Belastbarkeit. Und der Dicke hielt ihm eine Knarre an die Schläfe.

Ich musste etwas tun, musste Brad helfen. Aber wie?

Trotz der gefahrvollen Situation war ich in meinem ganzen Leben noch nie glücklicher gewesen als in diesem Moment. Instinktiv griff ich nach einem Stein. Ich holte aus, spürte einen Arm, der mich zurückhielt.

»Tu das nicht«, flüsterte Katie. »Halte dich zurück. Du bist schlecht im Werfen.«

Mein Kopf schaltete sich aus. Ich riss mich los, schüttelte Katie ab, die mich verzweifelt anflehte, mich zurückzuhalten.

Machte die Witze? Wie könnte ich das nur tun?

Da vorne war der Mann, nach dem ich mich sehnte! Er war gekommen, um mich zu retten, uns zu retten, wie könnte ich da tatenlos zusehen, wie er für unsere Freiheit kämpfte?

Sollte ich ängstlich auf meinem Hintern sitzen wie die Maus vor der Schlange und zusehen, wie der Mann, in den ich mich verliebt hatte, vielleicht jeden Moment wie ein Tier abgeknallt wurde? Niemals!

Es war absurd, aber ich schaffte es tatsächlich, tief auszuatmen und das Zittern in meinen Knien unter Kontrolle zu bekommen. Mit wilder Entschlossenheit holte ich aus und warf den Felsbrocken nach Victor. Der Stein traf ihn leider nur am Rücken und bewirkte rein gar nichts. Ich hatte zu schwach geworfen und sah die Fassungslosigkeit auf Brads Gesicht. Aber was hätte ich sonst tun können?

Victor zuckte nur etwas zusammen, drehte den Kopf, zielte mit der Waffe auf mich und funkelte mich zornig an. »Du bleib weg, sonst tot!«

Augenblicklich fingen meine Knie an zu schlottern. Ich hatte eine solche Scheißangst wie noch nie in meinem ganzen Leben. Eine Angst, die ich mir bisher nicht im Ansatz auch nur hatte vorstellen können.

Stocksteif blieb ich stehen, mein Herz raste und meine Beine wollten schon ihren Geist aufgeben.

Hinter mir wimmerte Katie. »Oh Gott, er wird auf dich schießen. Duck dich, Sarah!«

Ich sah zu ihr und duckte mich zeitgleich. Dann hörte ich von etwas weiter weg einen erstickten Schrei. Scott? Oder Alonso!?

Bitte bitte nicht Scott!

Für wenige Augenblicke war ich nicht in der Lage, mich in dieser zusammengekauerten Position zu bewegen. Ich starrte auf die beiden Männer, denn gleichzeitig mit Katies Worten und dem Schrei wurde Brad aktiv – und brach Victor das Handgelenk. Das knackende Geräusch ging mir durch und durch.

Verblüfft stieß ich die Luft aus und wusste intuitiv, was ich tun musste, hob erneut einen Stein auf – diesmal einen größeren – rannte zu Victor und ließ den Brocken auf seinen Hinterkopf sausen.

Vor meinen Augen kippte der kräftige Mann zur Seite wie ein nasser Sack.

»So, dieses Mal hab ich ihn an der richtigen Stelle getroffen!« Über mich selbst erstaunt, sah ich auf den bewusstlosen Mann hinunter. Ich war überrascht, welche Kraft in mir stecken konnte. Noch überraschter war ich, dass ich überhaupt schon wieder in der Lage war, ganze Sätze zu sprechen.

Ich hatte die Fäuste geballt und nach wie vor zitterte mein ganzer Körper vor Anspannung. Nie im Leben hätte ich geglaubt, dass ich jemanden niederschlagen könnte. Hoffentlich lebte Victor noch, denn einen Menschen töten, das wollte ich dann doch nicht.

»Respekt!« Brad kam in die Höhe, nahm Victors

Waffe an sich und steckte sie hinten in den Hosenbund. »Sarah, ich ...«

Brad sah mich an, dann an mir vorbei. Scott saß inzwischen auf Alonsos Rücken.

»Ich habe ihn sicher«, gab er Entwarnung. Kaum hatte er ausgesprochen, bäumte sich Alonso unter ihm und versuchte, sich freizukämpfen. Scott holte aus und verpasste ihm einen Kinnhaken. Alonso sackte zusammen. Scott zuckte die Schultern. »Der hätte nicht sein müssen, aber wenn er danach bettelt. Bitte.«

»Oh Brad, Brad! Du bist da, du lebst! Wir leben!« Mit einem Schluchzer fiel ich in seine Arme, umschlang ihn, so fest ich konnte, und schlagartig schoß mir das Wasser aus den Augen. Die Anspannung der letzten Stunden löste sich und rollte wie eine Lawine durch mich hindurch. Ich schlotterte in seinen Armen, meine Schultern zuckten, doch seine Umarmung tat so gut, so verdammt gut.

Brad hielt mich einfach fest, strich mir beruhigend über den Kopf. »Es ist vorbei«, flüsterte er. »Ich bin ja da.«

Innerhalb von Sekunden wurde ich ruhig. Seine Umarmung gab mir Sicherheit und verdrängte die Angst, die mich zuvor in ihren Klauen gefangen gehalten hatte.

Plötzlich spürte ich eine Berührung am Rücken. Schon zuckte ich entsetzt zusammen, rechnete damit, Victor hinter mir zu entdecken. Zu meiner grenzenlosen Erleichterung hörte ich Katies Stimme.

»Ja, wir leben. Gott sei Dank, das war echt heftig, oder Scott?«

Überglücklich wand ich mich aus Brads Armen, fiel Katie um den Hals. Wir hatten es überstanden. Ich mochte mir nicht vorstellen, was geschehen wäre, wenn die beiden nicht gekommen wären, um uns zu befreien.

»Wir müssen die Kerle mit irgendwas fesseln«, sagte Brad. »Sarah, hinter den Felsen liegen einige Kletterseile, hol sie her.« Er zeigte auf den bewusstlosen Victor. »Den behalte ich besser im Auge.«

Ich ließ Katie los, wischte mir die Tränen weg und atmete tief durch. Er hatte recht, wir durften jetzt nicht leichtsinnig werden. Doch mir fiel was Besseres als die Seile ein. »Ich habs!«, rief ich, stürzte zu meiner Handtasche und zog die Rolle Klebeband heraus.

»Du steckst voller Überraschungen.« Brad sah mich liebevoll an. »Klebeband ist definitiv sicherer als die groben Seile.«

Katie fing an zu lachen. »Dass ich dich einmal für deinen Fimmel, unnötiges Zeug mit dir herumzuschleppen, küssen könnte, hätte ich auch nicht gedacht!«

»Ich werde nie wieder etwas über Ginas volle Handtasche sagen.« Scott lachte und schüttelte den Kopf.

»Hey, ich schleppe das ja nicht absichtlich herum, ich vergesse nur, sie auszuräumen«, stimmte ich amüsiert ein.

Gemeinsam schleppten wir die bewusstlosen Männer an den Baum und lehnten sie sitzend dagegen, wobei Alonso es uns einfach machte, er lag in der Nähe. Allerdings hatte Scott ihn übel zugerichtet. Seine Unterlippe war aufgeplatzt und blutete, ein Auge war geschwollen, die Augenbraue darüber hatte ebenfalls einen Riss, und die Nase wirkte irgendwie schief. Aber er atmete. Genauso wie Victor, der von meinem Stein eine Platzwunde am Hinterkopf hatte. Den an den Baum zu ziehen, war Schwerstarbeit. Wie viel Kilo wog der Kerl? Hundertfünfzig?

Brad machte sich daran, Klebeband um die Hände der Entführer zu wickeln. Ich hatte beim Kauf darauf geachtet, dass ich extra reißfestes nahm. Es war eigentlich für das Abkleben der Fensterrahmen, Lichtschalter und Bodenleisten gedacht gewesen, weil ich mein Zimmer neu streichen wollte, die Aktion aber mangels Job und somit Geld auf unbestimmte Zeit verschoben hatte. Meine Erfahrung mit dünnem Klebeband war, dass es mir immer zerriss, noch bevor ich es an die Wand bringen konnte. Also hatte ich ein starkes, breites Klebeband besorgt. Das war jetzt ein echter Vorteil.

Wie in Trance beobachteten Katie und ich vom Feuer aus, wie Brad und Scott die Kerle mit einem ihrer Kletterseile am Baum fixierten.

Dann setzten sie sich zu uns.

Scott durchsuchte die Rucksäcke der Männer, zog Wasser heraus, ein paar ineinandergesteckte Pappbecher, eine Flasche Rum und Kaffeepulver.

»Möchte jemand Kaffee mit Rum?«, fragte er, so als ob wir auf einem Outdoortrip wären und in gemütlicher Runde beisammen säßen.

»Für mich nur Rum«, brummte Brad.

»Das nehme ich auch«, schloss ich mich an. Ich brauchte jetzt etwas Starkes, um die Erlebnisse der letzten Stunde hinunterzuspülen.

»Kaffee! Oh ja, Kaffee!«, stöhnte Katie.

Scott öffnete die Flasche und schenkte drei Becher je halb voll.

Das Zeug floss mir warm und scharf durch die Kehle und breitete sich wohlig in mir aus. Obwohl ich sonst eher keinen Alkohol trank und schon gar nicht so scharfes Zeug, tat es verdammt gut. Es beruhigte tatsächlich meine Nerven.

Auch Brad trank einen Schluck.

Ich hob den Kopf und sah zu ihm auf. Er sah schmutzig und verschwitzt aus, müde und erschöpft – aber für mich war er in diesem Moment der attraktivste und anziehendste Mann der Welt. Unwillkürlich zog es in meiner Magengegend. Ich wollte ihn für immer an meiner Seite haben, das wurde mir blitzartig klar! Nie wieder würde ich ihn gehen lassen, so wahr ich Sarah Moore hieß. Die Sarah, die sich geschworen hatte, nie etwas mit ihrem Boss anzufangen.

Da war nur noch eine Ungewissheit: Wollte er mich auch so sehr wie ich ihn?

KAPITEL 29

Brad

So schnell sich die Ereignisse überschlagen hatten, so schnell beruhigte sich die Situation auch wieder. Einer der Männer hatte Sarah wohl geschlagen, doch sie schien keine Schmerzen zu haben, zumindest sagte sie nichts. Der Bluterguss war klar zu erkennen. Ich mochte mir nicht vorstellen, was die Mistkerle mit den Frauen gemacht hätten, wenn sie das Geld erhalten hätten.

Es musste allerdings noch ein dritter Mann im Spiel sein, denn derjenige, der die Forderung in meinem Zimmer platziert hatte, hatte sich auf meinem Anwesen befunden, als die Kerle bereits mit den Frauen unterwegs in den Dschungel gewesen waren.

Nur weil hier im Moment alles ruhig war, hieß das nicht, die Gefahr wäre vorüber. Im Gegenteil! Der dritte Mann würde nervös werden.

»Ich muss Ranger informieren«, sagte ich knapp,

zog das Funkgerät aus der Halterung und entfernte mich so weit von den anderen, dass sie nicht hören konnten, was ich mit Ranger sprach. Meine Bedenken sollten Sarah und Katie nicht beunruhigen. Sie hatten genug mitgemacht.

Die Kleidung der Frauen war verdreckt und durchschwitzt, Sarah hatte eine ordentliche Beule an der Schläfe und Katies Beine hatten ebenfalls enorm gelitten. Ein Sommerkleid war für so eine Wanderung kein Schutz und entsprechend zerkratzt und zerstochen sah Katie aus.

Die Sonne stand bereits tief. Es würde schwierig werden, nachts abzusteigen. Aber das brauchten wir auch nicht.

Ranger informierte mich, sie könnten zu uns vorzustoßen, aber es stünde auch ein Helikopter zur Verfügung. Ob der jedoch in der Nacht dort hochflog?

Ich gab Ranger die Koordinaten durch.

»In dreißig Minuten geht die Sonne unter. Besser, ihr kehrt zurück, wir kommen hier klar. Es genügt, den Helikopter zum Sonnenaufgang loszuschicken. Auf dem Hochplateau kann er zwar nicht landen, aber er kann in einem Meter schweben und uns über eine Trittleiter zusteigen lassen. Aber das wissen die sicher. Wichtig ist, wir brauchen einen erfahrenen Piloten und auch jemanden, der uns hilft, die beiden Dreckskerle in den Heli zu verfrachten, sollten sie nicht freiwillig einsteigen, wovon ich ausgehe. Over.«

»Ich könnte in vier Stunden oben sein. Over.«

»Das bringt niemandem etwas in der Dunkelheit. Danke Ranger. Sieh eher zu, dass mein ganzes Anwesen durchsucht wird, ich will keine bösen Überraschungen erleben, wenn wir zurück sind. Over.«

Es knisterte in der Verbindung. Rangers Antwort konnte ich nicht verstehen, aber das spielte auch keine Rolle mehr, wir waren sowieso fertig. Er wusste, was zu tun war, und ich würde den anderen mitteilen, wie ich mit Ranger verblieben war. Mit Sicherheit waren sie nicht begeistert, die Nacht auf einem Hochplateau verbringen zu müssen.

Inzwischen hatte Katie für den Kaffee einen Topf mit Wasser gefüllt und auf die Steine über die Flammen gestellt. Schweigend starrten sie ins Feuer. Das Wasser dampfte.

»Ist der Kaffee schon fertig? Ich könnte einen vertragen«, sagte ich.

Katie nickte und reichte mir einen der Becher. »Und? Wie geht es jetzt weiter?«

»Ja«, meldete sich Sarah, »gehen wir heute noch zurück?«

Sie machte dabei ein Gesicht, als würde ihr der Gedanke, heute noch zu Fuß den Rückweg anzutreten, alles andere als gefallen.

»Die Sonne geht in dreißig Minuten unter. Es macht keinen Sinn, heute noch aufzubrechen. Und ein Helikopter wird uns in der Nacht nicht sicher an Bord bringen können. Es gibt hier oben für ihn keine Möglichkeit zu landen.«

Scott nickte. »Zu viele Steine, zu dunkel.«

»Richtig.«

Katie stöhnte gequält auf. »Muss das echt sein? Ich will endlich weg von hier.«

»Ich auch, glaub mir. Aber willst du etwa im Dunklen da runter?« Sarah zeigte den Berg hinab. »Und dann nachts durch den Dschungel marschieren?« Dann deutete sie auf Katies Beine. »Reicht dir das noch nicht?«

Katie verzog das Gesicht. »Doch. Aber ich muss ja so oder so den Weg zurück.«

Ich lächelte ihr beruhigend zu. »Hier oben ist es sicherer in der Nacht als unten im Regenwald. Bei Sonnenaufgang werden wir von einem Helikopter abgeholt. Keiner muss mehr durch den Dschungel.«

»Echt nicht?«, stieß sie sichtlich erleichtert aus.

»Nicht, wenn ich es vermeiden kann.« Ich zwinkerte ihr zu und trank von dem heißen Gebräu. Es war stark und schmeckte zu bitter. Die Bohnen waren zu lange geröstet worden. Aber an diesem Tag war mir das egal. »Scott und ich halten Nachtwache. Ihr könnt euch ausruhen.«

»Ich habe noch ein paar Energieriegel in der Tasche. Es ist nicht viel, aber es sollte reichen.« Scott klopfte auf seinen Rucksack. »Will jemand?«

Obwohl mir der Magen knurrte, lehnte ich ab. Ich hatte Reis und Bohnen gesehen. Das würde für alle ausreichen.

Sarah schüttelte den Kopf. »Ich habe keinen Appetit.«

Auch Katie lehnte ab. »Wie habt ihr uns überhaupt gefunden? Durch Sarahs Hinweise?«

Ich schmunzelte. »Wir sind euren Spuren gefolgt. Ihr habt genug hinterlassen. Sarah, dein letzter Hinweis hat uns dann schließlich gezeigt, dass ihr euch auf dem Plateau aufhaltet und nicht durch den Fluss gewatet seid.«

Sarah strahlte mich an. »Wie klasse!«

»Ja. Das war zwar leichtsinnig, aber auch verdammt clever.« Ich zeigte den Berg hinunter. »Wir haben vieles eingesammelt, es ist unten bei unseren anderen Sachen. Ich werde sie in ein paar Tagen abholen.« Es würde nicht schaden, wenn das Zeug ein paar Tage am Fuß der Steinwand lag.

»Ich kann immer noch nicht glauben, dass ihr hier seid. Dass jetzt alles gut ist«, sagte Sarah mit gedämpfter Stimme, nahm einen Schluck von ihrem Rum und sah zu mir auf. »Haben sie tatsächlich zwei Millionen für uns gefordert?«

»Jep, zwei Millionen Dollar.« Der dritte Mann war immer noch frei und genau das machte mir Sorgen. »Cody sitzt im Privatjet und ist mit dem Geld auf dem Weg nach Costa Rica. Wir konnten nicht sicher sein, dass wir euch rechtzeitig finden würden.«

»Du hättest bezahlt?« Sarah sah mich mit aufgerissenen Augen an.

»Ja. Was ist schon Geld gegen … zwei Menschenleben? Natürlich hätte ich bezahlt. Habt ihr gedacht, ich würde nicht zahlen?«

»Sagen wir mal so«, fuhr Sarah fort. »Es besteht ja die Möglichkeit, dass ...«

Katie schüttelte wild den Kopf. »Also ich dachte gar nichts, ich hatte einfach nur Scheißangst und habe gebetet, dass alles gut ausgeht.« Sie strahlte uns der Reihe nach an. »Und es ist gut ausgegangen.«

»Okay, aber eine Frage bleibt offen.« Sarah sah mich skeptisch an. »Wer ist jetzt eigentlich dieser Stone?«

Der Name riss mich zurück in die Vergangenheit. »Du kennst Stone?«

»Kennen ist übertrieben. Victor, also der kräftigere der beiden Kerle, sagte, er wäre ihr Auftraggeber. Ist er ein Konkurrent von dir? An der Käferplage ist er dann vielleicht auch schuld.«

»Letzteres ist unwahrscheinlich.«

»Du kennst diesen Mann?«, hakte sie nach.

»Wenn es der ist, den ich vermute, ja. Ziemlich gut sogar«, sagte ich alarmiert.

War Sheelas Sohn James in Costa Rica und würde er es tatsächlich fertigbringen, so eine Sauerei durchzuziehen und jemanden entführen zu lassen, um an Geld zu kommen? Ich würde es ihm tatsächlich zutrauen.

Sarah verzog das Gesicht. »Das hört sich gar nicht gut an.«

»In der Tat nicht.« Bei genauer Betrachtung ergab alles einen Sinn. James kannte sich auf der Farm aus, wusste den Code vom Haupttor und den zum Haus. Er konnte sich unbemerkt in der Hacienda und auf dem Gelände herumtreiben. Und er passte auf Katies vage Beschreibung. »Ich muss Ranger anfunken.«

Fast ängstlich sah sie mich an. »Sind wir in Gefahr?« Mit ihrem zerzausten Haar sah sie schöner aus denn je, trotz der in allen Farben schimmernden Beule an ihrer Schläfe.

»Nicht mehr. Aber es gilt, etwas herausfinden.« Ich stand auf. »Bleibt hier zusammen, ja? Keine Alleingänge in der Dunkelheit. Ich muss kurz mit Ranger sprechen.«

Mit dem Funkgerät entfernte ich mich ein Stück. »Brad an Ranger. Bitte kommen. Over.«

Ranger meldete sich umgehend. »Alles okay? Over.«

»Ja, alles okay, bis auf eines, was geklärt werden muss. Ruf bitte Sheela an. Frag sie, ob James bei ihr ist. Wenn nicht, soll sie herausfinden, wo er sich aufhält. Over.«

»Geht klar. Ich melde mich gleich wieder. Over and out.«

»Du vermutest James hinter der ganzen Sache?«, sagte Scott, als ich ans Feuer zurückkehrte, und stocherte mit einem Ast in der Glut. »Das kann ich mir nicht vorstellen.«

»Sarah hat die beiden Männer belauscht. Es war von einem Stone die Rede. Ich glaube nicht an eine zufällige Namensgleichheit.« Ich nickte zu den gefesselten Schwachköpfen. »Sind sie wach?«

»Sie waren wach, als Katie die Wunden etwas versorgt hat.« Scott hob die Hände. »Ich konnte sie nicht davon abhalten.«

Katie funkelte Scott wütend an. »Sie sind verletzt! Außerdem haben sie uns nichts getan. Im Gegenteil, sie haben uns mit Reis, Bohnen und Wasser versorgt.«

»Okay, ich meinte ja nur«, sagte er und hob entschuldigend die Hände. »Solange du die Männer nicht frei herumlaufen lässt, kannst du dich gern um sie kümmern. Die Verletzungen sehen jedoch meiner Meinung nach schlimmer aus, als sie sind.«

Aus dem Funkgerät erklang Rangers Stimme. Das war schnell gegangen. Ich meldete mich. »Schieß los, Ranger. Over.«

»Sheela erreicht James nicht. Ihre letzte Info von ihm ist, er müsste wegen eines lukrativen Geschäfts verreisen. Over.«

»Dann ist die Sache klar. Die Entführung war das lukrative Geschäft. Er wollte sich melden wegen der Übergabe. Vermutlich wird er wieder ins Haus schleichen. Bereite ihm ein Willkommen, das sich gewaschen hat. Und schick die Polizei weg. Sonst traut er sich vielleicht nicht ins Haus. Er soll noch nicht festgenommen werden. Dem Jungen verpasse ich eigenhändig einen

Denkzettel. Er wird sich wünschen, nie auf diese schwachsinnige Idee gekommen zu sein. Over.«

»Verstanden. Over and out.«

Scott schüttelte den Kopf. »Was ist nur mit James los?«

»Welcher Junge? James? James Stone?« Sarah runzelte die Stirn und verengte die Lider. »Und wer ist Sheela?«

KAPITEL 30

Sarah

Brads Mimik verfinsterte sich. »Das ist eine längere Geschichte.«

So. Eine längere Geschichte also?

Er wich mir aus, das merkte ich deutlich. Es war ihm peinlich, darüber zu reden. Möglicherweise sogar unangenehm. Also, wer zum Teufel war diese Sheela? Brads Schwester? Ich versuchte, mich mit dem Gedanken selbst zu beruhigen, doch eigentlich ahnte ich, dass hier keine Blutsverwandtschaft vorlag. Dafür gab Brad sich zu verschlossen.

Verdammt! Er durfte keine Ehefrau haben, denn das würde ihn zum Lügner und Betrüger machen. Alles würde ich ihm verzeihen können, aber das nicht!

»Wir haben die ganze Nacht Zeit.« Ich verschränkte die Arme, wollte wissen, wer diese Frau war. Es war mir wichtig.

Viel zu wichtig.

Plötzlich bemerkte ich Katies Blick auf mir. Oh! Genauso sah sie aus, wenn sie mir verkündete, dass sie das letzte Stück Schokolade gegessen oder vergessen hatte, einzukaufen.

»Katie? Willst du mir etwas sagen?«

Sie zog die Schultern hoch. Ich wusste genau, was das zu heißen hatte. Ja, sie wollte mir etwas sagen, konnte oder durfte aber nicht.

Und warum?

Plötzlich spürte ich eine sanfte Berührung an meiner Schulter. Brad drehte mich zu sich herum.

»Sheela ist meine Ex-Frau, Sarah.«

Brad sah mir tief und sehr ernst in die Augen. Ich beherrschte mich weiterhin und verzog keine Miene. Immerhin hatte er Ex-Frau gesagt, und nicht Ehefrau.

»Ah, Ex-Frau.« Und das wusste Katie und hatte die Order, die Klappe zu halten? »Und dieser James ist wahrscheinlich dein Sohn.« Ich wunderte mich, wie fest meine Stimme klang. Brad hatte einen Sohn! Einen erwachsenen Sohn!

»Na ja«, meldete sich Katie zu Wort und sah mich verlegen an. »Ich hatte ein Foto gesehen und Scott hat es mir erzählt. Aber wir meinten, du solltest es von Brad erfahren. Und irgendwie ist es ja auch unwichtig, oder? Viele Menschen haben Ex-Frauen, Ex-Männer, Ex-Freunde. Was ist schon dabei?«

»Nichts. Schon gut.« Ich konnte gerade nicht aus meiner Haut heraus, hob die Hände und trat einen Schritt von Brad zurück. »Geht mich ja auch nichts an. Überhaupt nichts. Ist ja nicht so, dass du einen Sohn hättest, Brad. Dein missratener Nachwuchs hat ja nur

Katie und mich entführen lassen. Feiner Sohn, wirklich fein.«

Eigentlich wollte ich nicht die Beleidigte spielen, aber ich konnte nicht anders, ich war sauer. Er hätte mir sagen können, dass er verheiratet gewesen war. Wer wusste, ob da nicht noch was lief und seine *Sheela* hinter allem steckte?

»James ist nicht mein Sohn.«

Ich war viel zu sehr in Fahrt, als zu bemerken, was er gesagt hatte. Ich war der Ball, der angestupst wurde und losrollte. Anhalten unmöglich. »Ging es dem kleinen James - oder vielleicht deiner *EX* – tatsächlich nur um Geld? Vielleicht wissen sie ja auch von dir und mir und deswegen ...«

»Hörst du nicht zu?! Er ist nicht mein Sohn.«

Erst jetzt sickerte die Information in meinen Verstand. »Er ist nicht dein Sohn?«

»Nein. Und jetzt hör mir bitte zu. Sheela war noch sehr jung, als sie schwanger wurde. Sie hat den Jungen über viele Jahre hinweg allein großgezogen. Er war immer schon anstrengend. Seit Jahren macht er Schwierigkeiten – kleinere Einbrüche, Drogenkonsum, so was eben. Jetzt kommt Entführung dazu. Vor vier Wochen war er bei mir in der Firma und wollte er Geld. Ich habe ihm angesehen, dass er es für Drogen brauchte. Also habe ich ihm nichts gegeben.«

»Und mit der Entführung wollte er also an dein Geld?«

Ich konnte es kaum fassen. Deshalb hatte man uns in einen entlegenen Winkel im Dschungel geschleppt? Weil ein kleiner Hosenscheißer Geld für Drogen brauchte? »Dem sollte man mal ordentlich den Hintern versohlen. Wie alt ist er eigentlich?«

»Er ist vor zwei Monaten neunzehn geworden. Und glaub mir, der Junge wird sich einpinkeln, wenn ich ihn in die Finger kriege.«

»Hm.«

»Das heißt?«

»Ich weiß nicht, was das heißt«, sagte ich. Ob ich ihn fragen sollte, ob da noch was lief zwischen ihm und dieser Sheela?

Fragend sah ich Katie an, doch die verdrehte die Augen Richtung Himmel und schüttelte leicht den Kopf. Nun gut, scheinbar war ich auf dem Holzweg und nur ich kapierte das als Letzte.

Sah ganz danach aus.

Brad wirkte plötzlich, als wolle er mir etwas Wichtiges mitteilen. Im nächsten Augenblick stand er auch schon auf und streckte mir seine Hand hin. »Wollen wir ein Stück gehen?«

Als ich nicht sofort antwortete und versuchte, gleichzeitig mein Gedankendurcheinander und das wilde Herzklopfen in den Griff zu kriegen, stupste Katie mich an.

»Mensch, Sarah, die Beule hat wohl dein Denkvermögen blockiert. Los jetzt, steh auf.«

»Ich mach ja schon. Immer langsam. Einverstanden. Lass uns ein Stück gehen«, sagte ich hastig und hoffte, er bemerkte nicht, wie mir die Röte ins Gesicht schoß, als ich meine Hand in seine legte und er mir half, aufzustehen.

»Wir sind gleich wieder hier«, sagte Brad zu Scott und Katie.

»Lasst euch ruhig Zeit.« Scott zwinkerte uns zu. »Wir kommen hier schon klar.«

Schweigend entfernten wir uns von den anderen,

schlugen Hand in Hand den Weg in die Dunkelheit des Hochplateaus ein. Meine Hand in seiner fühlte sich seltsam vertraut an. Doch von einer entspannten Lage waren wir meilenweit entfernt. Ich spürte Brads Nervosität beinahe körperlich und mir ging es nicht anders.

»Sarah?«, begann er und in seine Stimme war rau.

»Ja?«, antwortete ich hastiger, als ich beabsichtigt hatte, denn ich hatte darauf gewartet, dass er den Anfang machen würde.

»Du hast nicht ernsthaft bezweifelt, dass ich das Geld bereitstellen würde?«

Mit der Frage hatte ich jetzt nicht gerechnet. Mit was eigentlich sonst? Mit einer Liebesklärung? Ich sollte auf dem Boden der Tatsachen bleiben. Die leichte Enttäuschung, dass meine Erwartung nicht erfüllt wurde, brach dann auch prompt durch.

»Woher soll ich das denn wissen? Du verhältst dich ambivalent. Erst klaust du mir meinen Parkplatz, dann gibst du mir einen Job, später schlafen wir miteinander. Doch das bedeutet dir nichts und du willst mich in eine andere Abteilung versetzen, um mich loszuwerden. Woher soll ich wissen, was du tun wirst oder willst?«

»Es tut mir leid. Ich hatte das alles so nicht geplant.«

»Das wäre ja auch noch schöner!« Ich zog meine Finger aus seinen, stemmte die Hände in die Hüften und funkelte ihn an.

Plötzlich verringerte er die Distanz zwischen uns, stellte sich vor mich. »Können wir jetzt mit dem Theater aufhören?«

Ich schluckte und nickte schließlich. Mehr war mir nicht möglich, sein Duft und seine Nähe machten mich kurzzeitig sprachlos. Ich sehnte mich so sehr nach

Brads Berührung, dass es mir schwerfiel, die starke Sarah zu bleiben.

Er hob die Hand und strich mir sanft über die Schwellung an der Schläfe. »Tut es sehr weh?«

»Nein.« Meine Stimme klang rau und ich senkte den Kopf.

»Hey, sieh mich an.« Sanft legte er einen Zeigefinger unter mein Kinn und hob es an. »Ich wollte dir widerstehen, aber du machst es mir nicht leicht. Du hast gesagt, du brauchst den Job.«

»Das tu ich auch. Natürlich brauche ich einen Job!«

Was sollte das jetzt? Ich wollte nicht darüber reden, wie das nach unserer Rückkehr sein würde.

»Das weiß ich. Aber deine Augen sagen noch mehr. Viel mehr.« Behutsam strich er mir eine Haarsträhne zurück und ich wich seinem Blick etwas verlegen aus.

»So, was sagen sie denn, meine Augen?«, presste ich hervor und zog mich von ihm zurück, brachte mit einem langen Schritt Abstand zwischen uns, trat auf einen Stein und taumelte noch ein Stück weiter zurück. Ich schwankte, merkte zu spät, wie steil es hinter mir hinunter ging.

»Halt!«, rief Brad aus, riss mich zu sich und führte mich ein paar Schritte vom Abhang weg. Dann umschlang er mich und hielt mich fest.

Mein Herz raste und meine Knie wurden so verdammt weich, dass ich mich an ihn klammerte. Aber nur kurz, dann schob er mich an den Schultern ein Stück zurück und sah mir tief in die Augen.

»Sarah, was ich dir jetzt sage, meine ich ehrlich: Ich will nie mehr ohne dich sein.«

Wie sehr hatte ich diese Worte ersehnt. Aber so einfach wollte ich es ihm jetzt doch nicht machen. Ich war nicht nur eine Kämpfernatur, auch eine Frau. Und die ließ ihn nun erst einmal zappeln.

»Und das soll ich dir glauben? Warum? Einfach so, weil du es sagst?«

»Ja, weil ich es sage. Und weil ich es dir jetzt auch genau erkläre. Die letzten Stunden waren die schlimmsten meines Lebens.«

»Wem sagst du das.«

»Es hat mich fast umgebracht, dich in den Klauen dieser Kerle zu wissen. Ich musste euch suchen. Und finden. Ich konnte mich nicht auf die Polizei verlassen. Die hätten Tage gebraucht.«

»Ich …«, setzte ich an, musste mich aber erst sammeln, bevor ich die Worte, die mir tief im Herzen lagen, aussprechen konnte.

Amüsiert beobachtete er, wie ich mit den Worten rang.

»Ja? Sprich weiter«, sagte er mit einem belustigten Blitzen in den Augen. »Okay, dann rate ich jetzt einfach, was du sagen wolltest: Ich bin dein Held, und du wirst mich dafür immer lieben?«

»Du bist ein eingebildeter Kerl, das bist du.« Ich boxte ihm spielerisch auf die Brust, und bemühte mich dabei erfolglos, mir ein Lachen zu verkneifen.

»Der eingebildete Kerl wird dich jetzt küssen.«

Ich sah zu ihm hoch, bebte ihm entgegen, mein Körper erzitterte, diesmal nicht vor Angst, sondern vor süßer Erwartung auf das, was jetzt kommen würde.

Sanft berührte er mit seinen vollen, leicht rauen Lippen meinen Mund. Ich konnte nicht anders, als mich diesem Kuss zu ergeben, und schlang meine Arme um ihn, presste meinen Körper an seinen.

Atemlos lösten wir uns voneinander.

»Wie hatte ich nur annehmen können, dieser Frau jemals zu widerstehen?«, sagte er mit erstickter Stimme. Dann grinste er. »Du bist wieder ohne Job, das weißt du, oder?«

»Na und? Ich finde einen anderen Job.«

»Da wirst du aber die Finger vom Boss lassen, damit das klar ist.«

Mit einem Grinsen zog er mich an sich und küsste mich lang und sehr zärtlich.

Das war der Moment, in dem mein Körper reagierte, bevor der Kopf ihn daran hindern konnte. Wir konnten hier jetzt unmöglich Sex haben! Nicht nach diesem Tag und so dreckig, wie wir waren. Ganz unmöglich!

Doch als er mich an sich zog und ich seine starken Muskeln und seine Erregung an meinem Körper spürte, war ich nur noch Gefühl und konnte nicht anders, als mich fallenzulassen.

Ich legte eine Hand in seinen Nacken, stellte mich auf die Zehenspitzen.

»Brad«, murmelte ich mit erstickter Stimme an seiner Wange, die sich rau anfühlte von seinem Bartschatten, und presste meine Lippen darauf.

»Ja?«

»Ich möchte …« Verlegen brach ich ab.

»Was möchtest du?«, fragte er mit einem amüsierten Ton in seiner Stimme.

»Du weißt schon …« Warum konnte ich es nicht einfach aussprechen?

»Dass wir jetzt miteinander schlafen?«, half er nach. Diese deutlichen Worte und seine Erregung an meinem Unterleib lösten ein fast unerträgliches Sehnen in mir aus.

»Ja«. Ich ließ meine Lippen auf seine wandern. »Ich

möchte dich so gern … spüren. So wie in der Dusche. Aber …«

»Aber?« Er hob mein Kinn an und sah mir tief in die Augen.

»Ich habe nichts dabei, womit wir verhüten könnten.«

Plötzlich lachte er auf, griff sich in die Hosentasche und zog ein Kondompäckchen hervor. »Aber ich. Kommt dir das bekannt vor?«

Lachend lehnte ich meine Stirn an seine Brust. »Ach du Schande, du hast es gefunden.« Ich hob den Kopf wieder. »Das kannst du vergessen, die Dinger liegen schon ewig in der Tasche.«

»Schade. Ich hätte gern gewusst, ob es tatsächlich nach Himbeeren schmeckt.«

»Machs auf und probiere.«

Er verzog das Gesicht und steckte das Päckchen wieder weg. »Lieber nicht. Darf ich dafür etwas anderes probieren?« Dann küsste er mich.

Für einen Atemzug fühlte ich mich verlegen, als er mich aus dem Kuss entließ, seine Finger unter mein Shirt fuhren, meinen Rücken streichelten, meine Brüste, und er es mir schließlich über den Kopf zog. Dann sah ich ihm dabei zu, wie er sich seines Shirts entledigte. Beim Anblick seines nackten Oberkörpers wurde mein Mund trocken.

Mein Atem ging schnell und zwischen meinen Beinen zog es sehnsuchtsvoll.

Ich wollte diesen Mann so sehr. Hier und jetzt. Er war … so ungeheuer männlich und stark! Zitternd atmete ich aus, als er mit einem langen Schritt bei mir war.

Was für ein Anblick! Was für ein unfassbar attraktiver und muskulöser Mann!

Seine Erektion beulte die Hose deutlich aus, und ich konnte es kaum erwarten, sie endlich zu befreien.

Plötzlich nahm er mich an den Hüften und schob mich ein Stückchen von sich weg. »Nicht hier. Nicht jetzt«, sagte er heiser und die Stimme brach ihm weg. »Die anderen ... wir müssen ...«

»Gar nichts müssen wir. Ich will dich. Jetzt«, antworte ich wie aus der Pistole geschossen.

»Nein.« Er schluckte und schüttelte den Kopf. »Ich möchte dich auch, Sarah. Aber nicht so, nicht hier. Lass uns bis morgen warten, okay?«

Um nichts in der Welt hätte ich jetzt noch einen Rückzieher gemacht. Das Verlangen, von ihm sofort genommen zu werden, mich besitzen und ausfüllen zu lassen, war übermächtig und kaum auszuhalten. Aber ich musste ihm recht geben. Der Zeitpunkt war nicht gerade der beste. Also nickte ich beherrscht.

»Vernünftiges Mädchen«, sagte er, küsste mich auf die Stirn und nahm meine Hand. »Wir müssen zurück. Die anderen werden sich sonst Sorgen machen.«

Ich seufzte, denn am liebsten hätte ich genau hier die Nacht mit diesem Mann verbracht. »Gestattest du, dass wir uns vorher wieder vollständig anziehen?«

Die Sonne versank gerade hinter dem Horizont und tauchte das Dach der unter uns liegenden Bäume in ein unwirkliches Licht aus Purpur.

»Wie wunderschön«, flüsterte ich und lehnte mich

an seine starke Brust. Ich fühlte mich geborgen wie schon lange nicht mehr.

»Ja, das ist es.« Er umfing mich mit seinen Armen und hielt mich fest. »Weißt du was, Sarah? Bei aller Gefahr, der du ausgesetzt warst, schaffst du es, dieses kleine Naturschauspiel zu genießen. Das finde ich bemerkenswert. Aber mich damit anzustecken, grenzt an ein Wunder. Normalerweise bin ich nicht der Sonnenuntergangbetrachter.« Er küsste mich lachend auf die Stirn, dann schwiegen wir, standen einfach so da und sahen die Sonne untergehen.

In diesem Augenblick befiel mich das sichere Gefühl, dass Brad und ich zusammengehörten. Vielleicht für immer.

Mit einem Mal war dieser Moment etwas Besonderes. Er würde für immer uns gehören. Unglaublich, wie entspannt ich nach einem Tag in den Händen der Entführer hier mit Brad stehen konnte. An seiner Seite verblassten die Ereignisse der letzten Stunden zu einem unwirklichen Traum. Was ein Tag im Ausnahmezustand alles verändern konnte! Nur ein einziger Tag ...

Aneinandergeschmiegt beobachteten wir, wie sich wenige Minuten später die Nacht über den Dschungel legte.

KAPITEL 31

Brad

Hinter uns hüstelte es.

»Ich störe ja ungern, aber ich wollte fragen, ob du die Schicht übernehmen könntest, Brad. Uns fallen die Augen zu«, sagte Scott.

Ich nickte. »Klar, wir wollten sowieso gerade wieder zu euch kommen.«

Mir stand zwar eher der Sinn danach, Sarahs wunderbaren Körper den Rest der Nacht zu erkunden, aber das würden wir auf später verschieben. Heute waren wir alle ziemlich fertig. Sobald wir zurück auf meiner Hacienda wären, geduscht und was ordentlich gegessen hätten, würde ich mich mit Sarah zurückziehen.

Wir gingen mit Scott wieder zum Feuer, wo uns Katie Pappbecher mit frischem, heißen Kaffee reichte. »Ich nehme mal an, ihr bleibt zusammen wach.« Sie zwinkerte uns zu. »Ich werde mich jetzt schön hier ans Feuer kuscheln, wenn´s recht ist.«

»Natürlich«, sagte Sarah, nahm den Becher entgegen und gab ihrer Freundin einen Kuss auf die Wange. »Danke, Katie, du bist ein Schatz. Und wir passen auf, dass kein Skorpion dir etwas tut.«

»Und auch keine Schlange«, fügte ich hinzu.

Katie wurde kurz blass. »Da bitte ich doch drum. Ich bleibe nah bei euch.« Dann legte sie sich auf den Boden neben Sarah in die Seitenlage, bettete ihren Kopf auf einen Stein und schloss die Augen. »Gute Nacht«, sagte sie und gähnte.

»Ich schließe mich an«, meinte Scott und nahm neben meinen Füßen seine Schlafposition ein. »Auch wenn die wahrscheinlich kurz wird. Weck mich, wenn ich dran bin.«

»Geht klar.« Ich nahm einen Schluck vom Kaffee und lächelte Sarah zu. »Wenn du willst, kannst du auch schlafen.«

Sie schüttelte den Kopf und deutete auf den Becher in ihrer Hand. »Dieser Kaffee ist in der Lage, Tote aufzuwecken. Außerdem finde ich es gerade ziemlich romantisch. Du nicht?«

»Sehr sogar.« Ich legte einen Arm um ihre Schultern und zog sie an mich. »Ich glaube, das letzte Mal, das ich mit einer schönen Frau an einem Lagerfeuer gesessen habe, war in meiner Kindheit. Und die Frau war eine Betreuerin des Feriencamps.«

»Also eher alles andere als romantisch.« Sarah gähnte.

Ich lachte. »Eher abenteuerlich.«

»Das glaub ich gern«, sagte sie und nahm einen

weiteren Schluck vom Kaffee. Dann lehnte sie ihren Kopf an meine Schulter.

Ich atmete ihren Duft ein und fühlte mich so wohl wie noch nie in meinem Leben. Diese Frau verkörperte alles, was ich liebte. Stolz, Mut, Sanftheit, Leidenschaft, Humor, Starrsinn.

Eine fantastische Frau! Und die schnarchte jetzt ganz leicht.

Lächelnd nahm ich ihr den Becher aus der Hand und schüttete den Rest davon in meinen.

Dann starrte ich ins Feuer. Ich würde so lange wach bleiben, bis man uns abholen käme. Ich wollte nicht schlafen, und ich konnte es wahrscheinlich auch nicht. So war das bei mir immer. Wenn mich etwas beschäftigte, hielt mich das wach. Und jetzt beschäftigte mich Sarah; mein Gefühl für sie, das sich so umwerfend anfühlte und das ich endlos genießen wollte. Ich freute mich auf eine Zukunft mit ihr. Sie würde es mir mit Sicherheit nicht leicht machen, aber genau das wollte und brauchte ich: eine Partnerin, die sich nicht von meinem Geld oder meinem Status beeindrucken ließ. Eine Partnerin auf Augenhöhe.

Ein knatterndes Geräusch weckte mich auf. In der Nacht hatte ich mit Scott die Wache getauscht und mich mit Sarah im Arm vor dem Lagerfeuer schlafen gelegt. Verschlafen öffnete ich die Augen und blinzelte. Das Geräusch kam näher, wurde lauter. Sarah gab ein unwilliges Brummen von sich, wachte jedoch nicht auf.

»Der Heli ist da.« Scotts Gesicht erschien vor meinem. »Katie und ich haben bereits alles zusammengepackt und das Feuer gelöscht. Komm, steh auf. Es geht zurück. Und du musst bei den Kerlen am Baum helfen.«

»Gib mir drei Minuten«, sagte ich leise und bewegte mich nicht, um Sarah nicht so abrupt aus dem festen Schlaf zu reißen, den sie ganz offensichtlich hatte. Süß sah sie aus, so friedlich und … wunderschön. Auch wenn die Beule mittlerweile alle möglichen Farben angenommen hatte, eine schöne Frau konnte nichts entstellen.

Zart strich ich ihr über die Wange und gab ihr einen Kuss auf die Stirn. »Hey, Schlafmütze«, flüsterte ich. »Aufwachen.«

»Hm?« Träge öffnete sie Augen. Als sie mich erblickte, lächelte sie und mein Herz quoll über. »Oh, guten Morgen, Brad. Sag mal, was ist denn das für ein Krach?«

»Der Heli holt uns ab. Willst du mitfliegen?«

Sie kuschelte sich grinsend an mich. »Wenn du so fragst, nein. Wir beide bleiben hier und lassen uns morgen abholen.«

»Nette Idee. Gegenvorschlag: Auf der Hacienda können wir auch allein sein und es ist wesentlich gemütlicher. Dort gibt es sogar Duschen.«

»Überredet!« Sie grinste, gab mir einen Kuss und stand auf. »Duschen! Das Zauberwort des heutigen Tages.«

Dann wurde es windig. Der Helikopter senkte sich Richtung Plateau. Staub wirbelte um uns herum auf, als er ungefähr einen Meter über dem Boden schwebte, da der felsige Untergrund keine Landung zuließ. Es sah ganz so aus, als hätte der Pilot seinen Helikopter perfekt im Griff.

Ranger sprang heraus und rannte geduckt zu mir.

»Dann mal los.« Er klopfte mir auf die Schulter. »Alles klar?«

Ich nickte und zeigte auf die Entführer. »Die zuerst.«

Wider Erwarten leisteten weder Alonso noch Victor Widerstand, zur Sicherheit ließen wir ihre Hände gefesselt.

Scott half Katie hinein, bevor er selbst einstieg und dann Sarah die Hand reichte. Ich verließ das Plateau als Letzter.

Während des Fluges musste sich Ranger natürlich die ganze Geschichte erzählen lassen und lauschte Sarahs und Katies Schilderungen, die abwechselnd erzählten. Den Part mit der Steilwand überließ ich Scott.

Nach fünfundzwanzig Minuten landeten wir auf dem kleinen Flugplatz, an dem wir vor wenigen Tagen angekommen waren. Dort standen schon zwei Polizeiwagen bereit und warteten auf uns. Sobald wir ausgestiegen waren, übernahmen gleich vier Polizisten die Entführer. Ich verschwieg ihnen, wer der dritte Mann war, und hoffte, die beiden Kerle würden James zunächst nicht erwähnen, wie ich ihnen in einem stillen Moment während meiner Nachtwache eingetrichtert hatte. Doch ich schätzte sie so ein, dass sie alles taten, um ihre Haut zu retten. Fragte sich nur, wie lange das dauern würde.

Müde und fertig stiegen wir in Rangers Jeep. Gleich würden wir auf der Hacienda sein. Die Fahrt verlief erstaunlich schweigend, so hatte ich etwas Muße, um nachzudenken. Aber das hatte ich ja bereits die halbe Nacht über getan. Ich fragte mich immer noch, was ich mit James anstellen sollte, wenn ich ihn in die Finger bekam. Ich konnte ihn weder davonkommen lassen, noch der Polizei übergeben. Er würde für Jahre ins Gefängnis gehen. Das wollte ich nicht. Die nächste Frage war, wie ich eine längere Haftstrafe verhindern konnte. Natürlich musste er bestraft werden, daran bestand kein Zweifel. Dass ein costa-ricanisches Gefängnis einer Läuterung in die Hände spielte, wagte ich allerdings zu bezweifeln. Im Gegenteil, es würde alles verschlimmern. Die Behörden hier waren bestechlich. Ich würde einen Weg finden, wie James zu einer Strafe kam, die er verdiente, und ihm dabei trotzdem geholfen werden konnte.

Wir waren da. Langsam öffnete sich das Tor und in die Truppe kam wieder leben.

»Essen. Duschen. Pool!«, stöhnte Katie auf und sprang als Erste aus dem Wagen.

Sarah tat es ihr gleich. »Dann dusche ich zuerst!«

Scott verabschiedete sich mit einem Gähnen. »Ich hole Schlaf nach, bin fertig.«

Kaum waren alle verschwunden, sprach Ranger mich an. »Du und Sarah, ihr seid jetzt ein Paar?«

»Ja, ich denke schon. Warum?«

»James könnte eine Gefahr darstellen, wenn er herausfindet, dass du eine neue Frau an deiner Seite hast.« Ranger sah mich besorgt an. »Sei vorsichtig und aufmerksam.«

»Ich nehme ihn mir vorher zur Brust, ich werde ihn suchen und finden. Der Junge braucht Hilfe.«

»Ja, harte Arbeit, das fehlt ihm!«

»Ranger, du bringst mich auf eine Idee.« Ich klopfte ihm auf die Schulter und lehnte mich an den Wagen. »Ich glaube, ich weiß, was ich mit ihm mache, wenn ich ihn in die Finger bekomme.«

»Ach, noch was. Sheela war beunruhigt. Vielleicht

solltest du sie auf den Stand der Dinge bringen.«

»Ja, das werde ich tun. Aber erst später. Jetzt brauche ich erst einmal eine Dusche und was Ordentliches in den Magen. Danach kommt Sheela dran, obwohl ich mich liebend gern zuerst um eine andere Dame kümmern würde.«

Ranger grinste. »Es ist also ernst?«

»Ich denke, das ist es.«

»Wurde auch Zeit, wenn ich das sagen darf.« Er tippte sich an den Hut und nickte in Richtung Haupthaus. »Ich gehe jetzt, vorher kontrolliere ich noch mal das Gelände.«

»Danke, Ranger. Für alles!« Mit ausladenden Schritten eilte ich in Richtung Schlafzimmer.

Ich hatte solchen Hunger, dass ich einen Ochsen hätte vertilgen können. Mit Sicherheit hatte meine Haushälterin alles für ein ordentliches Frühstück vorbereitet. Für heute würde ich mir eine Auszeit gönnen, bevor ich mich wieder mit der Plantage beschäftigen musste. Eine Auszeit, die ich gedachte, hauptsächlich mit Sarah zu verbringen.

Wie erwartet, fand ich in der Küche alles vorbereitet, was ich für ein Frühstück benötigte. Croissants, Butter, Marmelade, etwas Käse und Schinken, Kaffee in einer Kanne, Orangensaft. Ich schnappte mir das Tablett und ging voll beladen in Richtung Schlafzimmer. Der Gedanke, mit Sarah im Bett zu frühstücken, war verlockend.

Mit dem Ellbogen drückte ich die Türklinke hinunter, stieß mit dem Fuß die Tür auf, trat ein – und schnappte nach Luft.

»Verflucht!« Mehrere Schubladen standen offen, der Inhalt lag auf dem Boden verstreut. Entsetzt stellte ich das Tablett auf dem Tisch ab. War da ein Rumpeln in meinem Ankleidezimmer?

Da ging die Tür auf. »Brad? Kann ich bei dir duschen? In unserer Dusche sitzt eine riesige Spinne, da bekommt mich keiner …«

Mit einem Satz war ich bei ihr. »Leise! Kein Ton!«

Sie stand nur in ein Badetuch gewickelt vor mir. Schnell zog ich sie ins Zimmer, drehte mich um und lauschte. Tatsächlich, ich hatte mich nicht verhört. Es war noch jemand hier. Verdammt!

»Sarah«, zischte ich, »du solltest gehen. Sofort.«

»Aber warum? Brad? Was ist hier los?« Sie ging Richtung Badezimmer.

»Später!«

Ich wollte sie zurückziehen, sie musste hier verschwinden. Aber noch bevor ich sie zu greifen bekam, um sie aus der Tür zu schieben, kam mir jemand zuvor.

James!

Er kam aus dem Ankleidezimmer, blieb einen Atemzug lang in der Tür stehen und erfasste die Situation mit einem Blick. Schneller, als ich reagieren konnte, schnappte er sich Sarah und hielt ihr ein Messer an die Kehle. Sie gab ein ersticktes Geräusch von sich.

»Jetzt wirst du mir das Geld geben«, drohte er mit leerem Blick. Das dunkelblonde Haar stand ihm wirr vom Kopf ab.

»James, was soll das? Sei doch vernünftig, mach dir nicht deine Zukunft kaputt.« Ich versuchte, ruhig mit ihm zu sprechen.

Er lachte auf. »Ich? *Du* hast alles zerstört. Jetzt hole ich mir nur, was mir zusteht.«

»Ich war noch nie für dein Leben verantwortlich

und bin es jetzt auch nicht. James, bitte. Die Drogen zerstören dein Leben, nichts sonst.«

»Gib mir das Geld!« Er fuchtelte mit dem Messer herum, als wollte er mich dadurch überzeugen, ihm Geld zu geben.

»Cody hat es gebracht, es ist nebenan.« Ich zeigte in das Ankleidezimmer, das James zuvor erfolglos durchsucht hatte.

»Da ist nichts, das weißt du genau!« James Stimme zitterte, ebenso seine Hand. Ich sah, wie sich die Spitze des Messers in Sarahs Haut bohrte. Etwas fester, und es würde sie aufritzen.

Es kostete mich große Überwindung, nicht die Waffe zu ziehen, die ich immer noch an meinem Fuß trug. Die Zeit, danach zu greifen, würde ihm ausreichen, Sarah zu verletzen, wenn nicht gar zu töten.

»Es ist in einem Bodenfach versteckt.« Ich ging mit leicht erhobenen Händen an ihm und Sarah vorbei ins Ankleidezimmer. Tatsächlich hatte ich in einem Bodenversteck immer etwas Bargeld, um unvorhergesehene Ausgaben direkt bezahlen zu können.

»Mach keine Dummheiten, Brad, sonst wird es ihr schlecht ergehen.« Seine Drohung klang verzweifelt. Er schwitzte stark, seine Blicke huschten wirr durch den Raum – James stand total neben sich, das konnte ich deutlich erkennen.

»Lass Sarah in Frieden. Ich gebe dir das Geld.« Im Ankleidezimmer ging ich bis zum Ende der Schränke, kniete mich hin und löste ein Stück der Holzverblendung. Langsam zog ich ein Bündel Dollarscheine nach dem anderen mit der rechten Hand aus der Lücke. Zeitgleich löste ich mit der Linken das Holster am Fuß.

Ich sah die Gier in James' Augen, lange würde er

nicht widerstehen können. Er stieß Sarah von sich. Sie stürzte zu Boden, kroch hastig hinter das Bett und kauerte sich dort hin.

James kam auf mich zu und ging in die Hocke, den Blick fest auf die Geldbündel gerichtet. Als er danach greifen wollte, zog ich die Waffe aus dem geöffneten Holster und entsicherte sie.

»Das war es, Freundchen. Leg das Messer weg! Sofort!«

James heulte auf und ließ verschüchtert das Messer fallen, das ich mit einer schnellen Fußbewegung in das Versteck kickte.

»Du mieses Stück Scheiße. Wie immer betrügst du mich!«, schrie er mich verzweifelt an und hatte jetzt mehr Ähnlichkeit mit einem störrischen Pubertierenden als mit einem Kriminellen.

»Los, steh auf. Und wenn du auch nur eine dumme Bewegung machst, verpasse ich dir die Prügel deines Lebens.«

James stand mit hängenden Schultern auf und ging aus dem Ankleidezimmer voran.

»Ich hätte ihr nichts getan, das weißt du«, sagte er mit weinerlicher Stimme.

»Ja, das weiß ich.« Wobei ich mir für einen Moment nicht sicher gewesen war. James war in einem erbarmungswürdigen Zustand.

An der Tür blickte ich kurz zu Sarah, die zitternd hinter dem Bett auf dem Fußboden saß.

»Bist du okay?«

Sie nickte. Dann kam Leben in sie. »Ich hole Ranger. Oder Scott.«

Schon war sie auf den Beinen, öffnete die Tür und rief nach beiden, so laut sie konnte.

KAPITEL 32

Sarah

Wir sahen zu, wie Ranger den jetzt handzahmen James in den Jeep verfrachtete. Von dem brutalen Entführer mit Messer war jetzt nichts mehr übrig. Ich sah vor mir einen neunzehnjährigen Jungen, der verzweifelt war und großen Mist gebaut hatte. Und der sein Drogenproblem in den Griff kriegen musste, wie Brad mir erklärt hatte.

Brad legte einen Arm um mich und seufzte. »Tut mir leid, was du mitmachen musstest.«

»Ach Brad, es ist alles gut ausgegangen. Das ist die Hauptsache.« Ich legte meinen Kopf an seine Schulter. Der Jeep fuhr los und dann waren wir allein.

»Also ich brauche jetzt endlich eine Dusche.« Brad sah mich an und lächelte. Immer noch hatte ich nur das Badetuch um mich gewickelt. »Aber geh du zuerst.« Arm in Arm schlenderten wir zurück zum Haupthaus.

»Ich werde vorher ein Telefonat führen müssen. Ich kenne da jemanden, der mir noch einen Gefallen schuldig ist.«

Ich runzelte die Stirn. »Und für was willst du diesen Gefallen einlösen?«

»Für den Jungen. Es wäre fatal für ihn, wenn er ins Gefängnis käme. Er muss eine Strafe bekommen, ohne Zweifel, aber der Knast würde seine Lage nur verschlimmern.«

»Ich nehme an, du hast da schon eine Idee?«

»So ungefähr.«

Eine halbe Stunde später fühlte ich mich wie ein neuer Mensch. Was so eine Dusche doch bewirken konnte. Jetzt saß ich auf dem Bett und sah aus dem Fenster, während Brad unter der Dusche stand. Er hatte nach dem Telefonat zufrieden gewirkt, bevor er im Bad verschwunden war. Sobald wir mehr Ruhe hatten, würde er mir sicherlich seinen Plan erzählen. Ich konnte kaum erwarten, endlich mit ihm allein zu sein.

Ich zuckte zusammen, als die Tür aufging, so vertieft war ich in meine Gedanken gewesen.

Brad kam aus dem Bad. Nackt. Mein Blick glitt über seinen muskulösen und einfach nur perfekt gebauten Körper hinunter zu seiner Erektion. Und die war riesig und wunderschön. So sexy wie der ganze Mann. Bei dem Anblick zog sich mein Unterleib sehnsüchtig zusammen und mein Herz raste.

Langsam kam er auf mich zu. Ich stand auf und ging ihm entgegen. Jetzt war er bei mir. Nah. Sehr nah.

Das Feuer, das von ihm ausging, griff auf mich über.

Ich ließ das Handtuch fallen, in das ich gewickelt war. Im nächsten Moment nahm er mein Gesicht in seine kräftigen Hände.

»Ich werde dich jetzt lieben. Du weißt das. Und ich werde mir Zeit lassen. Wir haben den ganzen Tag«, sagte er heiser und sah mir eindringlich in die Augen. »Sarah, noch nie war mir eine Frau so wichtig, wie du es bist.«

Ich konnte ihn nur atemlos ansehen und versuchte, das pulsierende Verlangen zwischen meinen Beinen halbwegs unter Kontrolle zu bekommen. Gleichzeitig wurden meine Knie weich und Schauer rasten über meinen Körper. Die Art, wie Brad mich ansah, wie er mich berührte, brachte alles in mir zum Vibrieren. Ergriffen schloss ich die Augen, als er mit einem erstickten Laut seine Lippen auf meine presste, und schlang meine Arme um ihn. Sein Penis drückte sich an meinen Bauch. Ich konnte es vor Lust kaum aushalten und wollte nichts mehr, als diesen Mann in mir aufzunehmen. Jetzt. Sofort.

»Nimm mich, Brad. Bitte«, stammelte ich erregt zwischen zwei Küssen.

Fortwährend küssend dirigierte er mich zurück zum Bett und ich ließ mich darauf sinken, betrachtete seine wundervolle Erektion, über die er in diesem Moment ein Kondom zog.

»Du bist wunderschön«, sagte er heiser, kam zu mir und spreizte meine Beine.

Ich vergaß fast, zu atmen, als er über mir war und sich langsam und sehr behutsam in mich hineinschob. Dabei sahen wir uns in atemloser Spannung an, und meine Hände gingen auf die Reise über die festen Muskelstränge seiner Schultern, über seine Narben, seine Arme. Dann zog ich ihn am Nacken zu mir herunter.

»Brad«, hauchte ich, und als er mit seinem Körper

auf meinem lag, verschmolzen wir miteinander. Mit einem Ruck drang er bis zum Anschlag in mich ein. Aus meinem Mund kam ein Laut der Verzückung. O Gott, wie gut er sich in mir anfühlte, wie prall und groß und heiß.

Ich atmete flach und schnell, meine Hüften gaben den Rhythmus vor, meine Beine schlangen sich um seine Mitte. Seine Erektion füllte mich aus und trieb mich nach nur wenigen Stößen auf einen Höhepunkt zu, der mich in Wellen durchströmte. Mit jeder Bewegung türmten sie sich weiter in mir auf, wollten gar nicht mehr enden.

»Gott, du bist perfekt für meinen Schwanz«, raunte er, als hätte er meine Gedanken gelesen.

Ich öffnete die Augen, als er immer schneller und heftiger in mich stieß, war wie berauscht von ihm, von seinen scharfen Gesichtszügen, seiner gebräunten Haut, den Muskeln, die sich wie gemalt unter der Haut abzeichneten und die sich mit jedem Stoß anspannten. Der Mann strotzte vor unbändiger Kraft, und ich spürte, wie er seine Stärke zurückhielt, um mir nicht wehzutun.

»Oh, Brad«, hauchte ich erstickt. Und dann fiel ich erneut in eine Welle, die mich keinen klaren Gedanken mehr fassen ließ. Ich war nur noch Körper, nur Gefühl und ungezügeltes Verlangen. Ich lachte und weinte gleichzeitig, als er in mir anschwoll. Das trieb mich noch höher, mein Körper bäumte sich unter ihm auf, als wir gemeinsam kamen. Mit einem erstickten Laut vergrub er sein Gesicht an meinem Hals, stieß immer wieder meinen Namen hervor, ich fasste in seine dichten Haare, küsste sein Gesicht. Nur langsam wurden wir ruhiger, lagen eng umschlungen da, und ich war gerührt, wie er fortwährend darauf achtete, nicht mit seinem ganzen Gewicht auf mir zu liegen, sondern sich leicht auf den Ellenbogen abstützte.

Er drehte den Kopf zu mir, sah mich an, strich mit den Fingerspitzen zart über die Beule an meiner Schläfe und küsste sie. Wie süß. Ein leises Keuchen entwich seinem Mund.

»O Gott, Sarah!« Er küsste mich mit einer Zärtlichkeit, die ich ihm nie zugetraut hätte.

Im Ausklang meines Höhepunktes packte mich erneut die Lust auf ihn. Ich schlang meine Arme um seinen Hals und meine Beine um seine Hüften und drückte ihn so tief in mich, wie ich nur konnte. Unsere Zungen spielten miteinander, jetzt wild und leidenschaftlich, während er sich in mir bewegte. Erneut füllte er mich bis zum Anschlag aus, hart und prall.

Plötzlich stoppte Brad seine Bewegung und zog sich aus mir zurück.

»Was?«, begehrte ich auf. Doch er wechselte lediglich das Kondom und im nächsten Moment stieß er mit aller Kraft wieder in mich und trieb mich zu einem weiteren Orgasmus.

Hatte er etwas von langsam und genüsslich gesagt?

Okay, das kam vielleicht später. Jetzt wollte auch ich nichts von *langsam* wissen, er sollte mich einfach nur hart nehmen.

Und genau das tat er jetzt. Sein Schwanz rammte in mich, immer härter, schneller und mit einer unfassbaren Kraft. Mich erfasste ein Orgasmus nach dem anderen, bis sich Brads Körper plötzlich anspannte, und ein erstickter Laut über seine Lippen quoll.

Ich schrie auf, als die Erregung mich durchschüttelte; wand mich, bäumte mich unter ihm auf, kam mit einer Wucht, die ich noch nie zuvor erlebt hatte.

Und ich wollte niemals wieder ohne diese überwältigenden Empfindungen, niemals wieder ohne diesen Mann sein.

Niemals.

Als unser Höhepunkt schließlich abebbte, zog er sich aus mir zurück und legte sich neben mich. Ich drehte mich zu ihm. Wir küssten uns, dieses Mal sehr sanft, und ich war berauscht davon, wie zart und liebevoll er das tat.

Um nichts in der Welt wollte ich jetzt woanders sein. Es drängte mich, etwas zu sagen, doch ich fand keine Worte, die hätten ausdrücken können, was ich gerade fühlte. Ihm schien es genauso zu gehen. Wir wollten diesen Moment festhalten, hinauszögern, nicht den Zauber zerstören, der uns gefangen hielt und der mich so unsagbar glücklich machte.

»Frühstück?«, sagte er leise, und ich musste lächeln. Er hatte etwas gesagt, der Zauber war jedoch noch da.

»Gern. Aber ich mag mich nicht anziehen und hier weggehen.«

»Brauchen wir auch nicht.« Er stand auf, zeigte zum Tisch und verließ das Bett. Mit einer schnellen Bewegung entsorgte er das Kondom.

Ich sah ihm gebannt hinterher. Der Mann hatte die perfekte V-Figur. Der Anblick seiner Kehrseite, des muskulösen Rückens und festen Hinterns, hätte mich umgehauen, wenn ich nicht schon gelegen hätte.

Ich hüllte mich in das dünne Betttuch. Kurz darauf kam er mit einem Tablett zurück, stellte es aufs Bett und setzte sich zu mir.

Mir lief das Wasser im Mund zusammen. Erst jetzt merkte ich, welchen Hunger ich hatte.

»Käse oder Schinken?«, fragte er, schnitt ein Croissant auf und bestrich es mit Butter.

»Lieber Marmelade«, sagte ich, und beobachtete verzückt, wie er das Croissant damit bestrich, und es mir vor die Lippen hielt. Selbst ein Frühstück mit diesem Mann war verdammt erotisch.

Ich biss ab und stöhnte auf, so köstlich schmeckte es. »Jetzt du«, sagte ich.

»Ich habe auch Lust auf Süßes«, sagte er, legte das Croissant zur Seite, nahm mein Gesicht in seine Hände und küsste mich. »Mhm, verdammt süß.«

Plötzlich sah er mich ernst an, seine Hände lagen an meiner Wange. »Ich lasse dich nie wieder los, das ist dir klar, oder? Ich liebe dich, Sarah. Ich liebe dich so sehr, dass es mich fast schmerzt. Und dieser Schmerz ist so süß und lieblich wie du.«

Dann küsste er mich. Lang und unsagbar zart. Und in diesem Moment durchflutete mich die unumstößliche Gewissheit, zu diesem Mann zu gehören, für ihn bestimmt zu sein.

Oh Brad. Du wundervoller Mann.

EPILOG

Sechs Monate später

Endlich waren wir wieder gemeinsam in Costa Rica. Die letzten Monate hatte ich öfter nach Costa Rica reisen müssen, denn es hatte bezüglich der Käferplage genug zu tun gegeben. Sarah fehlte mir, immer wenn ich für ein paar Tage auf der Hacienda war, aber sie konnte nicht mitfliegen, da ich stets mehrere Tage, einmal sogar für zwei Wochen, bleiben musste und sie noch keinen Urlaub bekommen hatte. Sie arbeitete nun in einem anderen Großunternehmen in der Stadt und hatte sich erst beweisen müssen. Aber nun war es soweit.

Endlich konnten Sarah und ich gemeinsam hierher fliegen.

Seit vier Tagen waren wir hier und es lagen noch herrliche zwei Wochen vor uns. Jetzt saßen wir nebeneinander in der Hollywoodschaukel auf der Veranda und genossen den Blick durch die Nacht über den tropischen Garten, der von verschiedenen Lichtquellen sanft beleuchtet wurde.

»Puh, die letzten zwei Tage waren anstrengend, aber auch interessant. Sheela ist wirklich nett. Ich mag sie«, sagte Sarah und lehnte sich an mich.

Ich gab ihr einen Kuss auf die Stirn. »Das hat mir Sorgen gemacht, dass es zwischen Euch krachen könnte. Es ist ja nicht üblich, die Ex-Frau mit der aktuellen Frau gemeinsam zum Essen einzuladen.«

Ohne mit der Wimper zu zucken hatte Sarah zugestimmt, als ich sie gefragt hatte, ob sie einverstanden wäre, wenn James, der mittlerweile auf der Plantage arbeitete, zum Essen käme und ich bei der Gelegenheit eine Art Mutter-Sohn-Zusammenführung arrangieren würde. Keine Sekunde hatte sie gezögert. Ein Zug an ihr, der mich noch mehr davon überzeugt hatte, diese Frau nie wieder von mir gehen zu lassen.

»Wir sollten aufstehen.«

Sarah sah mich verträumt an. »Muss das sein?«

»Ja, muss es.« Ich küsste sie.

»Warum?«

»Das wird nicht verraten. Aber dazu musst du aufstehen und dich für das Abendessen fertigmachen.«

»Muss ich das? Gefalle ich dir nicht in dem Kleid? Oder kommt schon wieder jemand zu Besuch?« Kokett schlug sie ein Bein über und zeigte mir ihren nackten Schenkel. Diese Frau brachte mich um den Verstand, denn selbst nach einem halben Jahr hatte meine Lust auf sie nicht nachgelassen. Auch jetzt bekam ich sofort eine Latte, zu reizvoll schimmerte ihre glatte Haut im Mondlicht. Sie war barfuß und trug ein leichtes, cremefarbenes Sommerkleid mit Spitzen am Ausschnitt, das ihre Figur reizvoll umspielte. Ihre Haare trug sie offen, weich fielen sie ihr bis über die Schultern. Und ich wusste genau, dass sie keinen Slip trug, denn vor knapp einer Stunde hatte ich ihr den ausgezogen und sie am Geländer der Veranda von hinten genommen.

»Du gefällst mir sogar sehr. Und wenn du das Kleid noch ein Stück weiter hochschiebst, wird das Abendessen leider kalt werden müssen. Außerdem habe ich nichts von einem anderen Kleid gesagt. Ihr Frauen müsst euch doch immer irgendwie fertigmachen, bevor ihr irgendwo hingeht, oder?«

»Das ist richtig. Ich müsste mir zum Beispiel Unterwäsche und Schuhe anziehen.«

Ich gab ihr einen Klaps auf den Schenkel. »Dann los. In fünf Minuten wieder hier? Ich warte auf dich.«

Sarah lachte, stand schwungvoll auf und ging mit wiegenden Hüften hinein. Nur mit Mühe konnte ich mich beherrschen, nicht hinterzugehen und sie erneut zu nehmen.

Stattdessen stand ich ebenfalls auf, ging hinein, zog mir ein frisches Hemd und eine Anzugjacke an. Dann stellte mich ans Geländer der Veranda, umfasste den Holm und sah in die Nacht hinaus.

Mit dem heutigen Tag schien das Projekt James endlich abgeschlossen zu sein. Es hatte sich gelohnt, ihn gegen eine hohe Bestechungsgebühr aus der Gerichtsverhandlung herauszuhalten. Mit Geld ließ sich in diesem Land viel regeln.

Ich hoffte, seine Veränderung würde von Dauer sein. Die ersten Wochen waren hart für ihn gewesen. Ranger hatte ihn zu Freunden gebracht. Außer Urwald und einem kleinen Dorf am Rande meiner Kaffeeplantage gab es dort nichts. Mit ärztlicher Hilfe überstand er den Drogenentzug, was nicht immer leicht war, und das einfache Leben der Menschen zeigte ihm, mit wie wenig man glücklich sein konnte. Zuerst hatte er die Arbeit auf den Kaffeefeldern widerwillig abgeleistet, doch mit den Monaten, in denen sich sein Körper regenerierte, erholte sich auch sein Geist.

Wie überrascht war ich gewesen, als Ranger mir erzählt hatte, James habe sich verliebt, und diese Liebe würde erwidert werden. Selbst die Eltern des Mädchens hießen James in der Familie willkommen. James wollte also in Costa Rica und auf der Plantage bleiben. Das passte gut, denn Ranger konnte Hilfe gebrauchen, und wenn sich der Junge weiterhin so gut machte, könnte er ihn gut unterstützen, vielleicht sogar irgendwann seine Position einnehmen. Mein väterlicher Freund sollte allmählich sowieso kürzertreten.

Und gestern hatte James seine Mutter wiedersehen dürfen. Denn ein Teil seiner Strafe war gewesen, niemanden aus seinem bisherigen Umfeld zu sehen oder zu sprechen. Er sollte Zeit haben, sich selbst zu finden, sich selbst kennenzulernen.

Die letzten Monate hatte ich immer noch seinen Reisepass in meiner Verwahrung gehabt, denn erst hatte ich sehen wollen, wie das Treffen mit seiner Mutter lief. Und auch wie er sich Sarah gegenüber verhielt, bei der er sich wie ein kleiner Gentleman verhalten und sich gleich zu Beginn persönlich entschuldigt hatte. Und heute Morgen war Sheela abgereist und James zurück auf die Plantage gefahren. Der Abend, das Zusammentreffen von Mutter und Sohn, sowie die Begegnung mit Sarah waren entgegen meiner Befürchtung sehr entspannt und gelöst verlaufen, trotzdem war ich nervös gewesen – und ich war es immer noch.

Das jedoch hatte einen anderen Grund. Und je näher der Augenblick rückte, desto nervöser wurde ich.

Ich überprüfte, ob das kleine Kästchen in meiner Anzugtasche steckte, wo ich es morgens schon hineingeschoben hatte. Ich nahm es heraus, klappte es auf und betrachtete in nervöser Vorfreude den funkelnden Stein. Ob Sarah *Ja* sagen würde? War es zu früh? Gerade wollte ich das Kästchen wieder in der Tasche verschwinden lassen, als Sarah auf die Veranda trat. Schnell schloss ich den Deckel.

Sie umarmte mich von hinten. »Was hast du da?«

»Eine Überraschung.«

»Für mich?«

Ich drehte mich zu ihr um, mit klopfenden Herzen und leicht zittrigen Fingern. Ich hatte mir geschworen, niemals mehr die Frage aller Fragen zu stellen. Und doch hatte diese Frau meine Entscheidung von damals innerhalb kürzester Zeit ins Wanken gebracht. Ich wollte Sarah an meiner Seite, mit ihr Kinder bekommen, eine Familie gründen, alles gemeinsam meistern. Und ich wollte aller Welt durch einen Ring und mein Versprechen zeigen, wie sehr ich sie liebte.

»Sarah, ich liebe dich über alles und ich ... ich weiß, es ist etwas verfrüht, aber ...«

»Brad?«, sagte sie und schlug die Hand vor den Mund. Sie sah erst auf das Kästchen in meiner Hand und dann mich aus glänzenden Augen an. »Willst du mir etwa einen Heiratsantrag machen?«

Es war mir egal, ob der kaltgestellte Champagner auf uns wartete, oder das Essen vielleicht kalt wurde oder ob der Moment gut vorbereitet war.

Dieser Moment war der perfekte.

»Ja, Sarah, das will ich. Ich möchte für den Rest meines Lebens an deiner Seite sein«, sagte ich. Sarah schluckte und sah mich fast panisch an. Schnell schob ich hinterher: »Natürlich nur, wenn du willst.« Dann öffnete ich Ringschachtel. »Sarah, willst du mich zum glücklichsten Mann machen und meine Frau werden?«

Sarah nickte heftig und ihre Augen füllten sich mit Tränen. »Oh mein Gott, Brad«, hauchte sie mit brüchiger Stimme. »Ja. Ja, ich will.«

Überglücklich nahm ich ihre Hand, die sie mir hinstreckte, und schob ihr feierlich den Ring über den Finger. Mit einem Schluchzer fiel sie in meine Arme und wir besiegelten unser Versprechen mit einem Kuss.

Es war der perfekte Moment. Nie in meinem Leben hatte ich mich glücklicher gefühlt.

»Oh Brad«, hauchte sie an meiner Wange. »Ich kann es immer noch nicht fassen, so viel ist die letzten Tage geschehen. Der Dschungel, die Entführung, dieses hohe Lösegeld … Du hättest es tatsächlich bezahlt. Zum Glück ist es anders ausgegangen. Und jetzt der Antrag … Ich ...«

Schmunzelnd küsste ich ihre Stirn. »Nichts ist umsonst, Baby, nicht mal die Liebe. Was sind schon zwei Millionen gegen mein Herz, das ich dir schenke?«

»Ach, du verrückter Kerl!« Sie stellte sich auf die Zehenspitzen und drückte mir einen Kuss auf die Wange. Dann legte sie den Kopf an meine Brust und seufzte glücklich auf. »Ich liebe dich so sehr … so sehr.«

Eng umschlungen standen wir da. »Du bist mein Leben, Sarah, und ich lasse dich nie wieder los. Nie wieder. Dafür habe ich zu lange auf dich gewartet.«

DANKE

Liebe Leserin,

hat dir das Buch gefallen? Dann würde ich mich über eine Bewertung sehr freuen.
Zur Bewertungsseite geht es über Amazon.

Vielen Dank für das Lesen meines Romanes. Ich hoffe sehr, dass dir die Story gefallen hat, und würde mich über deine Meinung zum Buch auf der Amazonbuchseite sehr freuen.

Als kleine Überraschung habe ich auf den nächsten Seiten noch eine kostenlose Leseprobe. Ich wünsche dir viel Spaß damit!

Alisha Bloom

LESEPROBE

Ruby

»Bitte geben Sie mir eine Chance«, flehe ich jämmerlich und sende dabei einen hilflosen Blick an die Zimmerdecke von Mr Simmons' schickem Londoner Büro, das mir allein wegen der luxuriösen Ausstattung aus Chrom und Holz regelmäßig den Atem stocken lässt. Schon als die Worte über meine Lippen kommen, weiß ich, dass ich sie mir hätte sparen sollen.

Merke: Bitte niemals deinen Chef um eine Chance, wenn du dich gut verkaufen willst.

»Wie alt sind Sie, Miss Webber?«, fragt mich mein Boss Craig Simmons, und ich befürchte, er hält mich für ein unreifes Ding, das keine Ahnung hat. Die Art, wie er hinter dem wuchtigen Schreibtisch thront, versetzt mich in Panik.

»Einundzwanzig.« Nervös nestle ich an meinem strengen Dutt herum, der meine gekräuselten Naturlocken so straff nach hinten zieht, dass ich bereits Kopfschmerzen davon habe.

»Das ist verdammt jung in dem Geschäft.« Seine Musterung lässt nicht gerade große Hoffnung in mir aufkeimen.

»Es gab schon Jüngere.«

Hoffentlich versteht er den Wink mit dem Zaunpfahl. Schließlich war er noch jünger als ich, als er in der Musikbranche Fuß gefasst und sich gegen alle Hindernisse durchgesetzt hat. Inzwischen ist Craig Simmons der bekannteste und erfolgreichste Musik- und Filmproduzent, den Großbritannien je gesehen hat. Mit seinen sechsundfünfzig Jahren sieht der charismatische Mann noch immer verdammt gut aus, was mich neben seiner Position zusätzlich verunsichert.

Seufzend nickt er und lehnt sich in seinem Chefsessel zurück, um mich undurchdringlich anzusehen. Sein schicker Anzug sitzt wie angegossen; trotz der warmen Temperaturen, die wir in diesem Juli haben, trägt er ein Jackett. Unvermittelt fühle ich mich mit meiner Jeans irgendwie unpassend gekleidet.

Ein Wunder, dass ich überhaupt eine Audienz bei ihm bekommen habe. Natürlich hat er mir keinen Sitzplatz angeboten und mir zu verstehen gegeben, dass er nur ein paar Minuten für mich erübrigen kann. Bestimmt ist er schon wieder auf dem Sprung, um seine neue Fernsehshow zu planen, mit der er sportliche Talente suchen will.

Nervös trete ich von einem Bein auf das andere und senke den Blick.

»Dann erzählen Sie mir mal, was an dieser … Shelby so besonders ist«, sagt Mr Simmons plötzlich.

Ich reiße den Kopf nach oben und sehe ihn überrascht an. Er presst die Fingerspitzen seiner gespreizten Hände aneinander und wippt ungeduldig mit dem Stuhl.

Wow! Er will mir zuhören? Genial!

»Ihre Stimme ist außergewöhnlich. Sie ist erst sechzehn Jahre alt und hat ein Timbre, das Sie umhauen wird, das verspreche ich Ihnen.«

»Haben Sie eine Demo dabei?«

Shit!

Ich schüttle den Kopf und könnte mich für dieses Versäumnis ohrfeigen.

»Hm«, macht Mr Simmons und sieht mich an, als hätte er soeben jeglichen Glauben in mich verloren.

Merke: Trage immer ein Demo deines Schützlings bei dir.

»Momentan investiere ich mehr in sportliche Talente«, erklärt Mr Simmons, als wüsste ich nicht, welche Ziele das Management gegenwärtig verfolgt.

»Ja, aber wenn Sie sich diese Stimme durch die Lappen gehen lassen, dann wird ein anderer zugreifen. Sie ist ein absolutes Ausnahmetalent und wird eines Tages zu den ganz Großen gehören.«

»Dazu könnte ich Ihnen mehr sagen, wenn ich eine Kostprobe hätte.«

»Ich kann sie anrufen. Sie singt Ihnen am Telefon vor.«

Er hebt eine Hand, als hielte er die Idee für völlig bescheuert.

Wie aufs Stichwort klingelt in dem Moment sein Smartphone, das vor ihm auf dem Schreibtisch liegt und sich nun vibrierend ein paar Millimeter bewegt.

Ohne mich weiter zu beachten, nimmt er den Anruf entgegen.

»Simmons?«

Dann bleibt er für eine Weile still. An seinem Pokerface ist überhaupt keine emotionale Regung auszumachen. Er atmet geräuschvoll aus und erst dann bilden sich auf seiner Stirn ein paar Falten. Bad News, so wie es aussieht.

»Was soll das heißen … das wird nichts?«, fragt Simmons seinen Gesprächspartner aufgebracht und ich denke darüber nach, ob ich hier noch erwünscht bin oder nicht lieber unauffällig verschwinden sollte.

»Sam, was genau hat er gesagt?«, hakt Mr Simmons nach, und nun weiß ich, dass er mit seiner rechten Hand in der Agentur spricht. »Hast du ihn angerufen? Wie … er macht die Tür nicht auf?«

Hier scheint es akute Probleme mit einem der Vertragspartner zu geben. Mr Simmons ist nicht nur Produzent, sondern auch Agent vieler Stars und Sternchen, sei es aus der Film- und Musikbranche oder auch aus dem Sport. Daher ist er einiges an Allüren gewohnt, und ich habe schon des Öfteren mitbekommen, wie er ein paar Entgleisungen wieder zurechtrücken musste.

»Das soll ja wohl ein schlechter Scherz sein. Er weiß genau, dass er diesen verdammten Termin heute wahrnehmen muss. Es geht hier nicht nur um die Erfüllung seiner Pflichten, sondern um sein Image, das in den letzten Wochen massiv gelitten hat. Das muss ihm doch klar sein, verdammt.«

Erneut lauscht mein Boss, was Sam zu sagen hat, und ich spitze ebenfalls die Ohren, um ein paar Wortfetzen aufzuschnappen. Leider verstehe ich nichts, höre nur einen aufgebrachten Sam.

»Also gut, komm wieder her, ich kümmere mich darum«, sagt Mr Simmons mit einer Stimme, die mir sämtliche Nackenhaare aufstellt. Wüsste ich es nicht besser, könnte ich ihn für einen Killer halten, der vorhat, zu seiner Waffe zu greifen und den Problemklienten damit aus der Welt zu schießen. »Wir sehen uns dann«, sagt er zu Sam und beendet das Telefonat. Er legt das Smartphone weg und starrt regungslos ins Nichts.

Mr Simmons ist Perfektionist. Nur so konnte er so unglaublich erfolgreich werden.

»Ich … gehe dann mal besser«, wispere ich eingeschüchtert, aber da trifft mich sein Blick. Es fühlt sich an, als habe er eben erst bemerkt, dass ich noch hier stehe.

»Miss Webber …«, sagt er und hält inne. Meine Augen werden groß, weil mir sein Tonfall einen Schub nervöser Unruhe durch den Köper jagt.

»Ja?«

Während Mr Simmons mit dem einen Finger auf mich deutet, knetet er sich mit der anderen Hand das Kinn. »Sie wollten doch eine Chance.«

Ja, die wollte ich. Warum habe ich den Eindruck, dass mir das, was er jetzt zu sagen hat, nicht gefallen wird?

»Kennen Sie Jayden Ward?«, fragt Mr Simmons.

Jayden Ward? Wer kennt ihn nicht, den attraktiven Rugby-Spieler, der mit seinem charmanten Lächeln und seinem appetitlichen Körper jede Frau verzaubern kann?

»Nicht persönlich, Sir«, antworte ich rasch. Bei dem Gedanken an Jayden Ward wird mir unglaublich heiß. Der durchtrainierte Sportler ist ein echter Augenschmaus, und einmal konnte ich einen Blick auf ihn werfen, als er hier erschien, um mit Mr Simmons zu sprechen.

Warum sage ich eigentlich 'Sir' zu Mr Simmons? Und was könnte er im Zusammenhang mit diesem eingebildeten Rugby-Spieler von mir wollen, der hier reinmarschierte, als sei er der König von England?

Dass er in letzter Zeit nur Ärger verursacht hat, ist sogar bis zu mir durchgedrungen, obwohl ich als Praktikantin normalerweise nur die Dritt-viert-fünft-Betreuung für die kleinen Fische übernehmen darf.

»Was wissen Sie über ihn?«, hakt mein Chef nach, als sei ihm mein wenig begeistertes Gesicht nicht aufgefallen.

»Nicht viel.« Mehr, als dass Jayden Ward für viel aufgeregtes Getuschel unter den Mitarbeiterinnen gesorgt hat, als er hier war, könnte ich Mr Simmons nicht berichten. Die Begeisterung über Ward konnte auch sein etwas überheblich wirkender Auftritt nicht abschwächen. »Na ja, ich weiß, dass er in letzter Zeit ein Challenger war.«

Mr Simmons stutzt kurz über meine Wortwahl. Dabei ist ihm der interne Slang an Codewörtern, die wir für unsere Klienten haben, durchaus bekannt. Als *Challenger* betiteln wir die Kunden, die sich gelinde gesagt, schwierig verhalten – die Herausfordernden eben. Es gibt noch die *Beggar*, die ständig anrufen und nerven, und als *Peddlar* bezeichnen wir die, die etwas höflicher, aber nicht minder penetrant vorgehen. Die *Pleasants* sind unsere Lieblinge, die Pflegeleichten. Ist jemand erst als Challenger verschrien, hat er oder sie es echt schwer bei uns. Da kann er noch so gut aussehen und weiche Knie verursachen. Ein Challenger bleibt ein Challenger.

»Ein Challenger also«, sagt Mr Simmons und presst die Lippen aufeinander.

»Ich weiß, dass er einige wichtige Termine verpasst hat, und ein Werbepartner ist kurz davor, abzuspringen«, führe ich weiter aus.

»Richtig. Genau darum geht es heute. Ward soll im Childrens Hospital die kleinen Patienten besuchen, und da das Ganze von dem Werbepartner gesponsert wird, sollte er seinen Arsch gefälligst dahin bewegen.« Plötzlich schlägt Mr Simmons mit der Faust auf die Tischplatte, dass ich zusammenzucke. »Er soll da frisch geduscht und freundlich lächelnd aufkreuzen und Autogramme geben, bis ihm der Arm abfällt. Wenn er das nicht schafft, dann platzt der Vertrag, denn das wirft kein gutes Bild auf ihn.«

Wenn es überhaupt noch übler für ihn werden kann. Soweit ich es verfolgen konnte, fiel er bereits mehrfach angetrunken auf. Einmal urinierte er ungeniert mitten auf die Straße und zeigte den vorbeifahrenden Autos den Mittelfinger. Dann legte er sich mit einem Reporter an, der ihm nach einem verpatzten Spiel dumme Fragen stellte.

Die News sind in letzter Zeit nicht gerade die besten für ihn.

Mein Chef atmet tief durch. »Okay, Miss Webber. Dann ist das hiermit entschieden. Sie bekommen Ihre

Chance. Bringen Sie Jay zurück in die Spur und auf Erfolgskurs. Wenn Ihnen das gelingt, dann höre ich mir Ihre kleine Shelby an, und das sogar persönlich.«

Mir bleibt der Mund offen stehen. Natürlich kann ich es kaum fassen, dass er Shelby wirklich die Gelegenheit geben will. Sie wird ausflippen, und ich sehe sie jetzt schon vor mir, wie sie erfreut aufspringt und mit dem Lachen nicht mehr aufhören kann. Aber zu welchem Preis. Ich soll Jayden Ward in den Griff bekommen?

Ich?

Kann das denn funktionieren, wenn nicht einmal der erfahrene Sam das schafft und Mr Simmons sich auch nicht mehr bemühen möchte?

»Okay, danke«, sage ich trotzdem und nicke dabei eifrig, während ich versuche, eine Idee zu entwickeln, wie zur Hölle ich das anstellen soll. Mein Puls rast schon beim bloßen Gedanken daran, Jayden Ward zu treffen. Wenn ich ihm dann auch noch sagen soll, was er zu tun hat, dann muss ich mich gegen entgleisten Blutdruck behandeln lassen.

»Bedanken Sie sich nicht. Jay ist eine harte Nuss, und ich befürchte, dass er Sie nicht ernst nehmen wird. Sie sind jung und außerdem eine Frau«, sagt Mr Simmons und sorgt so dafür, dass meine Aufregung sofort verdrängt wird.

Was soll das denn jetzt wieder heißen? Mühsam schlucke ich den aufsteigenden Ärger über diese diskriminierende Aussage hinunter. Er gibt mir den Auftrag, obwohl er schon jetzt damit rechnet, dass ich scheitern werde und er Shelby niemals anhören wird?

Na warte, Craig Simmons! Dir werde ich es zeigen. Unterschätze mich nicht.

»Ich bringe ihn wieder auf Kurs. Und wenn ich das schaffe, dann hören Sie sich Shelby an und stellen mich fest ein.«

Ups! Hoch gepokert, Ruby.

Ich erstarre und halte den Atem an, weil ich nicht einschätzen kann, wie Mr Simmons auf meine vorlaute Forderung reagiert.

Er sieht überrascht aus, aber dann lächelt er anerkennend und nickt. »Alles klar, Miss Webber. Wir haben eine Vereinbarung.«

Was? Wie geil ist das denn?

Sofort schlucke ich meine Euphorie hinunter und bemühe mich um ein neutrales Gesicht. »Danke.«

Und was den Playboy Jayden Ward angeht – es ist mir so was von egal, was er von jungen Frauen hält und wie er normalerweise mit ihnen umspringt. Ich bin sicher keines seiner kleinen Bumsmädchen, das er mal kurz benutzt, um es dann wieder zu vergessen.

»Dann sollten Sie sich jetzt auf den Weg machen«, erklärt Mr Simmons und kritzelt etwas auf ein Blatt Papier.

»Wohin?«

»Zu Jay. Er hat heute diesen Kliniktermin.«

Was? Die Sache startet jetzt sofort?

»Oder soll ich die Angelegenheit jemandem anvertrauen, der die Herausforderung zu schätzen weiß?«, fragt er und steht auf.

Obwohl ich mich darüber ärgere, dass er anscheinend sehr genau weiß, welche Knöpfe er bei mir drücken muss, gebe ich klein bei.

»Nein, nein! Ich fahre sofort los.«

Mein Herz klopft wie verrückt. Ich werde also keine

Zeit haben, mir eine Strategie für Jayden Ward zurechtzulegen.

»Gut. Viel Glück.« Mit diesen Worten überreicht Mr Simmons mir den Zettel. Als ich ihn nehme und lese, was darauf steht, springt mir Jayden Wards Privatadresse ins Auge. »Holen Sie sich einen Dienstwagen«, ergänzt Mr Simmons noch und entlässt mich damit aus dem Gespräch.

Mit einem Nicken verabschiede ich mich und schleiche aus dem Büro. Dabei starre ich noch immer auf die Notiz, als könnte sich meine Aufgabe in Wohlwollen auflösen, je länger ich sie anstarre.

Also gut! Ich muss das schaffen – für Shelby und für mich. Ich hole jetzt das Auto, fahre zu diesem gut aussehenden Kerl und schleife ihn zu der Veranstaltung, koste es, was es wolle!

BÜCHER VON ALISHA BLOOM

EIN HIGHLANDER ZUM VERLIEBEN

»Verdammt! Auf was habe ich mich da nur eingelassen?!«

Cam ist genau der Typ, um den Màiri am liebsten einen großen Bogen macht: Arrogant, kompromisslos und spöttisch. Doch sie ist ihm in der kleinen Hütte in den schottischen Highlands hoffnungslos ausgeliefert. Zumindest bis sich das Unwetter verzieht. Der festen Meinung, ohne ihn besser dran zu sein, lässt sie ihn deutlich spüren, was sie von ihm hält. Und doch ist es Màiri unmöglich, seinem raubeinigen Charisma zu widerstehen. Immer tiefer zieht er sie in seinen Bann.

Cameron Taylor ist steinreich und ein Womanizer. Er nimmt sich die Frauen, er fragt nicht. Eine Wette zwingt ihn jedoch dazu, sich mit der weltfremden Großstadtzicke Màiri Grant herumzuschlagen. Und es fällt ihm immer schwerer, sich ihrem Zauber zu entziehen.

Zwischen den beiden fliegen die Fetzen, und während draußen ein Unwetter tobt, wird es drinnen sehr, sehr heiß …

Doch als das Wetter umschlägt, verschwindet Màiri plötzlich. Wird er sie jemals wiedersehen?

Romantisch, gnadenlos prickelnd und absolut heiß!

Lasst euch von Alisha Blooms erstem Liebesroman in die schottischen Highlands entführen.

THE THUNDER - EINFUNKEN LIEBE

Cole Shanahan hat zwei Gesichter und führt zwei Leben: Tagsüber leitet er ein finanzstarkes Unternehmen, doch nachts wird er zu „The Thunder“, einem Mixed-Martial-Arts Kämpfer mit einer extrem gefährlichen Mission. Eine Frau kann er bei seinem unheilvollen Plan überhaupt nicht gebrauchen.

Eve Jones hat nur ein Gesicht und nur ein Leben. Aber das ist nicht gerade vom Glück geküsst: Ihr Job in der Werbeagentur ist schlecht bezahlt und von ihrer großen Liebe wurde sie verlassen. Eves Freundin versucht, sie auf andere Gedanken zu bringen, und schleppt sie in einen der angesagtesten Nightclubs der Stadt.

Dort treffen sich Cole und Eve zum ersten Mal. Obwohl sich Eve zu dem mysteriösen Mann hingezogen fühlt, verliert sie ihn wieder aus den Augen. Unverhofft sehen sie sich einige Tage später wieder und verbringen einen heißen Abend miteinander. Schnell merkt Eve jedoch: Cole hütet ein düsteres Geheimnis.

Wie düster, muss sie wenig später am eigenen Leib erfahren.

Spannend, gnadenlos prickelnd und absolut heiß!

WARM UP FÜR DIE LIEBE

Logan Stark ist genau der Typ Promi, den Amber Quinn gerne in diversen Illustrierten anschmachtet: Muskulös, tätowiert und animalisch anziehend.

Sie hat sich aber niemals für die Fitness-Challenge beworben, deren Gewinnern sie nun ist. Vier Wochen soll sie an der Seite von Logan trainieren. Das ist eine echte Herausforderung für einen Sportmuffel wie Amber, die schon beim ersten Treffen feststellt, dass Logan nicht so freundlich ist, wie sie erhofft hat.

Logan Stark hat, als ehemaliger Rugby-Spieler, nur vermeintlich alles, was man sich wünscht: Geld, Frauen, einen tollen Körper. Sein Vermögen wurde durch Fehlinvestitionen empfindlich geschrumpft und in der Familie gibt es einen finanziellen Notfall. In Frauen sieht er als glücklicher Single nur Mittel zum Zweck.

Nun soll er Couchpotato Amber trainieren, die nicht einmal über einen anständigen Sport-BH verfügt, dafür aber über eine beachtliche Oberweite.

Nach den ersten Reibereien knistert es ganz gewaltig im Trainingsraum und die beiden kommen nicht nur beim gemeinsamen Training ins Schwitzen.

Gnadenlos prickelnd und absolut heiß!

ITALIAN BAD BOY - HEISSE KÜSSE

Wenn aus Lügen Liebe wächst ...

Hochzeit? Nein, danke!

Rick Colella, heißblütiger Italiener und Inhaber einer erfolgreichen Restaurantkette, ist Single aus Überzeugung. Für seine italienische Mamma hat Rick jedoch die perfekte Verlobte erfunden.

Als seine Notlüge aufzufliegen droht, wendet er sich kurzerhand an eine Hostessen-Agentur.

Ein Job? Ja, bitte!

Die begnadete Bäckerin Elena Martinelli steht vor den Trümmern ihres Lebens. Jetzt braucht sie dringend einen neuen Job.

Aufgrund eines Missverständnisses landet sie bei Rick Colella im Vorstellungsgespräch für den Posten seiner vermeintlichen Verlobten. Wider Erwarten bekommt sie den Job, auch wenn sie eines definitiv nicht ist: eine Hostess. Aber das kann Elena ihm nicht verraten, denn sie braucht dringend Geld. Die Stelle verspricht nicht nur das Ende ihrer finanziellen Sorgen, sondern auch heftiges Herzklopfen.

MIAMI MILLIONÄR - LIEBE ZUM DESSERT

Niemals werde ich mich auf diesen Kerl einlassen! Niemals!

Eine Katastrophe! Als die attraktive Ärztin Annie von ihrem Verlobten kurz vor der Hochzeit kalt abserviert wird, bricht für sie eine Welt zusammen. Da hilft nur jede Menge Eiscreme. Ihre Freundin jedoch sieht das ganz anders und überredet die unglückliche Annie zu einem Blind Date. Und was passiert? Ausgerechnet Miamis berüchtigtster Womanizer und Selfmade Millionär taucht auf. Auf gar keinen Fall wird sie sich mit diesem arroganten und unausstehlichen Mistkerl an einen Tisch setzen!

Und noch viel weniger wird sie dem Charme dieses Womanizers erliegen. Davon ist Annie überzeugt!

Mike Sievers ist erfolgreich, attraktiv und ein übler Frauenheld, dessen Beziehungen meist nur eine Nacht überdauern.

Bis er eines Abends auf Annie trifft. Eine Frau, die ihn schlichtweg ignoriert und offenkundig nicht das geringste Interesse an ihm zeigt. Und das weckt bei einem Mann wie Mike den Jagdinstinkt.

ONE KISS - MITTEN INS HERZ

Gegen das Spiel der Liebe hast du keine Chance!

Jayden Ward, gefeierter Star der Rugbyszene und Londons begehrtester Junggeselle, genießt seine sportlichen Erfolge. Er liebt Partys, schöne Frauen und führt ein Leben auf der Überholspur.

Das gefällt seinem Management überhaupt nicht. Ab sofort soll die Praktikantin Ruby dafür sorgen, dass Jayden wieder auf den Teppich kommt. Doch der macht sich einen Spaß daraus. Er entlockt Ruby ein Versprechen, auf dessen Einlösung er sich jetzt schon freut.

Ruby Webber ist tough, selbstbewusst und wild entschlossen, den A-Promi zur Vernunft zu bringen.

Typen wie Jayden sind ein rotes Tuch für sie. Allerdings sieht er aus der Nähe noch viel besser aus, als auf den Pressefotos. Dazu ist er auch noch liebevoll, amüsant und charismatisch.

Sie stellt sich der Herausforderung – und lässt sich schon beim ersten Treffen auf einen abenteuerlichen Deal mit dem sexy Sportler ein.

Genau das wird ihr zum Verhängnis.

Prickelnd, romantisch und absolut heiß!

"One Kiss" ist Jaydens Geschichte. Er ist der beste Freund von Logan aus "Warm up für die Liebe". Beide Romane sind unabhängig voneinander lesbar.

KONTAKT

Setze dich mit Alisha direkt auf Facebook in Verbindung:
https://www.facebook.com/AlishaBloomHeartbeat/

Oder abonniere den Newsletter, um nichts zu verpassen. Hier erhältst du vorab News und Hinweise zu Deals und besonderen Informationen über Alisha und ihre Romane.
Für alle
Abonnenten gibt es eine kleine Sequenz von Logan und Jay, den Männern aus „Warm up für die Liebe“ und „One kiss - Mitten ins Herz“.

Folgender Link führt dich zur Anmeldung:
http://bit.ly/2koA6dA

Printed in Poland
by Amazon Fulfillment
Poland Sp. z o.o., Wrocław

52638374R00157